常熟日报 文库

山水印象
——走进虞山尚湖

常熟虞山尚湖旅游度假区、常熟日报社 ○ 编

古吴轩出版社

常熟日报文库
编委会

名誉主任
惠建林

主　任
王建国

副主任
潘志嘉

编　委
范建峰　刘　洪　钱瑞龙　虞克俭
俞益民　衡成军　金雪庆

编　务
陈　凯　俞小红　巴泽民

摄　影
虞克俭　苗一峰　谢　健　李　献
高　鹏　孙丽萍　周一进　钱伟春
梅志强　万新光　瞿学锋　西　歧等

序

惠建林

  虞山尚湖之于常熟，是极为宝贵的资源禀赋，也是最为美丽的城市"印记"。这不仅在于山、水、城相依相融，形成了典雅秀丽的城市格局和自然景观；还在于湖山秀气滋养润泽，使城市文脉绵延不绝，自成一格；更在于历代常熟人因对虞山尚湖的感恩和敬畏，而孜孜寻求人与自然和谐共处，并最终融入科学发展的时代洪流，积极探索一条适合常熟实际的城市发展之路。

  在常熟城千百年的历史中，虞山尚湖一直是慷慨的馈赠者，提供了丰富的物产，滋养着城市的性灵，护佑这里的百姓生息繁衍、诗意栖居。而千百年后的今天，在工业化、城市化汹涌的浪潮中，十里虞山苍翠依旧，千顷尚湖碧水长流，则是因为这里的人们始终不变对这片湖山的珍视与守护。多年来，常熟牢固确立"生态优先"理念，"既要金山银山，又要绿水青山"，统筹规划虞山尚湖的保护与开发，逐步形成了山水融合一体、生态与经济良性互动、文化与旅游相互促进的格局。可以说，湖山佳景今胜昔，既成于天，更谋于人。

  作为一座有着千年传承的文化名城，常熟和许多历史悠久的城市一样，在发展到一定阶段后，面临着如何处理"历史遗存"的问题。其中，既包括对传统文化的传承和扬弃，又包括对虞山尚湖这样有着丰厚文化积淀的自然资源的保护和利用，这关系到一座城市根脉的延续，更影响着这座城市的长远发展。近年来，虞山尚湖在常熟版图中的地位愈显突出，除了其资源的稀缺效应日益显现外，还因为虞山尚湖的发展实践，涉及生态保护、经济发展、文化传承、城市建设之间相互关系的把握和处理,为常熟推进城市现代化提供了生动的样本。我们提出加快建设现代化、国际化城市,不仅仅是创造繁荣的经济、富庶的生活,更要在繁荣富庶之后依然保有山水环绕的生态家园;不仅仅是现代化的城市建筑和完善的功能设施,更要有深厚人文精神的传承与弘扬,并在与时代的交融中形成城市的特质。因此,无论当前还是今后,我们必须一如既往、不遗余力地保护虞山尚湖,更加科学、更高水平地开发建设虞山尚湖,既为常熟打造亮丽的城市景观,更以此不断审视我们的发展理念,明晰城市的未来方向,筑牢城市可持续发展的根基。

  虞山尚湖因其对常熟的独特性和重要性,历来备受各界关注。《山水印象——走进虞山尚湖》以《常熟日报》的两组系列报道为主体,同时收录了当代多位作家的作品。总体而言,这本文集更多地关注当下,注重"人事",尤其前两辑以新闻的视角,全景式地呈现了近些年虞山尚湖的发展和变迁,由此更见虞山尚湖与常熟经济社会发展紧密相连,与市民生活息息相关。相信这本文集将会成为了解和认知虞山尚湖现状的有效载体,同时也希望广大市民和社会各界更多地关心、支持虞山尚湖和常熟的发展,共同创造我们城市美好的未来。

(作者为中共常熟市委书记)

目 录

序……………………………………………………… 惠建林

第一辑　走进虞山

寻访虞山古迹遗珍……………………………………… 3
"虞山十八景"存废几何………………………………… 7
名山古刹引人入胜……………………………………… 11
打造"吴文化第一山"品牌……………………………… 14
层峦深深隐万树………………………………………… 16
古韵新风盆中春………………………………………… 20
207块"活化石"诉说故事……………………………… 23
城市"绿肺"实至名归…………………………………… 28
满目苍翠皆财富………………………………………… 31
茶香果甜名声扬………………………………………… 34
"虞"字号特产品牌……………………………………… 38
桂花栗子、虞山黄笋前景堪忧………………………… 41
让常熟山珍名不虚传…………………………………… 44
自在娇莺恰恰啼………………………………………… 48
百鸟飞翔虞山绿………………………………………… 52
十里山光悦鸟心………………………………………… 56
虞山野趣破晓雾………………………………………… 59

与鸟儿和谐相处…………………………………………… 62
日夜守护换来虞山常绿………………………………… 65
"啄木鸟"在行动………………………………………… 68
拉紧病虫害"入侵"防控线……………………………… 71
确保森林资源安全……………………………………… 74
用心付出　收获甘甜…………………………………… 77
听杨梅故事　品酸甜滋味……………………………… 81
虞山绿茶香飘久远……………………………………… 84
"靠山吃山"的新实践…………………………………… 88
展现山水人文新魅力…………………………………… 91
山水交融绿茶香………………………………………… 95
面对虞山，我们充满深情……………………………… 98

第二辑　走进尚湖

山水相映　美在一体…………………………………… 103
退田还湖秀出天高水阔………………………………… 106
鸟在枝头鸣　人在画中游……………………………… 109
凝聚智慧规划尚湖远景………………………………… 112
千帆过往显风流………………………………………… 115
悠远丰厚催开时尚之花………………………………… 119
逐水而居　动静相宜…………………………………… 122
文脉相传更现明珠光彩………………………………… 125
一朵牡丹绽放尚湖之美………………………………… 128
赏花、饮酒、美食、观鸟……………………………… 131
从观光向度假"蜕变"…………………………………… 135
活力之水，最美………………………………………… 138
从靠水吃水到共同守护………………………………… 141
尚湖宝岩人的乐居生活………………………………… 144
一湖碧水勤呵护………………………………………… 147
一切为了景区环境……………………………………… 149
28年坚守换来绿水长流………………………………… 151

走进　品味　期待 …… 154

第三辑　名家笔下的虞山尚湖

大痴　童话　山水 …… 159
少小应识古常熟 …… 163
在天空和湖泊之间 …… 167
游园惊梦 …… 171
大众的尚湖 …… 175
常熟乡邻情 …… 179
闲话虞山门 …… 183
虞山十八景 …… 187
虞山同治坟怀思 …… 189
虞山山湾里 …… 195
三峰翁咸封墓 …… 205
三峰茶舍 …… 211
虞山赵王坟考证 …… 214
落寞联珠洞 …… 217

第四辑　附录：常熟掌故

明清虞山胜景 …… 231
虞山公园今昔 …… 233
常熟园林今昔 …… 235
翁同龢题联三峰寺 …… 237
綵衣堂 …… 238
汲古阁大石盆 …… 238
逍遥游 …… 239
昭明读书台 …… 241
聚沙塔 …… 241
常熟的基督教 …… 242
熏腊名店马咏斋 …… 243
王四酒家的爊锅 …… 244

百年老店山景园	244
宋氏姊妹品尝王四名菜	245
仲雍墓坊楹联	246
方塔公园三宝	246
空心潭	247
琴川七弦	247
言子墓	248
齐女墓	249
周章墓	249
瞿式耜墓	250
钱牧斋墓	251
柳如是墓	251
王石谷墓	252
四高僧墓	252
严天池墓	253
王铁墓	253
言子故居墨井	254
冯班墓	254
翁同龢墓	255
聚福塔	255
破山寺诗碑	256
铜官山石船	256
虞山尚湖旅游度假区苏州市级以上集体荣誉（1982—2012）	257

山水印象
走进虞山尚湖

壹

走进虞山

寻访虞山古迹遗珍

潘轶斐　陶胜

对于大多数常熟人而言，城中的十里青山仿佛亲人一般，自出生时便卧于眼前，常年相伴。

记者在山间绿野寻踪，发现在开发虞山旅游资源的过程中，仍有许多"被遗忘的时光"散落于山体各处，让人看不足、寻不尽，正如明代书法家王宠游虞山后所诗"十里山塘看不足，翠屏合沓午云鲜"，这些浸染人文历史、亟待保护与开发的珍贵资源，与我们熟知的剑门、维摩、辛峰亭一样，需要今人的关注与倾听。

寻访联珠洞

位于虞山北麓兴福寺后山的联珠洞，对于年轻市民而言已较为陌

山水常熟田　虞山南麓

生，更没有太多人会将其与中共常熟县委举行的首次代表大会会址联系在一起，而恰恰是这处石洞，孕育了我党在常熟古城的第一股革命之火。5月5日下午，记者从宝岩景区进入虞山，沿虞山南路西段上行，经石洞景区来到虞山中路剑门景区段，在雷达站北侧的公路旁，当地居民为我们指出了前往联珠洞的红色砖石小路，沿蜿蜒山道走下陡坡，再过20分钟，记者一行来到洞前。洞口右上方辛亥革命名将李根源所书"联珠洞"仍清晰可见，洞内最低处1.5米，高处不足2米，虞山诸石洞中最大的便是这可容纳五六十人的山洞。入洞后，顶部靠左有一直径半米左右的洞口，阳光穿洞而下，撒在乱石枯叶间。

如今各地均大力发展红色旅游，面向本地旅游市场，近在市民身边的虞山联珠洞，完全有理由成为一处可待挖掘的红色旅游景点。因联珠洞地势幽深，来往道路窄小陡峭，第一次国内革命战争时，中共常熟县委曾将此地作为革命活动场所。1928年7月8日，常熟县全县党代表大会在此召开，选举产生8名县委委员。如今，石洞静静掩藏在虞山深处。通过挖掘史料，再现故时场景，借助图文、实物展示常熟革命先辈事迹，联珠洞这一常熟最久远的革命故地，或能成为一处新的红色旅游景点。

窥览古吴湖山

吴王点将台这一古老名称，暗合了虞山福地文脉绵延的久远影响，这处常熟百姓闻名已久却罕见真容的虞山古迹，如今的保存状况如何？记者沿虞山中路西段驱车一路向上，来到一片茶园边，在葱郁的茶树间，早已寻不见元末时那一片农民军操练兵戈的西校场。西校场左侧不远有一处耸峙高墩，这便是吴王点将台。站在石砌土堆的点将台上，山风摇曳间，七百年前的金鸣马啸犹在耳旁，于海拔218.7米处极目环视，古城风貌一览无余，地处虞山最西峰的点将台上，周围没有建筑与绿树的遮挡，整座常熟城便似嵌在脚下方寸间，无怪元人张士诚于此古迹阅兵点将。随行的宝岩景区工作人员告诉记者，天气晴好时，西面无锡诸山与北方南通狼山均可收于眼底，远处长江也可目见。

作为西周晚期至春秋时期的吴文化遗址，点将台这类土墩在虞山上

月堤烟柳

原有200多处,而保存至今的石室土墩中,吴王点将台是最知名的一处。20世纪末的考古挖掘中,点将台下石室中更是出土大批珍贵的西周、春秋文物。然而由于地势、交通、开发等因素,现在的吴王点将台仍然鲜有人迹。作为古吴国文化祭祀遗址,点将台见证了2700年的时光流转,除知晓元代农民起义军曾于此集结外,土墩石室的用途、建造方法,都仍是谜团,而隐藏在久远历史中的神秘感,不正是吸引各地游人前来猎奇、探访的巨大引力吗?与此相对,我们所鼓励的开发也应立足于传承保护,对这些不可再生的古老遗产的保护与管理也需同步跟进。

巨石记刻殷商

虞山上散落的古迹奇景众多,多到什么程度?在半山腰虞山中路一处路段西侧,翻过护栏沿石壁、树隙小心下探,记者在树影婆娑间看到一块露出土层长10多米、高过3米的巨石上赫然出现大幅石刻,"龙门"两个阴刻隶体字面向西北,气势凌人。在随后几天的采访中,记者通过查找史料获悉,青龙岗上这处每字面积近5平方米的龙门石刻,为清代常熟人季厚熔所刻,"龙门"所指的便是这层层巨石犹如龙脉盘绕。而在南方50米开外路基下的另一侧石壁上,记者找到了标记商朝贤相巫咸的一处历史符号。巫咸为常熟人,公元前1600多年商初太戊帝时为相,作为中国最早的天文学家,巫咸的名字曾流传在《离骚》和唐诗中。

虞山剑门

2000年时，巫咸墓被考古队重新发现，一块大石上用双钩法刻成"巫相岗"三字，则让这块隐于公路下的密林流露出亘古绵延的悠远气息，看着这处以钟鼎文字体刻出的古朴石刻，记者与同行的景区工作人员都久久驻足。

对于这样一段尘埋3000多年的古人足迹，我们是否可以考虑在清理石岗周边杂草枯枝后露出岩石面貌，通过新建游人步道在景点与公路站点间形成环路，并依托巫相岗建巫相祠，便于游人就近观瞻常熟古人遗风，感受吴文化第一山的文化深度与历史长度。

几天的走访中，记者对虞山粗略地有了重新认识，更让记者深切感受到，一座山所蕴藏的历史文化宝藏，可用俯拾皆是来形容，而这座历史宝库，既有天赋又怀人气，围绕它的旅游资源开发，还有长路可行，我们更不该因拥有太多而忘却珍惜。

（原文刊登于2011年5月11日《常熟日报》）

"虞山十八景"存废几何

潘轶斐　陶胜

谈及虞山形象,最为著名的就是"虞山十八景"。放眼常熟周边,依山傍水的城市有不少,但山水相拥且位于一座城市中心的画面,却实为罕有。"虞山十八景",也早已成为常熟文化的重要形象载体。如今,城市建设正疾速改变着常熟城的风貌,这些"旧时风景"是否被时代的车轮所落下?5月,记者走进虞山,探访"辛峰夕照"、"拂水晴岩"等曾经的古城名片,了解部分"虞山十八景"的现状。

翠嶂不应成屏障

虞山东岭上的辛峰亭,是与城内方塔齐名的虞城标志性建筑,两者一起见证了南宋以来古城的风物变迁,800年前生活在虞山下的南宋先人,因担心蛟龙神怪会从众多水泊河道中出没生害,建辛峰亭威震蛟患,亭内立有石碑,上刻专剿孽蛟的许真君像,记录了这段古史。辛峰亭两层六角重檐、轻灵隽秀,一代代常熟人仰望虞山,辛峰亭也成为了虞山的专有标志。早年间登亭俯瞰时,古城新貌可以尽收眼底,被琴川河环抱的方塔,以及尚湖、昆承湖也清晰可见,正如古诗描绘:"绝嶂危亭构,言登四瞩开。"

然而,多年来虞山上不断添植草木,在前期树种选择和布局上,未针对景点进行有效的差异化调整,使辛峰亭上的视野正随着周边树木的不断蹿高而日渐狭小收窄,山下的人们不再能一眼望见翠绿掩映中的辛峰亭全貌,而在山上,树木障目的趋势也让这座曾称"极目亭"的古亭,正在远离鸟瞰虞城、极目环视的岁月,"辛峰"已难见"夕照"。山体的高绿化率诚然可喜,然而我们的植绿不应影响景观通道的畅达,记者在走访中发现,类似问题也程度不一地出现在西城楼阁、维摩山庄、望海楼等"十八景"风物中。

灵山还需秀水润

江南多水,琴川血脉在水网交织间育化;常熟有山,吴地文化在峰峦起伏中传承。山与水的关系,在吴地江南历来是无从分割的,"虞山十八景"中,有一半景观与水有直接关联。然而,记者在连续几天的上山寻访中发现,山中多处知名景观都因缺水而失去了原有神韵。5月暖春,在虞山北坡桃源涧内,明代画家孙克弘所书"飞寒"二字仍在石壁上清晰可辨,但记者已无缘目睹"十八景"中的"桃源春霁"了。旧时,涧内水流绵延百米,每到春夏季雨后初霁时,桃源涧水奔流飞泻如倒挂白练,清泉夹带桃花瓣瓣,景致动人,即便在平日里,这处涧水也潺潺不绝。

缥缈虞山

淡调尚湖

  而现在，只独留一堆巨石盘踞涧中，等待大雨带来的难得水流。

  剑门藏海寺前的"拂水晴岩"同样在常熟人口中广为流传，锦峰涧水沿南侧正对尚湖的陡崖直泻而下，夏日的东南风时常携卷崖下坠落的水花吹回崖上，犹如细雨拂面。如今这样的盛景也只有一些眷恋虞山的人们赶在雨后上山时才可得见。目前，虞山上多处涧泉瀑流均出现了不同程度的缺水断流。驱车从巫相岗往西，不远便是秦坡涧和玉蟹泉，明代诗人倪巨所言"雨后秦坡水，势若天横注"的情景已不在，被前人誉为虞山第一泉的玉蟹泉，也只有断续细流勉强支撑。

风物变迁山长在

  这几天记者走访虞山看到，随着对虞山开发的日渐深入，加之气候环境变化，使得地下水脉逐渐改变，山中水愈流愈少。在植树添绿过程中，我们更多考虑了林相分布和灾害防治等领域，对绿化给美景带来的负面影响估计不足。能否在保证绿化率的前提下，通过修剪、砍伐、移

火树银花

栽、补种等方式移去几处景观外围包裹着的高枝阴翳，使"辛峰夕照"等景色恢复原貌？绿化率的指数可以通过其他低矮乔灌木和草地来补足，而相关保护政策，也应留有操作空间利于调整。至于水体环节，本市已开始着手对几处景区进行恢复性注水。5月4日下午，记者在西城楼阁了解到，已有人工引流从毂茶泉上流下，为游客再现古泉灵动。对"拂水晴岩"等名景的复原工作也已列入重建议程。

　　自宋时"破山八景"起，与虞山相关的各处景观就不断见诸诗赋、水墨间，并在历代传诵间演绎为"三十景"、"七十二景"、"十八景"等。至2000年时，旧景过半已废，新"虞山十八景"问世。采访中记者发现，一些逝去的景观尚能着手抢救与修复，而另一些古时美景则在气候、水文、地理、人力等因素干扰下不可逆地离我们远去。而从另一个层面看，"虞山十八景"在历史潮流中不断地传承演化，似乎又是一种必然。5月10日晚，虞山公园亮起景观灯，山麓上点点光晕，映出一座古人从未得见的虞山，光影晕染的虞山晚景与山下"夜常熟"相映，已然绘就了这个时代新一卷"虞山十八景"。

（原文刊登于2011年5月13日《常熟日报》）

名山古刹引人入胜

第一辑 走进虞山

陶胜　潘轶斐

　　古寺名山，向来是相互映衬，相得益彰。走进虞山，记者发现，虞山具备丰富的宗教文化旅游要素，整合这些要素，形成宗教文化游的品牌效应，将会在更广的领域内提升虞山的知名度和美誉度。

　　虞山是常熟宗教文化的代表，历史悠久，共有兴福寺、宝岩寺、三峰寺、藏海寺、报国院五座寺院，各有特色。其中的兴福寺、三峰寺、藏海寺等都是始建于南朝萧梁时期的著名寺院。国家汉传佛教重点寺庙，

宝岩桃花

全省共有十三座，苏州有其四，除了三座在苏州市区之外，另外一座就是常熟兴福寺。兴福寺如今已经成为本市著名旅游景点之一，每年的新年听钟声活动吸引了各界人士。每到藏海寺"三月三"以及乡镇各寺庙的传统宗教节日，都是香客、游客如织。据了解，仅2008年，兴福寺、三峰寺、藏海寺三大寺庙就接待游客、香客50多万人次。

唐代诗人常建那首脍炙人口的《题破山寺后禅院》人们早已耳熟能详，但对于兴福寺在宗教文化上的意义，知晓的却并不多。去年此时，白圣长老舍利回奉兴福寺，营造了一段海峡两岸佛教界的佳话，让兴福寺又一次闻名全国。

白圣长老曾任上海静安佛学院院长等职，并多次来常熟兴福寺交流，1948年前往台湾，先后担任台北市十普寺、临济寺和美国洛杉矶圣能寺等名刹住持，并长期担任台湾佛教会理事长。1989年白圣长老圆寂于台北圆山临济寺，享年86岁。生前，他多次表达了圆寂后叶落归根大陆的意愿。20世纪20年代前后，时任常熟兴福寺方丈的密宗大德持松法师被上海各界推举为上海静安寺方丈，与时任静安寺监院的白圣长老为同乡，两人相与辅持，情谊深厚。持松法师圆寂后，舍利回奉兴福寺安葬，此后列任静安寺方丈灵塔也安奉在兴福寺。由于持松与白圣长老的这段因缘，佛教界人士拟将白圣长老的舍利安葬在兴福寺后山云栖塔院。最终去年经两岸佛教界协商，并报

藏海寺

国家宗教局、国务院台办批准后，在常熟市委、市政府的全力支持下，共同促成了白圣长老舍利回奉常熟兴福寺，也为两岸的和平交流起到了积极的促进作用。

宗教文化旅游作为大旅游的一种，需要有特殊的旅游资源。除了兴福寺外，宝岩寺与三代皇帝结下不解之缘，三峰寺高僧辈出，藏海寺、报国院等在历史上都有所记载，具备了开展宗教文化游的要素。记者在游历这些寺院的时候，也深切感受到发展宗教旅游的可行性和未来的广阔前景。针对现有资源，结合旅游要素以及旅游追求的"第一"和"唯一"等制订规划，把这些寺庙串联起来，打造虞山宗教旅游的品牌，不失为发展宗教游的一种尝试。

发展虞山的宗教文化旅游，应充分挖掘特色主题，多角度开发宗教旅游产品，形成多元化的产品体系。兴福寺有悠久的历史，一块石头、一首古诗和诸多佛教传奇故事，可以开发成具有观光吸引力的佛教景点；三峰寺环境幽雅清净，茶园环抱，可以开发采茶、炒茶、品茶一日游等。我们还应该积极将宗教文化旅游与大文化旅游相融合，扩大佛教旅游内涵。宗教文化旅游不仅仅是烧香拜佛，可以根据现代人的需求，拓展宗教文化游的外沿，与现代休闲文化结合起来，推出健康游、养生游等，为宗教文化旅游注入新的元素。有了丰富的宗教文化旅游资源，同时加强同外界的交流，每年定期组织一些有影响力的旅游文化活动，将进一步提升虞山乃至常熟的知名度。

（原文刊登于2011年5月16日《常熟日报》）

打造"吴文化第一山"品牌
——关于虞山文化旅游融合的思考

陶 胜　潘轶斐

每当游客经过虞山脚下三贤广场的时候,都会看到"吴文化第一山"的字样。虞山是由于商周之际江南先祖虞仲(即仲雍)卒葬在此而得名。三贤,即仲雍、言偃、巫咸,加上寺宇园林、名人墓葬分布在山麓之间,使虞山具备了独一无二的优势——文化之山。江南水多山少,难得这座山又具有如此深厚的文化底蕴,让虞山旅游在周边地区脱颖而出,打造"吴文化第一山"品牌自然也就顺理成章了。

虞山上有很多的名人墓葬,有的修缮完好,也有的日渐荒芜。谁也想不到清末民初著名谴责小说家曾朴的墓葬,竟然隐匿于一条小路旁。顺着虞山宝岩湾大鹏山坡一条碎石路往西北方向走约20米,晚清四大谴责小说之一《孽海花》的作者曾朴之墓就出现在眼前。墓碑"东亚病夫曾公孟朴之墓"是1980年重立的,四周有几块当地散坟的墓碑。工作人员介绍,这些散坟的墓碑前段时间清理过,但过了一段时间又竖起来了。

曾朴是一位经历过戊戌变法、辛亥革命和五四运动的近代知名文学家,也是我国最早介绍翻译法国文学,特别是译介雨果作品的第一人。相比较故居曾园如今的兴盛,他的墓冢更显得荒凉。记者查阅了相关资料,曾朴墓是市级文保单位,但是除了一座2000年新建的墓前石亭,现场没有任何关于曾朴生平的文字介绍,如果没有工作人员带领,很少有人知道曾朴墓就在这里。

就在记者准备离开的时候,突然听到一阵嘈杂的人声。在曾朴墓的

言子墓道

上方不过10米,一条从宝岩生态观光园到石洞景区的路上,一批游客乘坐电瓶车驶过。与其让游客与曾朴墓相隔咫尺、擦肩而过,何不重新修缮墓冢,用清晰的路标指出墓的所在,使这里成为游客停留的一站?记者又看了其他的几个名人墓,发现从文物保护的角度而言,我们已做了不少工作,但是就旅游开发而言,需要完善的还有很多。目前虞山上共有名人墓地25处,其中省级文物保护单位9个,市级文物保护单位6个,如何实现保护与开发并重,通过文化寻根、文化探索的形式把这些散落的名人墓连接起来,应该是开发虞山文化旅游的一个最主要的课题。

记者平时采访游览虞山的外地游客,听到最多的就是对虞山的赞叹:这里景色美,文化也深厚,来了才知道好。但是,相比较周边地区对文化要素的开发,虞山的游览还仅仅停留在"走马观花"的初级阶段,吸引游客互动的内容十分匮乏。而我们具有如此之多的文化古迹,完全可以挖掘内涵,增添互动元素,让游客在参与互动中体味文化的厚重。

根据史料记载,泰伯与仲雍让国南来,开启了吴文化发展的源泉。泰伯无子,去世后由其弟仲雍继位,成为勾吴国第二代国君。虞山十八景中的双陵怀古,双陵之一就是指先贤仲雍墓。但是,如今双陵怀古只是一个普通的景点,与无锡对泰伯文化元素的挖掘相比,还大有潜力可挖。可以借鉴的是,无锡当地的泰伯庙、墓每逢泰伯忌日均有祭祀、朝拜活动,并演变为传统节庆。

(原文刊登于2011年5月20日《常熟日报》)

层峦深深隐万树

张绿漪

十里虞山，钟灵毓秀，是常熟不可多得的"天然绿肺"。徜徉山间，层峦叠嶂，古树藤萝，苗圃秀园，无声守护着这方苍翠。在"走进虞山大型新闻行动·草木篇"中，本报记者盘点虞山林木"家底"，寻访传奇般的古树名木，一探奇幻的盆景世界，发掘林业保护的重要意义，为读者带来"绿色新体验"。

新中国成立前，因战争破坏，虞山上超过90%的森林资源被破坏殆尽，野草灌木丛生。

新中国成立后60多年时间，虞山森林资源发生了翻天覆地的变化。宝岩杨梅林、兴福寺枫香林、三峰竹林、维摩桂花林，昔日的荒山秃岭如今变成了林木丰茂的宝地，在这巨变的背后，记录的是一代代人付出的努力和艰辛。登上虞山，随处可见的满目苍翠，仿佛向人们诉说着这点点滴滴的故事。

要了解森林草木资源形态，必须要掌握森林植被的演化情况。在虞山上，一个代号为7578的调查定点，是本市历次开展森林资源清查工作的抽查样地，在这里能了解到虞山森林植被演化的最新情况。

5月10日，记者跟随市林业站工作人员从三峰景区进入虞山，通过GPS定位，在走过2小时山路后，终于找到了这块调查样地。眼前大树参天，土壤厚实，初夏的阳光透过茂密的枝叶，在地上映出点点光斑。"在这块地上，每一棵胸径超过5厘米的树，隔几年我们都要进行数据测

量,一些新出现的草木还要做好标记,然后对比上一次测样记录,就能初步了解虞山植被近几年的变化情况。"林业站站长蒋建定介绍说,目前最明显的变化是,虞山生态环境越来越好了,树木生长非常旺盛,连老树落下、飞鸟带来的种子都能生长,自然而然改变着过去以马尾松为主的群落结构,次生林比例达到了70%。说话间蒋建定扒开脚下厚厚的树叶层,棕黄色的泥土暴露在大家眼前,"看,多松,这些都是腐殖质的作用。"他介绍,以前山民做饭靠烧灶,要上山拾柴,地上没有这么厚的树叶枯枝,现在大家都不用灶头,这里落叶枯枝就多了,捂出来的土更加肥沃,利于树木生长。

在不久前的野外实地调查中,江苏省林业科学院利用典型样地取样法对虞山森林植被进行研究。研究资料表明,目前虞山上形成5个植被类型和10个森林群落,共有木本植物61科124属227种,其中包括银杏、杜仲等保护树种,马尾松、柏木、榆树等乡土树种,以及杉木、刺槐、红豆树等引进树种。

在虞山镇三峰龙殿景区入口处,今年3月刚种下的银杏、桂花、山茶、樱花等10多种树木枝叶繁茂,原先30多亩的闲置林地如今已是郁郁葱葱。"林场每年都会种植50亩左右的混交林,目的就在于改变虞山原先单一的针叶林相。"虞山林场农业与林业办公室工作人员介绍说。目前,虞山森林覆盖率虽然已达到96%,但由于森林植被大部分起源于人工种植的马尾松纯林,树种单一,不仅影响到景观效益,更易引起松毛虫等病虫害侵袭以及火灾发生。从20世纪90年代开始,虞山开始了热火朝天的林相改造工程,目前已累计完成改造面积4000多亩,近6年来林相改造工程投入资金超过2亿元。在改造过程中,虞山林场以调整林业结构为主,重点扩大经济林面积,不仅种植了乔木树种,每年还投入

虞山公园红枫

200多万元,发展茶叶、苗木花卉和竹林这3种生长周期相对短、销路好的林产品。在增加经济林的同时,林场还补植木荷、杨梅、女贞、茶树等防火树种,以及富有色相变化和季相特点的观赏树种,进一步完善虞山林相。

"春有绿树海棠,夏有桂花飘香,秋有片片红叶,冬有御寒蜡梅。"通过近20年来的林相改造,如今虞山林地已从单一的绿色针叶林向混交的景观阔叶林转变,山上乔、灌、花、草相结合,森林群落日益"丰满"。

走进虞山南麓的宝岩苗圃,数百盆形态各异的盆景及落地而种的青翠树苗就映入眼帘,除了香樟、杨梅、红枫等常见树种,还有好多树苗不知名目。"目前,苗圃平均每年出栏树苗1万多株,涉及品种10多种,大部分都种在虞山上。"指着眼前的杨梅树苗,宝岩管理区副主任邓国良告诉记者,今年3月份,虞山宝岩片区就一次性新种了1000多株杨梅,这些树苗已经在苗圃培育了七八年。

近年来,虞山林场先后搬迁了21家山麓沿线工厂,并逐步改建低洼地、居民房屋搬迁后空地和其他拾边隙地,把苗圃全部搬迁到虞山周围。目前,宝岩、三峰以及兴福管理区都各自有苗圃和专业的培育养护队伍,三地苗圃总面积超过2000亩,常年培育各类苗木花卉300多种,

虞山每年新种的树木大部分都来自这些苗圃。"本地苗圃培育技术总体比较成熟,三分之二的种苗都从外地引进,像紫玉兰、红枫、香橼都是近两年引进的品种。"邓国良说,今年苗圃又新引进金森女贞、金边黄杨等名贵树种,用于改善、丰富虞山林相。

保护现有林木资源是实现虞山森林资源可持续发展的关键。20世纪80年代起,虞山林场就建立了专门的护林防火管理机构,逐步形成森林防火体系,近年来更是投入资金千万元,添置各类防火设施及器材,使虞山至今连续20多年无重大森林火灾。森林病虫害防治也由化学防治逐渐过渡到以生物防治为主,通过实行针阔混交、林相改造与化防相结合的综合防治措施,马尾松毛虫等病虫害得到有效抑制。

(原文刊登于2011年5月27日《常熟日报》)

古韵新风盆中春

冯碧珩

得天独厚的自然环境和60多年的精心呵护,让虞山满山林木尽情地生长,形成日趋完美的林相。除了自然生长的林木,还有部分树木经人工修饰培育,呈现出独特的姿态,或精巧可爱,或古朴奇绝。这些奇树异木,有着与自然林木不同的美感,展示出虞山的别样风韵,这就是虞山盆景。

一脉相传历史久

常熟盆景是虞山文脉中的一枝奇葩。作为苏派盆景的代表,它以清秀古雅为特点。传统的苏派规则式盆景,特点是"六台三托一结顶"。这样的形制蕴含着十全十美的寓意,摆放在庭院中表达着主人对美好生活的追求。就现有记录来看,在常熟古典园林中就有不少明代紫砂花盆的遗存。最早于清乾隆年间,《浮生六记·闲情记趣》中已有常熟风格盆景的记述。至民国,常熟兴福一带出现了具有典型的"六台三托一结顶"的作品。之后,常熟籍人士殷志明、朱子安分别在上海、苏州推介常熟盆景,为海派、苏派盆景做出了贡献。

许多盆景大师都给予过常熟盆景高度评价。去年,亚太盆栽联盟理事长梁悦美、世界盆栽友好联盟(中国区)主席胡运骅教授等盆景大师来常时就提到了传承问题:"常熟文化气息浓厚,盆景也有这样的特

宝岩生态观光园

点,作为地方性代表富有历史性,传统风格值得保留。"

古树新苗展风姿

在虞山尚湖旅游度假区管委会,走过右侧的回廊,就能看到向阳处四棵三角枫排成一列,伸出的枝丫绿叶繁茂。"这就是常熟盆景典型的'六台三托一结顶'风格。"工作人员指点它的容姿,"这几棵三角枫已经超过百岁,现在有专人照顾它们,除了日常浇水、病虫害防治,还会定期进行护理、修剪。"20世纪80年代初,有上海客商听说这四棵三角枫的大名,上门求购,一棵就出价10多万元。考虑到百年以上的珍贵盆景难得,要为虞山留宝,当时的负责人面对这样的高价还是一口回绝。

由于保护得力,在虞山国家森林公园各处,还能看到不少百年以上树龄的"六台三托一结顶"的树桩盆景。宝岩生态园停放蒸汽火车的园子里,除了绿树繁花,还有各色盆景装点着庭院。负责照顾它们的王喜民师傅带着我们走向一侧种在地上半人高的一株植物,"这就是有500年树龄的雀梅。"王喜民扒弄开枝叶,只见主干已从中裂开,"以前已经烂成一层皮,然后再自己修复长合而成。"嫩绿的新生树叶中,斑驳苍劲的枝干展示着时光沉淀后的美感。生态园里也有不少新制盆景,据了解,目前园里各色盆景数量超过千盆，已成为生态园景观的重要组成部分。

传承创新待新人

如何保持虞山盆景的蓬勃生机，是老一辈园艺人最挂心的事情。

以王喜民为例，当年一起学习技术的八九个人，如今只有他一个人还在从事盆景专业的工作。"辛苦啊，病虫害防治、浇水什么的不谈，光是修剪一年就要好几次，而且还要搬盘。盆景可不像其他树，大的就用机械、吊车运。为了维持造型，只能连树带土人工搬动，还要特别当心不能碰坏造型。"

王喜民说，现在还没有弟子可以接过他的手艺，"主要是学习周期长，盆景比一般的树栽种难度大。首先要会种、会养护，然后学造型、修剪。一个人真正能完成所有工作，一般都要学习15年左右。而且产出也慢，特别是地景，等它长成、修剪成形，时间长的要好几十年，现在人哪等得啊。"如今，在宝岩生态园里维护一千多盆盆景的就王喜民和另一位懂行的老师傅，他们期待着年轻人的身影出现。

（原文刊登于2011年5月31日《常熟日报》）

207块"活化石"诉说故事

闵 添

山以树为衣,因树而华。古树名木作为虞山历史变迁的"活化石",其科研、文化价值远超出树龄本身的内涵。古树是指树龄在100年以上的树木,名木是指在历史上较大影响的中外历代名人、领袖人物所植或具有重要的历史文化价值、纪念意义的树木。据统计,虞山国家森林公园尚存的市级以上古树名木共207株,其中绝大部分与山上的古迹景点一同诞生。

寻访最古之树

虞山北麓三峰景区内,有一座龙殿山庄,内有一镇庄之宝,名为龙树,传说已有千年历史。在林场工作人员的带领下,记者沿中山北路一路上山,绕过几条小径后再也无法驱车,一条古老的石道通向一个小山岗,透过树荫隐约可见屋檐。步行上山百米终于豁然开朗,"龙殿山庄"的牌匾赫然映入眼帘,青砖黄墙格外分明,四周似遗珍失落般的清幽静谧。

进得山庄,庭院里砌有一深深的小池,名曰龙池,这个时节几近干涸。上有一玲珑小石桥,朴素古雅,桥边有一凸起的小土堆,历代被人供奉为龙母墓。过桥台阶之上便是正殿,台阶之西有一棵围在铁栅栏中的奇异古银杏,抬头可见根根树枝似巨臂在头顶无限伸展。山庄看护者许

山水印象 走进虞山尚湖

虞山龙殿古银杏

美英说,这就是龙树,整座山中最古老的树。

近前观察,你会怀疑它是否真的还是一棵树,从树的根部衍生出13棵大树,均已树高干粗,枝叶繁茂,最大分枝胸径竟已达到0.78米,而树主干则更已达25米,主干周径达5.2米,主枝交错,叶片丰满,状如巨伞。更令人称奇树主干似被大力拧过一般,矫若游龙,树皮也规则地成鳞片状,蔚为壮观。每年10月至11月,整棵树落英缤纷,飘落的树叶宛如龙鳞飞舞。

一个美丽传说

谈及龙树的怪异姿态,有一个美丽动人的传说,虽然乡间版本不同,但内容大抵相近。很久以前虞山脚下有一个妙龄少女,在河滩边洗衣时,误食水中一粒白枣,从腋窝内产下一子,后孩子长大化为白龙,大败山上兴风作浪的黑妖龙,游归东海前盘踞树上与母亲道别,因此将该树印上龙鳞。龙母墓、龙池、破龙涧、七十二瞟娘湾皆由此传说而来,千百年来香火不绝,每年农历三月十五日,龙殿山庄还会定期迎来大批祭拜者。

记者查阅相关史料,虞山龙殿的银杏树原是北宋太平兴国四年(979),当时地方蒋县令为求雨建造白龙庙时栽下,至今已有1032年树

龄。"这样一个美丽的传说代表了乡民们期望风调雨顺的美好愿望，而龙树的称谓更容易被人们接受。"许美英充满感情地望着这棵她已守护8年的树。

像龙树这样古老雄伟的古树名木，虞山上还有很多。藏海寺有一棵高10米、胸径0.73米的圆柏，形态古拙别致，主干虬曲龙蟠，树龄700余年，至今仍郁郁葱葱，四季常青。兴福寺救虎阁后院高34米、胸径1.17米的古香樟，树大荫浓，常青的树冠将整个院子全部遮盖，院内冬暖夏凉，甚是神奇。

古树诉说往事

虞山上有一株在古树名木中最美观、最罕见的古紫藤。记者多方寻

虞山紫藤

觅，终于在虞山最北端的小云栖寺石洞中的露珠泉上找到。古藤从石洞石缝中长出，据现场目测，藤根围约有成人一抱粗，分成数株，曲结盘缠，刚劲古朴，向上攀援高达10多米的洞顶，再攀上洞旁大树顶，然后又下垂。站在洞外向内望，洞以藤益幽，藤以洞更奇。林场工作人员告诉记者，四月紫藤开始吐出嫩枝、新叶，犹如枯木逢春。开花时，成串花朵能下垂30多厘米，似成群飞舞的紫色蝴蝶，娇艳秀丽，随风摇曳，阵阵清香，年年如此，从不爽约。

如果说古老神奇、美丽动人是虞山古树的特质，那么位于兴福寺空心亭北侧的一棵金钱松则见证了中日民间友好情谊。这棵树栽种于民国11年（1922），是时任兴福寺方丈的持松法师东渡日本高野山真言宗道场讲法归来之时，日本友人赠送。如今该树已有20余米高，树干周径接近1.5米，被列入市二级名木，至今仍长势良好，树姿优美。一到秋天，叶呈金黄，别致独特，似无言地诉说着那段友好往事。

政府拨款养护

光阴荏苒，虞山古树蹉跎中练就一身"适者生存"的技能。然而时至今日，许多古树虽生长良好，但早已落下岁月伤痕。龙树就曾多次遭雷击，后又因乡民在树下焚香引起火灾，主干被烧穿一个大洞，洞大可容出入，至今可见，但它却顽强地挺过了各种灾难。为杜绝人为破坏，虞山林场特意在龙树周围安装了铁栅栏，派专人看护，定期浇水施肥。去年，还浇筑了12根钢筋支架，对其向四周伸展的主要枝干进行了保护性支撑。远远望去，仿佛垂暮老人拄了12根拐杖。

祖居虞山的季传宝自家后院有6棵百年桂花树，自2004年以来，他每年都能领到虞山林场发放的600元古树名木养护津贴，用于日常养护。林场根据不同树龄、树种、规格，给养护者每年每棵树50至150元不等的津贴，凡领取津贴者都要和林场签订保护协议，保证院内树木水肥到位，生长良好，一旦发生病虫害还可以接受专业养护。

2008年，虞山林场还对区域内的207棵古树名木逐株定位、全面分析，分批次为"患病"古树"动手术"。兴福寺西南面300年古枫香、宝

岩街17号160年古银杏等数十棵存在安全隐患的古树名木，相继进行了保护性支撑和复壮。2010年底，市政府又首次拨款20万元作为古树名木保护专项经费，全市古树名木日常养护经费得以全面落实。

（原文刊登于2011年6月2日《常熟日报》）

城市"绿肺"实至名归

田园

夏日,记者来到位于宝岩的"虞山第一湾",苍山翠谷之中的宝岩湾被大片天然针阔混交林环绕,林木景观绚丽恢宏。大气环境显示屏上显示:每立方厘米的负氧离子含量达2.81万个,植物的精气成分是单萜烯,适宜"森林浴"。显示屏还显示,这天最佳休闲时间是3时30分至9时30分、15时至17时。森林覆盖率96%的虞山,已成为常熟的天然"绿肺"。

虞山国家森林公园一景

每天释放氧气60万公斤

去年9月,市环保局和虞山林场联合进行虞山森林对城市环境的影响和作用调查,分温度、湿度、除尘、净化空气等多个方面,调查地点为虞山森林区、林场城区交界、市区、城郊边区等12个点,每天6次。通过3天调查,温度显示:林区最低,方塔街最高,维摩和方塔街的温度相差5℃。湿度显示:市区最低,林区最高,两个边区次之。原因是市区人口密集,公交、商业、居民生活设施集中,发热量高。而森林通过叶片不断蒸腾水分,反射和吸收太阳热量,在市区空气受热膨胀上升时,林区可以用凉湿空气流来补充,从而达到改善市区空气的目的。

虞山森林对城区的净化作用十分明显。前几年,建材和水泥两个排放粉尘量最多的企业,都位于虞山西南麓,它们排放的粉尘大部分被虞山森林吸附,通过采集树叶、蒸馏水冲洗、滤去树屑蒸干、烘干、冷却、称重等综合手段估算,每年虞山森林吸附粉尘约1200吨。

虞山森林每天还会吸进大量的二氧化碳和有毒气体,放出大量氧气,使市区空气保持清新。据统计,每公顷阔叶林每天约可吸进900公斤二氧化碳,放出600公斤氧气。虞山1000多公顷林木,每天吸进的二氧化碳达90万公斤,放出的氧气为60万公斤。

"空气维生素"有益身心

虞山林区有两宝:空气负氧离子和森林植物精气。

空气中的负氧离子就像食物中的维生素,能促进人体生长发育和防止多种疾病。对呼吸系统，能改善肺功能，增加氧气吸入量和二氧化碳排出量；对心血管系统，有明显降压和改善心脏功能、增进心肌营养等作用；对神经系统，可使人精神振奋，改善睡眠，还能促进新陈代谢，激活肌体里的多种酶，可以降低血糖、胆固醇等。

据调查显示，每天上午8时至11时，虞山公园水池旁每立方厘米的负氧离子是658个，言子墓草地702个，辛峰亭山坡2000个，剑阁6400个，桂香园8450个，秦坡涧瀑布11030个，"虞山第一湾"更高达28100个。

森林植物精气又称芬多精，是指植物的花、叶、茎、根、芽等在自然状态下释放出的气态有机物，主要成分称萜类化合物，经研究证明，植物精气有杀菌、消炎、增强代谢功能的作用。植物精气同样被誉为空气维生素。植物精气成分非常复杂，据检测，虞山森林散发的萜类化合物中有10至30种，对生理、病理有显著功效，包括柠檬烯、肉桂烯、榄香烯、柏木烯、月桂烯等，这些植物精气对强健身体、防病抗病、调节血液循环等都有一定作用。

市民亲近虞山

市民王先生每天清晨爬山已坚持3年多，原本大腹便便，如今步履矫健。"其实体重减轻还是小事，主要是各项指标都基本恢复正常。"王先生多年周旋在应酬中，血压、血脂、尿酸、血糖样样高，不到50岁各种疾病已光顾，在一些热衷运动的朋友们鼓励下，他加入爬山行列，如今把爬山作为生活的一部分。

和王先生一样想法的市民不在少数。每天曙光初现或在落日余晖中，都可以看到众多热衷爬山的市民，他们或独行或结队，尽情呼吸着虞山绿色"大工厂"提供的源源不断的新鲜空气。虞山林场负责人说，由于上山道路很多，每天上山运动的市民有多少很难统计，但每天上山的人次、每年游客的人数只增不减。

（原文刊登于2011年6月4日《常熟日报》）

满目苍翠皆财富
——虞山林木保护和利用的思考

张绿漪

虞山的美,美在满山苍松翠柏。然而,在这林木欣荣的景象背后,林相改造、古树名木保护以及虞山盆景传承都面临着不小的挑战。在满目苍翠的背后,期待和呼唤的是世人对它们更好地保护和传承。

问题一:原本单一的绿色针叶林已在向混交的景观阔叶林转变,传统、特色的代表性地域林木却有弱化趋势。

市民戴先生说,去年中秋时节,他带着孩子去维摩山庄桂花园赏桂

春日放飞风筝

花,进去后却发现没什么游客,虞山桂花树历史悠久,桂花园内好几棵百年老桂树却无人赏识,不能不说是一种遗憾。每年都参与义务植树的096义工团成员小袁,对虞山代表性树种和传统树种显得有些茫然,尽管自己亲手种过的树也有不少,但虞山林木特色在她脑海里是片空白。

思考:在常熟老一辈人口中,剑门绿茶、桂花栗子、宝岩杨梅、兴福寺银杏、三峰松树蕈都是熟稔的名词,这表示在当前见缝插针式地植树造林过程中,有我们所需要进一步弘扬的地域特色林种。过去林相改造是通过间伐、补植,把虞山的单纯林、低产林改造成混交林、高产林,但如果在改造过程中结合地域文化,发挥当地林种特殊性,就可以打造富有特色的林木群,让更多市民及游客了解虞山。如果把这些特色林种点缀在辛峰、兴福、三峰、宝岩、维摩、剑门这六大景区45个名胜古迹景点中,那么林木就不仅仅是具备简单的观赏和改善环境的作用了。

问题二:大家都知道虞山林木的价值,有关部门已经开始着手保护,可人为破坏还依然存在。

"某某某到此一游!"在兴福寺山路两侧的古树上常能见到用利器划出的这种字样。"只要人经过多的地方,树木基本都会遭到不同程度破坏。"市民张保良经常在这条山路上锻炼,望着眼前道道伤痕的参天古树,他表示痛惜。近两年清明节期间虽大力提倡文明祭扫,但山上还时有发现烟头和焚烧痕迹。"情况比过去是好了,但毕竟不是所有人在无人监管的情况下都可以自觉做到文明祭扫。"护林防火队员小李说。

思考:虞山共有207株市级以上古树名木,历史的沧海桑田、岁月的风云变幻,都深深地烙印在这些古树名木的年轮中,是常熟十分珍贵的"绿色文物"。然而,就是这些独具特色的地方人文资源,除了负责看护的专人,又被多少人所了解和熟知?不能把古树名木简单看作是一棵树,要让这些树跳出单一的养护和管理,从历史、生态、文化等角度去审视和保护它们,并让更多的人尤其是年轻人了解和熟知,加入到对它们的保护队伍中,把古树名木坚韧、顽强、催人奋进的生存精神世代发扬下去。

问题三:虞山盆景源远流长,是虞山林木文化中的一朵奇葩,也是苏派盆景的发祥地之一。20世纪末,虞山脚下花园村、兴福村内,还有

不少专门从事盆景花木生产的花农,然而就在近几年,这支队伍的成员已所剩无几,虞山盆景作为本地特色传统的文化艺术,已经面临失传的危险。

"一千多盆树桩盆景,一共有两个人负责维护。"宝岩生态园的园艺师傅王喜民无奈地说。由于盆景培植需要耗费大量时间,一个专业人才要经过10多年才能脱颖而出,另一方面盆景艺术需要耗费大量财力和精力,许多盆景爱好者没有足够的条件,由此导致的后果是专业盆景人士越来越少,为求一时效益,盆景精品越来越稀缺,加上盆景传承的年轻力量太少,王喜民担心虞山盆景的未来之路将越来越窄。

思考:常熟文化底蕴深厚,经济发展又快,对于开拓盆景市场有先天性的优势条件,在本地民间仍有一部分收藏者把资金投入到盆景的收藏和买卖中,这给虞山盆景带来希望。只有发扬虞山盆景的文化和精神,吸引更多人士加入到盆景爱好者的队伍中,活跃盆景产业市场,才能调动起盆景爱好者、艺术家甚至政府部门等各方资源,让虞山盆景越走越远。

(原文刊登于2011年6月7日《常熟日报》)

茶香果甜名声扬
——虞山优质特产初探

金玮　周未　陈燕

虞山物产丰盈,名满天下。经过时代的变迁,部分特产发展态势较好,量质并举,成功打响了品牌;也有部分特产始终处于半红不紫的尴尬状态,但依旧具有巨大的市场潜力;另一些特产则由于经营不善等原因,逐渐衰落,甚至面临消失殆尽的危险。在"走进虞山大型新闻行动·特产篇"中,本报记者为读者呈现众多虞山特产的往昔与现状,探寻今后的发展之路。

"十里青山半入城"的常熟不仅山水秀丽,引得无数游人纷至沓来,更有虞山绿茶、宝岩杨梅等丰富多彩的土特产品,惹人垂涎。由于发展得当,这些特产如今已经名利双收,成为常熟又一张响亮的城市名片。

虞山绿茶香天下

常熟的一位作家曾这样写道:"虞山常绿任阴晴,游子相思入夜深。闻道绿茶今胜昔,天涯更激自豪情。"这是只有虞山绿茶才能享有的殊荣。新茶初上的时节,约上三两知己来到虞山,在维摩喝上一杯清新爽口的香茗,这已成为工作忙碌的市民缓解压力的方式之一。虞山种茶、产茶的历史可以追溯到清代,改革开放以来,在市政府的重视和扶植下,虞山茶树种植更加科学,炒焙技术不断改进,茶叶质量直线上升。

5月27日,记者跟随林场工作人员来到剑门附近,刚转过一个弯,一

大片茶园便映入眼帘。常熟市维摩剑门绿茶有限公司董事长唐祝明告诉记者："这里种植的茶树主要有龙井43号、白茶、龙井长叶等，都是从浙江、安徽等地引进的，由于土壤、肥料、加工方式等都优于原产地，茶叶的质量'青出于蓝而胜于蓝'。"虽在同一片土地种植，最贵的白茶卖到每公斤1.2万元，而最便宜的绿茶每公斤仅72元。它们之间的差距主要体现在哪里？"除了品种差异外，生产中低档茶叶可以全过程机械操作，炒制高档茶叶则需手工完成最后两道工序。"唐祝明介绍说，茶叶炒制的主要工序为杀青、揉捻、搓团显毫、烘干。以前杀青、揉捻靠手工完成，后来逐渐被机械取代，但搓团显毫、烘干的工序必须人眼辨识、手工操作，而且炒制经验越丰富，茶叶色泽越好、味道越香。在公司的生产车间，一位老茶工向记者介绍，搓团显毫是令茶叶形状卷曲似螺、茸毫满披的关键过程，炒时锅温保持在50到60℃，工人边炒边用双手用力地将全部茶叶揉搓成数个小团，不时抖散，反复多次，达八成干左右时，进入烘干过程。此时工人采用轻揉、轻炒手法，达到固定形状、继续显毫、蒸发水分的目的。当九成干左右时，工人起锅将茶叶摊放在桑皮纸上，连纸放在锅上文火烘至足干。整个炒制过程时间约为40分钟，工序看似简单，但"揉中带炒，炒中有揉，炒揉结合"的炒茶要诀，实际上只有少数经验丰富的老茶工才能熟练掌握。也正是这种手法独特的炒茶技术，才为虞山绿茶赢得了"香天下"的美誉。

宝岩杨梅口感佳

很久以来，去虞山宝岩湾"看杨梅"被常熟人看作是一种休闲放松的方式。清康熙二十六年（1687）《常熟县志》载："四月中，宝岩杨梅极

采摘杨梅

盛,游人结队往观,名曰'看杨梅'。"民国时期,人们莳完秧后,习惯都要去宝岩寺进香。一些香头借进香之际,也组织善男信女到宝岩看杨梅。"看杨梅,烧莳香"一说由此得来。据虞山林场工作人员介绍,宝岩杨梅现有老黑头、小甜山、荷叶盘等13个品种,近年来,林场又从浙江余姚和苏州东山引进荸荠种、大叶细蒂等良种杨梅,令宝岩杨梅的品种愈加丰富。

目前,除了山路两旁的一些老杨梅树外,其他杨梅树均承包给了种植大户。李林生就是其中之一,在他的果园里,记者看到大约70多棵枝根硕大、郁郁葱葱的杨梅树。10多年前,他从水泥厂退休后,便在宝岩承包了这些杨梅树,其中40多棵是嫁接过来的优良品种,如螳螂子、雪树等。"螳螂子水分足,雪树特别甜,水晶美观!"老人对这些杨梅树感情很深,从不打农药,亲自为它们修枝、施肥,有序地规划、栽培。由于管理得当,他的名气越来越大。"种出好杨梅的关键在于嫁接。"老人告诉记者,"一些老品种,随着时间流逝,结出的果实会越来越差,这时就需要嫁接来更新。每年三四月份,虞山林场的技术人员就会将东山杨梅等优良品种嫁接到老树上,通过嫁接,能够延长观赏期,提高杨梅品

质。"目前,宝岩杨梅中嫁接杨梅占到80%,在宝岩有四五位经验丰富的农技师,专门负责果树嫁接,而农技部门也在技术上给种植户们提供指导,帮助他们提高杨梅品质。

1999年,虞山林场建立"虞山宝岩生态观光园",每年举办"宝岩杨梅节"。目前观光园已经举办了12届"宝岩杨梅节",使"到宝岩,看杨梅"的民间习俗重放异彩。"看杨梅,烧莳香"活动每年都会吸引近12万人次参加,临近县市如江阴、张家港、昆山等地的民众也争相前来。看杨梅人数众多,还带动了附近饭店、商店的生意。

(原文刊登于2011年6月10日《常熟日报》)

"虞"字号特产品牌

金玮　周未　陈燕

常熟人对虞山特产有着一份特殊的感情,如今,这些"虞"字号土特产人气日益飙升,市场潜力很大,有望成为本市发展特色经济的一大突破口。

虞山蕈

"吃蕈油素面、品虞山绿茶",虞山蕈与虞山绿茶一样声名远播,以独特的传统工艺制作的松树蕈油有"素中之王"之美誉。最早,此项习俗只是兴福寺僧侣的日常饮食行为和待客之道,随后逐渐向香夫、游客推开,最终成为广大民众参与的民俗活动。清末民国,王四酒店、觉林素食处用传统工艺精心制作的松树蕈油享誉吴中,翁同龢、宋庆龄等名人品尝后赞不绝口。现在,"清晨一碗兴福寺蕈油面"已成为常熟人享受休闲生活的写照。

虞山兴福蕈油面馆老板张玲保说,收购的虞山蕈主要有松树蕈、鸡脚蕈、鸡脯蕈、油滑头等10多个品种,旺季时每天可收到75公斤,但市场需求十分旺盛,每天还是供不应求。虞山蕈油的制法十分独特,需在农家两眼土灶的铁锅里,根据蕈料分量倒入适量油料与生姜,再用旺火沸油熬透至起青烟,待稍凉后即可投入八角、丁香等作料炝锅,随下松蕈爆透并以铁勺旋转翻拌,再端上土灶起火连熬,之后反复捞蕈挥发油

中水分,熬干再加酱油、糖等佐料放入后烧制而成。此法制作出来的蕈油面口感好,还保存较高的营养价值。

作为一项颇具历史文化的民俗活动,兴福蕈油面已被申请为非物质文化遗产。兴福蕈油面的人气为商家也提供了更大商机,张玲保已经将"虞山兴福蕈油"注册为商标开始单独零卖蕈油,实现产业链向上游的延伸。虞山蕈供不应求的同时,产量却很难提高。世代采蕈的山农范凤英告诉记者,蕈生长在虞山的潮湿阴暗处,经验丰富才能胜任采蕈这项工作,现在采蕈队伍素质逐年下滑,是这种特产"生产"乏力的主要原因,提高采蕈队伍的整体素质迫在眉睫。

山前豆腐干

山前豆腐干是常熟著名乡土特产,相传两朝帝师翁同龢开缺回籍后,一日独步西门沿虞山缓行,忽闻一股香气扑鼻而来。香气源自"陈记腐干作坊",他尝了一块后觉得细腻鲜美,高兴之余问豆腐干雅号,方知是"山前豆腐干",这种常熟特产从此闻名。

为寻找"山前豆腐干"踪迹,记者来到藏海寺附近的胖子豆腐干店,老板吴月朋是"山前豆腐干"制作技法的传人。24年前,他从老师傅金三三那里习得真传,采用天然植物精料及老式器具手工操作,依靠独家秘方和作料制作出的豆腐干香鲜而富有韧劲。品种有"卤汁豆腐干""五香豆腐干""卤汁辣豆腐干"等5种,既可随身食用也可作冷菜拼盘,受到市民青睐。每到新春、国庆佳节,该店日销量可达250公斤,胖子豆腐干店由家庭作坊式制作发展成具有一定规模的工场式生产,并日益发展壮大。

"山前豆腐干"发展也遇到瓶颈。去年,藏海寺附近出售香火的商贩开始转行经营豆腐干,他们的产品口味不及"山前豆腐干",但低价竞争在客观上压缩了"山前豆腐干"的市场空间。吴月朋计划打响"大块头"或"吴记豆腐干"品牌,以示区别,并以此来传承"山前豆腐干"品牌。

(原文刊登于2011年6月13日《常熟日报》)

桂花栗子、虞山黄笋前景堪忧

金玮　周未　陈燕

常熟传统特产桂花栗子，早在康熙年间就享有"顶山栗甲天下"的美誉；以虞山黄笋为原料制作的"白汁西露笋尖"曾被列入江苏名菜名点。如今，这些曾经久负盛名的传统特产却逐渐淡出人们的视线。

"近从常熟尝新栗，黄玉囊分紫壳开。果园坊中无处觅，顶山寺里为求来。"诗中所言新栗即原产于虞山的桂花栗子，至今已有700多年

虞山栗子

栽培历史。然而，虞山桂花栗子正面临名不副实的尴尬境地。每年10月，很多小贩都会在兴福寺、宝岩等景区兜售栗子，他们在箩筐边摆几枝桂花，就号称"桂花栗子"。食之，口味并不甜糯，更别提满口桂香了。山间村民告诉记者，这些小贩挑着安徽产的板栗却以虞山桂花栗子的名义叫卖，以次充好。在长途汽车站，记者也看到不少小贩叫卖糖炒栗子，那些更是食之无味。在市区繁华商业街一家生意不错的栗子店里，记者尝到了香糯炒栗，但被告知产地不是常熟。在农贸市场，记者遗憾地发现，不管是栗子还是竹笋，外地产的都占据大半江山。20世纪60年代由虞山林场从浙江安吉等地引种拓植的虞山黄笋，在20世纪90年代达到高峰后，如今同样繁华不再。

市场萎缩之时，栗子和竹笋的种植户也饱受减产减收之苦。

栗子种植大户张慧云在兴福管理区姜家湾承包近60亩、400多棵栗树。她告诉记者，本地产栗子零售价每公斤30元左右，外地栗子仅售16至20元。在产销旺季，她最好时收益也就1万元左右，扣除成本后净利更少。再加上栗树产量小，400多棵有一半不结果实。记者发现，有些栗树长在石缝里，有些长在背阴处照不到阳光。张慧云感叹，种栗树真正是靠天吃饭。

朱正明是三峰管理区最大的竹笋种植户，从1999年开始，他就承包98亩竹林。今年干旱，朱正明的竹笋既产不出，也卖不掉，收成是近十年里最差的。他算了笔账，今年2月至4月，他的竹笋总共只卖了1872元，收成最好时，一年可采5000多公斤，获利近3万元。朱正明把今年竹笋减产原因归结为干旱和成本上涨，所谓"雨后春笋"，无雨怎会有好笋？

据了解，虞山周围栗树种植户有20多家，不少年代久远的祖传栗树已有上百年树龄。由于保护不到位，栗树整体长势不容乐观。在后山一条铺了马路砖的上山路，记者发现一棵栗树虽然树冠如盖，但树身歪斜，根系裸露在外，不禁让人担心大风来袭时能否挺过去。旁边还有一棵已经老朽，空洞的树身里长出了一棵新的小树。据林场工作人员透露，这几棵栗树都"上了年纪"，修路破坏了根系，造成严重缺水，移栽小树成活的可能性还算大，对于这些上百年树龄的栗树，移栽是致命的。

在兴福寺后院，一个新造的停车场平整开阔，周边栗树寥寥。而之

前,这里曾是一片郁郁葱葱的栗树林。这个为缓解兴福寺交通压力而建造的停车场,改造了地势地貌,埋没了栗树的根系,造成栗树透不过气,长势日渐萎缩。工作人员说,兴福寺片区的栗树种植规模正逐年缩小,每年有六七棵老树倒掉。由于道路建设、地形改造,曾经树木葱茏的兴福寺被抹去一片绿荫,消弭的岂止是一担担桂花栗子的香气?

竹笋也在被悄然"吞噬"。由于开发风景区、拓宽上山路等各种原因,宝岩管理区周小元承包的竹园从早年的156亩锐减到现在约60亩。

记者还发现,不管栗树还是竹笋,种养和管理者都是老年人。朱正明回忆说,早年和他一起种竹笋的有好多人,如今有的干不动了,有的去世了,而年青一代都不愿从事这行业。在产品的销售渠道上,栗子和竹笋仅靠零售,这种营销模式怎能让特产发展之路越走越宽?

(原文刊登于2011年6月18日《常熟日报》)

让常熟山珍名不虚传
——重塑虞山特产品牌的思考

金玮　周未　陈燕

"虞山绿茶、宝岩杨梅、兴福蕈油面……"每当外地游客问及虞山特产，老常熟人总能如数家珍。如今，各种特产发展现状各不相同，优势特产还可拓宽市场，潜力特产尚有待深挖，瓶颈特产需从规划入手。打造"虞"字号特产品牌系列，可成为常熟山珍不虚此名的一笺良方。

以质取胜拓市场

以虞山绿茶、宝岩杨梅为代表的一批虞山特产，凭借着对产品质量的执着追求以及对制作工艺的精益求精，实现了规模化经营，成功打响了品牌。但在市场竞争日趋残酷的形势下，这些特产如何进一步拓展市场？对特产经营户来说，这既是机遇又是挑战。

在采访中记者了解到，不管是虞山绿茶还是宝岩杨梅，现有种植面积基本趋于饱和，扩产可能性很小。既然"量"已受约束，那么广大经营户就得从"质"这方面寻找突破口。以宝岩杨梅为例，目前还有20%的杨梅树是老树，生长在山道边，由于平时疏于管理，杨梅产量少、口感差，有的甚至不结杨梅，沦为"观赏树"。虞山林场不妨安排农技师，将外地引进的优良品种嫁接到这些老树上，并加强日常管理。让本来濒临淘汰的老杨梅树重新焕发生命的活力，观赏性与经济效益两者兼得。除此以外，这些特产经营户还可以通过加大投入，一方面引进先进的灌

虞山茶艺

溉、加工设备,另一方面积极探索嫁接、扦插等种植技术的改良,从而生产出附加值更高、口感更佳的杨梅。

绿茶厂商们普遍反映,目前在茶田劳作的大多是40岁左右的中年妇女,而青年一代对采摘茶叶、手工制茶这样的技术活不太"感冒"。因此,虞山绿茶在采用技术手段提升品质实现单位效益的同时,更需要有关部门鼓励年轻人通过系统学习和实践熟练掌握制茶工艺,确保虞山绿茶的品质,以此维持市场的优势地位。

深挖源头塑品牌

虞山上还有兴福蕈油面、山前豆腐干等特产"人气"颇高,却因各种原因暂时还未能转化成巨大的经济效益。在当前市场经济体制下,只有深度挖掘此类特产的市场潜力,才能走出较为宽阔的市场化之路。

很多虞山特产受"产量"限制,虽然供不应求却无法进一步扩展市场空间,兴福蕈油面就遇到了这样的尴尬。山农范凤英告诉记者,兴福蕈油面的原料松树蕈在虞山上的"储量"较多,如果加派经验丰富的采蕈人手,可提升松树蕈的"产量",更好地满足市场对蕈油面的需求。但实际上，近年来采蕈山农的人数正在不断缩减，每年野外有不少新鲜的松树蕈因无法及时采集而腐烂。此外，新出现的外来采蕈队伍专业水平较低，无法运用经验和知识分辨有毒蕈与无毒蕈。这些都对松树蕈这项自然资源造成了巨大的浪费。因此，要挖掘兴福蕈油面的市场潜力，必须从采蕈队伍这个"源头"抓起，重整队伍提升采蕈者的专业水平，同时采取相关措施吸引经验丰富的采蕈山农"重操旧业"，提升松树蕈的"产量"。

与此同时，市场上的低价竞争也压缩了部分虞山特产的生存空间，山前豆腐干今年就受到了这种影响，预计销量仅为去年的三分之一。胖子豆腐干店的老板吴月朋告诉记者，豆腐干作为大众食品，在市民的消费中占较大权重。只有突出品牌，提升市民对山前豆腐干的认知度，才能将它与普通豆腐干区分开来，体现"一分价钱一分货"。吴月朋正计划塑造"大块头"或"吴记豆腐干"品牌，提升山前豆腐干的市场竞争优势。或许，这对不少遭受低价竞争的虞山特产都有借鉴意义。

规划先行换模式

多年前，虞山林场发展竹笋产业，曾为全市工农业生产和城乡"菜篮子"工程做出贡献，也为提高林地产出率、改善环境、美化虞山发挥了重要作用。如今，由于规划用地需求等因素影响，黄笋的种植面积不断减少。同时，黄笋种植业也面临后继无人的担忧。种植户普遍反映，不少年轻人不愿从事黄笋种植，而是走出山林寻找其他发展机遇。他们希望政府能够规划种植，通过优惠政策、技能培训等鼓励年轻人从事并壮大这个传统种植业，让虞山黄笋继续发挥其生态和经济效益。

同黄笋一样，桂花栗子也正成为虞山特产发展的"软肋"。兴福管理区苗圃技术员顾惠元告诉记者，上百年的老栗树都是由种子实生繁育而来，因此长势较慢，树龄15年左右才可大量产栗，而如果采用嫁接的方法促进栗树繁殖，四五年内就有可观产量。但记者发现，因为根系不发达，栗树生命力比较脆弱，在修了上山路、建了停车场的栗树林，不少栗树因为"呼吸"不畅而枯萎或死亡，这不能不说是一个前期规划失

误导致的"悲剧"。事实证明,移栽老树也并不可行。因此,做好种植规划才是挽救百年栗树的根本。否则,恐怕嫁接术再好也无法挽回栗树的繁实。

另一方面,桂花栗子和虞山黄笋都是由种植户自产自销推向市场,这种粗放型的营销模式在现代市场竞争中显然处于劣势。因此,建立起政府、种植户、采购商三方联动的机制,形成集约型产销模式,也许更能打响桂花栗子和虞山黄笋的品牌,也有利于引领"虞"字号特产品牌重塑之路越走越宽。

(原文刊登于2011年6月25日《常熟日报》)

自在娇莺恰恰啼
——虞山鸟类生存现状纪实

闵 添

20世纪80年代初,虞山的鸟类仅20多种,而如今,在虞山栖息的鸟类已接近200种;20世纪80年代初,背枪猎鸟是常事,而如今,为鸟筑巢成自觉。30年过去,虞山重新成为鸟的天堂。

4月23日至24日,以"百鸟聚江南,美丽山水城"为主题"爱鸟周"系列活动在虞山公园举行。这样的活动在本市已经开展28年,成为苏州地区起步最早、规模最大、参与人数最多的爱鸟公益宣传活动。30年间,十里青山,鸟鸣山更幽。

一场虫害后的反思

5月12日清早,护林员周君保就来到虞山西校场防火值班室,准备开始巡山。在他上岗的8年里,正是虞山生态环境改善最明显的时期。祖居虞山脚下的周君保从小爱鸟,但自家从来不养鸟。"以前很多人捕鸟去卖,但野生鸟被捕后大多不再吃食,有的等不到卖出去就死了,实在是可惜。"他叹息着说。每每巡山,他都会随身携带一瓶红花油和一卷纱布,遇到受伤或者落巢的鸟儿,他都会为它们做一些简单处理后放生。而当碰到有人捕鸟,他会上前劝说制止。据周君保回忆,8年间,他救活、放生的鸟有近百只。

林场农林办工作人员告诉记者,20世纪80年代初,虞山上曾出现

生态虞山

松毛虫大面积蔓延。松毛虫专啃松针,林场动员人工捕捉,常被刺伤,效果却甚微。大面积喷洒药水后,很多松毛虫被杀死,但不少益虫益鸟也难以幸免。到来年,虫害又大面积反弹,山上的涧水、茶叶等也相继遭受污染。最终,专家采取了引进灰喜鹊、黄莺等害虫天敌的方法,不到两年时间,松毛虫肆虐即被遏制。

据统计,一只灰喜鹊每年可消灭万余条松毛虫,一对黄莺便可保护20亩林木免遭虫害,一只斑啄木鸟每年能消灭300条青杨枝天牛幼虫,1000亩森林只要有两对啄木鸟就可有效控制蛀干害虫为害。

经过这次虫害,多年来形成的大捕鸟类的习惯被禁捕令约束,市民们开始认识到鸟类对生态环境的重要性,捕鸟的人少了,护鸟的人多了。

30年努力圆夙愿

今年70岁的周振芳是市生物学会荣誉理事长,他见证了本市爱鸟宣传活动的从无到有。1984年时,还只是一名普通专科院校生物教师的周振芳与几位老师和同学一起,利用校生物协会,第一次在本市进行鸟类资源和地域分布调查,第一次将栩栩如生的鸟类标本摆上市文化宫的展台,第一次让生活在虞山脚下的市民零距离认识本山鸟类。

让市民都参与到爱鸟活动中来,是周振芳的夙愿。尽管已经退休,但在今年的"爱鸟周"宣传活动现场，还是见到了他的身影。看着众多的参与者，他满心欢喜。"市民环保意识增强，爱鸟护鸟队伍壮大，参与单位和人数增加，活动形式更加丰富。"亲身经历了近30年"爱鸟周"活动，他给出这样的评价。如今，越来越多的市民在捡到受伤的野生鸟类时都会伸出援手，通过各种渠道获取保护和放养信息。仅去年，市生物学会就受理了20次野生鸟类及其他动植物的鉴定咨询。

近期，周振芳又对本市八哥的分布情况进行了跟踪调查。结果显示，虞山尚湖周围有几个野生八哥群正在生长，并已向市区辐射。"一个野生物种在发展，说明城市山水环境在改善，社会文明程度在提高。现在的爱鸟宣传已不再停留在单一的展览上，演唱、舞蹈、演讲、书画等文艺形态也逐渐融入，放飞白鸽、爱心涂鸦、制作并悬挂鸟巢等一系列行动，都体现出市民亲身参与意识的增强。"周振芳说。

幼小心灵护鸟儿

山色掩映，兴福中心小学静卧虞山脚下。密切的地理及传承关系让这所学校与虞山有着天然的交集。走进校园，几株高大的香樟十分显眼，树梢上三五成串的鸟巢都是学生们亲手制作，然后由校工挂上枝头的，不少鸟儿已经在这里安家。树旁一座优美的小花园里种满了果树，树荫遮蔽下的池塘里，三只绿毛龟正在假山石上打盹。

记者走上二楼，抬头便看见一盏"奇怪"的灯——原先托盘式的走廊灯里堆满了干枯的杂草树枝，里面损坏的灯芯被遮得严严实实。校长丁保忠告诉记者，20年前，燕子在这盏灯上筑窝，以后每年春天燕子都会准时回窝繁殖后代。好奇的学生蜂拥而上、争相围观，老师便向他们普及爱鸟护鸟知识："一个鸟窝产生的科普效应要生动得多，其价值远比一盏灯大得多。"

在近年来的"爱鸟周"宣传活动中，学生们已成为主体，越来越多的孩子们走进自然，了解到鸟类对生态的重要性。4月24日上午，"爱鸟周"活动现场，10岁的张欣小朋友第一次放飞白鸽。尽管有点害怕，她还是做到了。当鸟儿张开翅膀飞向蓝天时，她不禁发出了"好美"的赞

叹。当她步行上山看着林场工作人员将自己亲手制作的鸟窝挂上枝头时,她扭头笑着对记者说,这是她今年做的最有意义的一件事。她许下心愿:明年要回来看看。

目前在虞山上已经发现的鸟类接近200种,这些小生灵的存在,生动地展示着和谐的生态。

(原文刊登于2011年6月27日《常熟日报》)

百鸟飞翔虞山绿

冯碧珩

清晨,常熟理工学院的卢祥云老师又在离家不远的小河边散步。像往常一样,只要看到有鸟飞过,他就会驻足细细观察,"刚才飞过的是白骨顶,今年就我在河边观察的结果来看,白骨顶和红骨顶数量比往年多,白胸苦恶鸟、八哥、乌鸫也多了"。卢老师坚持这样做已经有20多年了,这样慢慢地积累记录,使得本市鸟类资源的情况在他心中慢慢清晰起来。

栖息

卢老师爱鸟

因为专业的缘故,卢老师对本市鸟类的分布繁殖情况特别关注。虞山国家森林公园山水相依,本就是鸟类栖息的好地方,自然成了卢老师关注的重点。

此前,他所在的常熟理工学院曾经开展过两次鸟类资源调查活动,虞山国家森林公园两次都是重点观察地。1995年卢老师他们在市生物学会荣誉理事长周振芳的带领下,对虞山国家森林公园进行了调查,发现鸟类138种。2004年,卢老师和同事、学生们又进行了一次调查。这一次,在他们的发现名录里又新增了58种鸟类。

去年年初,卢老师参与了市林业站组织的全市鸟类资源专题调查,两个月在全市鸟类聚集的地方跑,在虞山附近又花费了不少时间。提起这次调查,卢老师收获可不少,特别是在西三环尚湖西南角的一次查看,他观察到了凤头潜鸭。"这是新纪录,之前我们从来没有观察到过。"说起当时的情景,卢老师仍不免激动。

现在,只要上山,卢老师总会带上望远镜之类的装备,听听鸟叫,辨识一下品种,心里方觉得舒畅。"尽管这几年没有什么关于鸟类发现的新纪录,但数量比过去明显增多了,过去一些在常熟过境的候鸟,现在都成了留鸟。"卢老师说。

四季常与鸟做伴

其实,调查鸟类资源并没有跋山涉水式的辛苦,也不必顶风冒雨前往，但必须一年四季持续不断地进行观察记录，工作量很大。"即使你一年四季每天都投入工作也是不够的，因为鸟类是活物，它不会停在一个地方等你去观察，特别是候鸟，有些在常熟就停留一个星期，你还没有找到它，它就飞走了。所以需要走访山民、村民，听了他们的描述后，再加以确认。"卢老师和同事们一直坚持对本市鸟类的生存状态进行观察，他们学校还成立了兴趣小组，学生们也积极参与其中。

卢老师记得，2006年的夏天，为了了解白鹭在本地的繁殖情况，他们组织兴趣小组的学生去尚湖边进行观察记录。由于鹭鸟在清早5点多就会出巢，回巢要到傍晚时分，学生们在湖边搭起了帐篷，连住了两晚，终于掌握了第一手资料。"去年5月份我们又去了，这次主要是观察繁殖期的取食情况，从晚上6点半开始，白鹭归巢，夜鹭外出觅食，每半小时我们就记录一次，一直坚持到第二天早上7点多，观察到了完整的取食过程。"

因为一直以来的坚持，卢老师和同事们对本地鸟类的情况有着比较清晰的了解。禽流感来袭那年，他们承担了观察任务，其间，他们对鸟类鉴定的准确率达100%。

爱鸟护鸟知己多

和鸟类打交道多了，自然也就和与鸟类有关的人打交道多了。这几年，卢老师他们发现，常熟爱鸟护鸟的队伍在不断壮大。

前些时候，尚湖新建工程的动工区域涉及了荷香洲公园水上森林，那里正是一群白鹭的栖息地。卢老师接到了工程方的好几个电话，反复询问、征求意见，以不影响白鹭的繁殖。最后，在卢老师他们的帮助下，工程方选定了合适的时间，避开了白鹭的繁殖期。

不仅是政府、部门保护鸟类的意识增强了，市民也更加自觉地爱鸟、护鸟。卢老师记得有一次，一只长耳鸮因为受伤停落在市公安局的门口，无法继续飞行，热心市民一发现便立刻拨打了救助电话，市林业站第一时间将伤鸟送到卢老师他们手里，"非常可惜的是，这次救治没有成功，因为它不肯进食。不过之前我们也遇到过类似的情况，有不少

伤鸟最后被成功救治,并被放归野外"。

除了救助受伤的鸟儿,市民对鸟儿也有了深入了解的兴趣。常有市民遇到不认识的鸟儿到卢老师他们那里请教。卢老师曾经帮着鉴别过戴胜、草鹛等好几种鸟儿。让他印象深刻的是,有一次,有位市民带着儿子送的生日贺礼——一只会说话的鸟找到他,要求帮忙鉴定品种,"因为不是为人熟知的八哥、鹦鹉,所以鸟的主人觉得很奇怪。我们一看,原来是松鸦"。

市民懂得爱鸟、护鸟,和鸟类和谐相处,这自然是件好事。不过,卢老师和他的同事们还有更多愿望,他们希望市民能不断提高对鸟类认识的层次,"最好能大致看出鸟的类别,这样我们做调查的时候,就可以获得更多的有效信息"。卢老师认为,对鸟类的了解越多,人们也会越发地珍视这一宝贵的资源。

另外,还有件事让卢老师他们挂心:这么多年鸟类调查的观察范围几乎都集中在尚湖和古城区范围内,卢老师希望下一次调查能扩展到全市范围。"1994年做调查的时候,我们寻找过国家一级保护动物白鹳、黑鹳,但没有观察到。当时华东师范大学曾经在常熟做过调查,他们的记录中有观察到,我们在调查中引用了他们的观察结果。但我对这个结论是有疑问的,我们这里的条件不适合此类鸟儿栖息,因为我们没有足够大的滩涂。我希望能在以后的调查中得到论证。"卢老师向记者说出了一个放在心里十多年的疑问。

(原文刊登于2011年6月29日《常熟日报》)

十里山光悦鸟心
——虞山鸟类资源家底盘点

张绿漪

亚热带的湿润气候、96%的森林覆盖率、多层次的立体林业结构……这些先天和后天的有利条件，日益改变着虞山的山体生态环境，吸引着越来越多的鸟类栖息和居住，白鹭、池鹭等鸟类更是从候鸟变成了留鸟。

在最近一次全市鸟类资源专题调查中，专家队在尚湖西南角和长江边（螺蛳湾）分别发现了凤头潜鸭和银鸥，而这两种鸟类此前未在本地出现过。

是什么原因吸引了这些本地罕至的鸟儿"光临"呢？市林业站副站长徐毅平告诉记者：一方面，随着近年来本市"爱鸟周"等鸟类保护活动增多，社会各界保护鸟类的意识明显增强，加上鸟类保护和管理相关法律条例的出台，市民捕杀、伤害鸟类的行为大大减少；另一方面，虞山国家森林公园灌木、乔木类绿化逐年增加，尚湖附近居民生活用水、废水排放日益得到改善和控制，尚湖水质达到了国家二级标准，日益改善的生态条件，为鸟类提供了更好的栖息场所。到目前为止，虞山现知鸟类已达196种，其中近五年新增鸟类58种。由于虞山国家森林公园中虞山丘陵地与尚湖平原潮区生态环境不同，鸟类分布有明显不同。在虞山丘陵地，常绿阔叶林种类繁多，山上大片茶林及灌木林为雉类繁殖提供了良好生境，优势鸟类有白脸山雀、树麻雀、暗绿色绣眼、画眉、棕头鸦雀、蜡嘴雀、黄腰柳莺等。在尚湖平原湖区，湖周密布网状河道、沟渠

休憩

及鱼池,将大片平原分割成大小不等的耕作地,主要植被有池杉林、柳树、黄杨及大片果园、芦苇、水花生等,形成复杂的动物生境,优势鸟类有斑嘴鸭、绿头鸭、燕鸥、银鸥、白骨顶、苍鹭、夜鹭等。

　　根据鸟类迁徙的规律,目前本地鸟类共分成留鸟、冬候鸟、夏候鸟、旅鸟四种。留鸟,即某地一年四季皆可见的鸟类;候鸟,即沿纬度季节迁移的鸟类,冬候鸟与夏候鸟正好相对;旅鸟,即迁徙中途经某地区,而又不在该地区繁殖或越冬的鸟类。

　　"目前,光这里已经吸引了近百种鸟类栖息,其中约15种是国家级、省级的保护动物。"日前,在尚湖国家城市湿地公园中心,导游戴钧南这样介绍说。近年来,随着水土保持、河道疏浚等一系列工程的实施,尚湖国家城市湿地公园的生态环境得到显著改善,而随着人们环保和爱护鸟类意识的不断增强,在公园繁衍生息的鸟儿种类和数量也正日益增多。戴钧南说,不少原先只有春天才迁徙过来的候鸟类,现在变成了一年四季都守在这儿的留鸟,现在种类最多的就是鹭鸟,有白鹭、池鹭、叶鹭等10多个品种。

　　在尚湖平原潮区,目前冬候鸟的数量、种类日趋增加,已形成一定规模的鸟类群落,构成尚湖冬季独有的鸟类景观。如池杉林中的夜鹭群、桃花岛的苍鹭群,每年均有千余只聚集,小群的天鹅近几年也相继在此过冬。据统计,目前虞山森林里候鸟共有128种,占65.3%,其中大部分是冬候鸟;留鸟有52种,占26.5%;旅鸟16种,占8.2%。

"树在水中立,筏在林中行,鸟在枝头鸣,人在画中游。"这是尚湖湿地公园呈现的美丽景象。"在常熟能够看到这么多珍稀鸟类实属不易,我们一定要好好保护这片净土,把这些鸟儿都留在我们常熟。"日前,记者在尚湖湿地公园遇到了摄影爱好者许先生,他的话道出了不少市民的想法。许先生说,现在来这里的游客、市民都跟自己一样,爱鸟、环保意识越来越强。

据最新鸟类调查资料显示,目前虞山国家森林公园鸟类资源可观,已有148种鸟类列为苏州市级以上保护鸟类。其中,国家一级保护鸟类3种,占鸟类总数的1.5%,它们分别是白鹳、黑鹳、中华沙秋鸭;国家二级保护鸟类21种,占鸟类总数的10.5%,分别是蓝翅八色鸫、黄嘴白鹭、鸳鸯、凤头蜂鹰、鸢、苍鹰、赤腹鹰、松雀鹰、雀鹰、白尾鹞、红脚隼、草鸮、红角鸮、燕隼、红隼等;省级保护鸟类有23种,占鸟类总数的11.5%;苏州市级保护鸟类101种,占鸟类总数的50.5%。

(原文刊登于2011年6月30日《常熟日报》)

虞山野趣破晓雾

田 园

虞山自然生态环境越来越好,这是市民共同的感受。究竟好得怎样?我们可以用一组数据加以说明。

据不完全统计,目前虞山上有两栖类动物7种,分隶1目4科;爬行动物15种,分隶3目7科;哺乳动物24种,分隶6目13科;鸟类196种,分隶15目36科;昆虫类173种,分隶65科,其中蝶类昆虫就有40多种,珍品蝶类有玉带凤蝶、丝带凤蝶、碧蝶等。

哺乳动物平添野趣

野生动物因为流动性强,究竟有多少很难精确统计,但有观察记载的为数不少。

据《虞山林场志》显示,目前出没虞山的哺乳类动物有刺猬、狗獾、黄鼬、野兔等。狗獾全身披褐黄色的毛,体毛粗短稀少,身材肥壮,四肢很短,前肢有长爪,善于挖掘。因为鼻子很长,有软骨质鼻垫,和猪鼻子相像,因此又称猪獾。狗獾性凶猛,如果有人接近或捕捉它,它会咬人。狗獾白天休息,晚上出没,由于视觉较差,只能依靠灵敏的嗅觉觅食。它以植物的根茎、果实及青蛙、蚯蚓、小鱼、昆虫为主食,在山坡上的灌木丛和草丛中挖洞做窝。曾有学生在虞山上发现一个狗獾洞,他们用工具挖开洞,发现洞很光滑,有10多米深,最深处有个较宽的精致窝室,洞

虞山公园春色

底垫有树枝和干草,干燥松软。狗獾冬眠,从11月一直睡到次年3月。有趣的是,冬眠时狗獾会把洞口封闭,只留个通气口。

人们在虞山上发现的刺猬,眼小耳短,背部披粗而硬的荆刺,脸腹及四肢长有细而长的硬毛,生活在山坡石隙或灌木丛中的洞穴中。刺猬体小力弱,遇敌即卷曲身体把头和身体包住成刺球,将身上的刺竖起。曾有市民获一刺猬并饲养、观察了一段时间,发现它昼伏夜出,以昆虫的幼虫、蜥蜴、蛙类为食,有时也会吃一点瓜果和山芋。

林间有四种蛇出没

蛇是动物中重要的类群,在爬行动物中数量最多、分布最广。虞山上的蛇,主要品种为青梢蛇、乌梢蛇、火赤链、蝮蛇。

青梢蛇背青绿色、腹淡黄色、头圆形,生活在竹林、树林、草丛里、小溪边等阴湿的地方,性温驯、不咬人。以昆虫的幼虫和蚯蚓等为食,属游蛇类。乌梢蛇也属游蛇,往往小满后出来活动,也是圆头、背灰绿色、腹部淡黄色、性温和、不咬人,喜入民居,常在民宅放粮食和杂物的小屋安家,以老鼠和昆虫为食。火赤链体背灰褐色有红斑,一般生活在阴湿的树林、草丛、小溪旁,以老鼠、青蛙、蜥蜴等小动物为食,两侧的牙齿有毒,一般不咬人,毒性也不强。蝮蛇是毒蛇,头呈三角形,全身又

粗又短,背灰褐色,身体两侧有圆斑,生活在潮湿的竹林、草丛中、小溪旁,一般情况下,不触犯它、不踩着它,它也不会主动对人发起进攻。

常熟市民都有爱蛇、敬蛇的习俗,特别是对时满蛇,老人们把它称为"看家蛇",不准年轻人赶它、打它。

玉带凤蝶演绎浪漫

在虞山上发现的玉带凤蝶是蝶类中的珍品。

玉带凤蝶又称白带凤蝶、黑凤蝶、缟凤蝶,翅展77至95毫米。玉带凤蝶为中大型凤蝶,其幼虫以桔梗、柑橘类、双面刺、过山香、花椒、山椒等芸香科植物的叶为食,在中国一般分布于黄河以南,国外分布于印度、马来半岛、日本等地。

在蝴蝶家族中,凤蝶是当之无愧最美丽的一个品种,人们不但欣赏它的多彩多姿,而且对它独特的生活习性很感兴趣。凤蝶是无脊椎动物,昆虫纲、鳞翅目,是凤蝶科蝶类的总称,全世界多达850余种,中国约有近百种。它的两对翅膀较大,密生各色鳞片,形成多种绚丽有光泽的花斑,后翅臀区外缘波状并具有尾突,善于飞行。

传说中第一对玉带凤蝶是由梁山伯与祝英台幻化而成,所以将一对蝴蝶作为忠贞爱情的象征,因此又名梁山伯凤蝶。雌蝶后翅黑色,中间有放射状的一列白斑,边缘红色,分有尾型和无尾型,色彩和花纹变化很多,是同种间变化最多的一种蝴蝶。玉带凤蝶并不稀罕,但由于雌体与雄体比例悬殊,雌体极为少见,是蝴蝶收藏家的高档收藏蝶种。

(原文刊登于2011年7月1日《常熟日报》)

与鸟儿和谐相处

张绿漪

得益于近年来植树造林、水环境保护等系列活动的开展，虞山周边生态环境日益改善，野生鸟类品种增加、种群扩大就是最好的证明。另一方面，野生鸟类的"来访"也反作用于山体自然环境。由于大部分鸟类都是森林害虫的"天敌"，因而鸟类资源在维持山体生态平衡中发挥着重要作用。怎样才能把野生鸟儿留在常熟？除了加强鸟类保护、严厉打击各种捕杀鸟类的行为，为鸟类创造更好的生存环境值得我们思考并付诸行动。帮鸟儿安个"家"，呼唤所有市民参与。

加强监督全民参与

在积极倡导保护、爱护鸟类的大环境下，近年来捕杀、贩卖野生鸟类的行为大为减少，但仍有发生。"爱护鸟类需要全民参与，对捕杀、贩卖、食用野生鸟类的行为，应共同进行监督。"常熟理工学院生物系学生小王这样认为。

就在去年，三峰景区附近树林里有人张网捕鸟。"除了麻雀外，还有不少毛色漂亮、说不上名儿的小鸟都被困在网里，看着可怜。"家住三峰的李阿姨回忆说，这种捕鸟网大约3米高、20米宽，两头用竹竿支在泥里。网是用极细的尼龙丝织成的，韧性很好也很牢固，小鸟一旦被它缠上就很难挣脱。此外，海虞镇周行袁坝村曾经出现过上千只鹭鸟，但

静谧

因有人张网捕捉,后来鸟儿便没了影踪。不久前,谢桥永红村村民也发现有人用毒饵捕杀野生鸟类。

这一桩桩捕猎野生鸟类的事件告诉我们,保护鸟类任重道远,仅靠小部分人奔走呼唤还远远不够,我们每一个市民都应加入保护鸟类的队伍,不买卖、不食用野生鸟类,发现捕杀、贩卖野生鸟类的行为要及时举报。同时,公安、林业等相关职能部门也应主动牵头,专门设立野生鸟类保护的举报电话,依法严厉打击各种破坏野生鸟类资源的违法犯罪活动。

保护水质开辟专区

要想留住鸟儿,就要为鸟儿创造更好的生存环境。虞山国家森林公园为野生鸟类提供了得天独厚的生存条件,但客流量不断增加,水质遭受破坏,也给鸟儿带来"困扰"。

"这里的鸟儿确实很多,但一到节假日游客、车辆比较密集的时候,能看到的鸟儿就明显少了。"市民夏君博爱好摄影,经常去尚湖湿地公园拍摄鸟类照片。在他看来,安静、清新、干净的周边环境更讨鸟儿"欢心"。虽然"禁止烧烤""禁止停车"的宣传牌就立在尚湖串湖大道边,但每逢天气晴好的周末,仍有不少市民在沿线草地烧烤,还将塑料袋、果壳、烧烤残渣等垃圾扔进湖里,给鸟类生存环境带来一定破坏。

飞禽类的食物大部分来自水体,因此水质保护是我们每个市民应尽的义务。为了能更好地留住鸟儿,常熟理工学院的卢祥云老师提出建议,对部分种群数量较少的观赏鸟类进行半饲养,在合适的地方开辟一定的鸟类饲养区和观赏区。但目前,常熟还没有一家有专门技术、资金支持的职能单位从事野生鸟类的驯养繁殖,野生鸟类基本处于自生自灭状态,这也是值得我们思考的问题。

调优种群控制虫害

我们给野生鸟类创造了好的生存环境,反过来,如果我们合理发展、调整野生鸟类规模和种群,巧用鸟类资源,就能更好地改善自然环境,从而形成一个良好的生态循环系统。

最新的调查显示,目前虞山国家森林公园个别鸟类(如夜鹭)的种群数量比较大。这些鸟儿原来属于候鸟,从2001年开始,它们留在了常熟,一年四季在常熟生长、繁殖,变成了留鸟。夜鹭深夜外出觅食,早上飞回后经过消化,下午三四点钟便成了它们集中排泄的时段,造成排泄物集中且量大,给周围树林和湖水环境造成一定影响。"数量已从原来的几千只增加到了上万只,要妥善处理好鸟粪,把它们变废为宝。"考虑到常熟地区森林总面积有限,卢祥云老师提出,要通过一些适当的措施把这类野生鸟类种群数量控制在一定水平,以保持自然界的生态平衡。而灰喜鹊、啄木鸟等可适当扩大饲养规模,以控制虞山松毛虫、松材线虫等森林虫害。

(原文刊登于2011年7月2日《常熟日报》)

日夜守护换来虞山常绿

陈竞之　陈怡

　　虞山是常熟市民共同的财富,守护虞山的责任重大。为了虞山的安全,虞山林场不仅引进了各种先进设备,而且选聘了最优秀的护林员,人防与技防相结合,日夜守护虞山,让虞山远离森林火险和虫害的侵蚀。还有一批优秀的志愿者,他们自发组织护山护林,为守护虞山增添力量。在

虞山晨练

"走进虞山大型新闻行动·守护篇"中,记者带您走进这些可敬可爱的人,通过他们工作和生活中的点滴,了解守护虞山的艰辛和快乐。

虞山门城墙附近,有一座不起眼的护林防火检查站,护林员王建新和他的队友就驻守于此。

山是责任

王建新原本在山下苗圃工作,服从组织安排调上山后,他就开始了一种与以往全然不同的生活。护林员的主要工作之一就是巡山,从言子墓道到维摩山庄,他和队员分片巡查。一年里他总有几次发现明火,都在队友的配合下及时把火扑灭,但这点"小成就"并没有让任何一个护林人员放松警惕。

虞山森林的安全是王建新日夜系在心头的责任,从当护林员的第一天起,他就体会到了这一点。就算相对安全的梅雨季节,护林员仍不敢放松警惕,坚持值班巡查。巡查回站后,他们仍要密切关注虞山森林的动态。小小的巡查站里既看不到电视,又没有电脑,只放着一张小床。王建新指着墙上护林人员的行为准则说,工作时间不能打牌、喝酒,不能擅自离岗,这些都是每一个护林人员必须遵守的纪律。

四年来,不论是酷暑还是严冬,他和大伙儿一样,每个月总有十几天住在山上。冬天,他不怕冷;夏天,他不怕虫。王建新说,夏天住在山上蚊子多,他就挂上蚊帐,可一清早睁开眼,还是会被吓一跳。好几次,他眼前的蚊帐上就挂着比筷子还长的硕大蜈蚣。

家是牵挂

王建新习惯了山上的生活,家里的事情却全抛下了。愈是逢年过节,上下山的游人增多,防火的任务就愈加繁忙。每年春节,他们都要加班熬夜,24小时待命,国庆、中秋也是如此。这四年,作为一名护林人员,王建新没有一年回家吃过热腾腾的年夜饭。

过完大年夜,从年初一到年初十,别人家都欢聚一堂,护林员们却

无法与家人团圆。尽管对温暖的家无比牵挂,但为了虞山的安全,他们仍要坚守岗位。

"我现在只当了四年护林员,但比起那些老一辈的护林员,我们可幸福多了。"王建新听前辈说,最早的时候,虞山上没有护林检查的小屋,交通不方便,护林员巡山全靠两条腿。"当上护林员以后,虽然不能接送孩子上学,但我有更重要的使命。"王建新只能把牵挂放在心里。

绿是欣慰

每当自己和同事制止了山上违规吸烟的,或者掐灭了刚刚冒出的火苗,王建新都会轻舒一口气。去年中秋前,王建新坚持在言子墓道附近巡查,禁止买卖、放飞孔明灯。虞山没有出现因为孔明灯引起的火灾,王建新很是欣喜。

在虞山上,这样24小时有人值守的护林防火检查站一共有6座,像王建新这样默默付出的护林员还有很多。年复一年,在一代代护林员的守护下,虞山上的植被越长越茂盛。正是靠着他们不懈的努力和无私的奉献,虞山才能树更绿,草更茂,这座城市也因他们的守护而更美丽。

(原文刊登于2011年7月15日《常熟日报》)

"啄木鸟"在行动
——志愿者无私服务只为青山十里

黄佳

每到清明节前后，上山踏青或祭祖的人流中总能看到这样一群年轻人——他们头戴鸭舌帽，臂佩红袖章，携带扑救工具，仔细巡视着虞山上的每一个重要路段，不放过任何一处安全隐患。他们，就是"爱我虞山"志愿者服务队。

自2008年3月"爱我虞山"专项志愿服务行动启动以来，虞山林场、市机关党工委、出入境检验检疫局、环保局、团市委、市妇联等相关单位组织广大志愿者，大力弘扬"奉献、友爱、互助、进步"的志愿者精神，团结一致、各扬所长，为守护虞山做出了积极贡献。

捉虫护绿为虞山

2010年9月，出入境检验检疫局联合虞山林场、农委，针对虞山的松材线虫发生及分布情况开展联合专项调查。志愿者一行10人冒着高温步行10多公里，对整个山区针叶树木进行了全面细致的调查，对疑似病木进行采样和数据采集记录。之后，志愿者又对收集到的样品进行检测，取得了虞山松材线虫发生及分布情况的第一手数据。

因了为虞山捉虫护绿，出入境检验检疫局志愿者服务队被形象地命名为"爱我虞山"啄木鸟志愿者服务分队。在这群"啄木鸟"中，大多数都是植物、森林保护的专业人员，他们利用自身掌握的检验检疫专业

虞山冬景

技术和经验,为虞山森林病虫害的防治与监测提供智力支持和技术保障。出入境检验检疫局动植检科的金光耀是这支队伍中的老队员了,他说,今年啄木鸟分队还将继续联合虞山林场等单位、部门,在山区分布7个疫情监测点,对林木有害生物进行24小时监控,一旦发现问题迅速启动应急预案,并通报相关部门。

监测预警护"绿肺"

为守得十里青山常葱郁,市机关党工委不仅组织工、青、妇志愿者服务队开展清理垃圾、洁净虞山活动,市环保局志愿者还十分注重虞山空气环境质量的保护,坚持定期监测掌握数据,做好大气污染预警。

1999年,常熟市环境监测站兴福子站在虞山上建起。看着监测设备一批批安装、调试,金民并没有想到,这里将是他守护的重要部分。如今,他已是市环境监测站兴福子站站长,守护虞山的志愿者服务工作依然未被放下。"每年四五月份,北方沙尘暴造成扬尘,农民焚烧秸秆也会对空气质量造成影响,其余时候,这个子站的空气质量监测数据都是全市几个监测站中较好的。"金民如数家珍地介绍着监测站的运行情况,对这十几年如一日的监测、收集数据、出报告、定期维护,他也并不觉得枯燥,"虞山是'绿肺',对城区扬尘、有害气体的吸附、过滤作用十分重要。能守护这份绿,我很有成就感。"

社会力量促灵秀

今年4月,元和小学的两名教师带领10名红领巾志愿者组成森林防火宣传员队伍走进虞山。小小志愿者向游人及清明扫墓人员发放防火宣传材料,及时制止在山上吸烟的行为,体验了护林人员的艰辛。爱护虞山的种子,从此扎根在他们心里。

在北门大街、西泾岸社区,志愿者服务队用"传递一份护林防火公约到居民手中,刊出一期护林防火内容的黑板报,上一堂护林防火知识的市民课,编一段护林防火题材的小品、戏曲、歌舞等文艺节目,搞一次保护虞山、洁净林区的志愿者活动"等形式,对社区居民进行广泛的护林防火宣传教育。

虞山林场成立了森林防火志愿者应急分队,制定了严密的扑救方案,明确专人负责,定期进行实战演练,做到防火期内24小时不断人。

近年来,越来越多的市民参与到志愿者服务队伍中来——机关单位志愿者的私家车后备箱中装着灭火弹药和工具;096义工团、琴川流水义工团常年组织义务植树、护林防火宣传、执勤值班等活动;教育局每年开展以爱绿护绿为目的的小学生集体志愿者行动。我们相信,有了全社会的力量,十里青山一定会更加灵秀、更加葱郁。

(原文刊登于2011年7月18日《常熟日报》)

拉紧病虫害"入侵"防控线

周晓霞　陈洁

虞山总面积约2.2万亩,林地占1.73万亩,其中松林面积近万亩,绝大部分是以马尾松为主的纯林。丰富的林业资源是常熟虞山引以为傲的重要财富,然而却一直有"敌人"对这块宝地"虎视眈眈"。

险遭"灭顶之灾"

2001年,一场危及整个虞山松树林的虫害突然爆发。

说起这场近年来虞山上最严重的"无烟火灾",虞山林场老职工丁振才记忆犹新。他说,当时虞山上大部分松树都感染了病虫害,而罪魁祸首就是马尾松的天敌——松毛虫。松毛虫的幼虫以松针为食,大量松毛虫幼虫聚集在一起,不用多久就能把一棵松树的针叶全部吃光。而马尾松靠着针叶才能进行光合作用,一旦针叶被吃光,马尾松只有死路一条。

为了治虫害、救松树,虞山林场出动全体人员,并调动了附近的村民,采取物化结合的办法进行除虫。一方面出动大量人力,把轻度感染的松树上那些松毛虫捉掉,并砍去严重感染虫害的松树;另一方面喷洒化学药物,杀死成片松毛虫。通过工作人员争分夺秒不间断的努力,虫害终于被控制住,虞山上的松树林逃过了这场灾难。

制定综治方案

虫害传播速度快、范围广,只要有一棵树被感染,用不了几天,整片林子都会遭殃。更让人头疼的是,林木一旦发生病虫害,造成的经济损失也极为惨重。于是,怎样避免病虫害再度来袭成为农林部门最关心的问题。

害虫隐蔽性强,平时很难发现,爆发起来让人防不胜防。随着城市建设的加快,外来人口和货物大量涌进,又有许多外来物种乘虚而入,马尾松的另外一个天敌——松材线虫也一直对满山松树"虎视眈眈"。松材线虫对松树也有毁灭性的危害,松树一旦受了感染,最快的40多天即会枯死,一片松林毁灭只需3至5年时间。

省森防站和本市的有关专家在考虑了种种可能因素之后,讨论制定了《常熟市虞山松材线虫病综合治理方案》,以狠抓疫木管理与灭虫处理为重点,封锁疫区,阻止疫情蔓延;以彻底清除病死树和衰弱树为突破口,减少病原侵染,逐步压缩病情面积,直至拔出疫点。经过一段时间改造,疫木基本上被清除,虫害发生的几率大大减小。

满目苍翠

生物防治收效

为了保证松树林有更好的发展环境,虞山林场在加大森林病虫害监测力度的同时,与出入境检验检疫局、植保站联合在西校场、瞭望台设立智能测报灯,时刻监测以松毛虫为主的多种森林害虫,分析其活动规律,落实防范措施。

本着标本兼治的原则,虞山林场大面积开展补植造林工作,改以马尾松为主的纯林为多品种、多层次的针阔叶林,既美化了环境又增强了对松毛虫的抵御能力;改化学防治为生物防治,省农科院每年无偿援助60万至80万只肿腿蜂,每年7月底在林中释放,通过它们对付松材线虫病传播媒介松褐天牛,以达到防治松材线虫病的目的。这一防治方法从2005年开始尝试使用,在取得实效后目前已进入规模化实施阶段。

如今虞山林木枝繁叶茂,焕发出勃勃生机。最新的监测分析显示,松毛虫、松材线虫等各项指标均低于防治指标。

(原文刊登于2011年7月19日《常熟日报》)

确保森林资源安全
——虞山连续24年无重大森林火灾

曹伟锋

森林防火过去依赖人工巡逻、守候和瞭望的传统方式如今得到改变,投资1000多万元的虞山国家森林公园森林防火指挥监控系统三期工程目前已全部完工,并投入正常运行,极大地提高了森林火灾应急反应能力和扑救效率。

森林防火指挥监控系统以计算机为核心,集多媒体、网络技术、监控技术、信息和图像处理与地理信息系统于一体,采用数字压缩的方法,将林火监控信息从现场通过专线远程传输,并安装了红外线夜间林火自动报警系统,实现了林火的实时监控,以及对大范围内火情的全天候、全方位、远距离、高清晰度监控。

多年来,围绕虞山森林防火,本市坚持科学防火和依法治火,加强扑火队伍建设,加大重点火险区域整治力度,同时积极克服高温干旱天气等不利条件,采取有力措施,严加防范和检查,确保了虞山森林资源安全,虞山连续24年实现无重大森林火灾。

去年,细心的市民发现,1000多米上山自来水管得到保暖防护,冬季防火用水有了保障。这是本市近年来不断加大基础建设的一个侧影。为提高虞山火险综合治理能力,本市以基础建设夯实森林防火工作,去年还添置储备灭火弹2000枚、消防水龙带2000米、二号扑火工具100把、三号扑火工具100把,并确保防火设施、器材完好率达100%。

在加强设施建设的同时,本市在组织指挥体系上下功夫,全面落实

森林防火组织指挥、人员调配、器材装备、通信联络以及后勤保障。去年11月,市政府分别与虞山林场、民政局、民宗局、旅游局和海虞镇签订了"森林防火目标责任书",落实防火责任;虞山林场分别与派出所、城管中队、管理区以及茶厂等签订了森林防火责任状。市森林防火办公室还根据实际情况修订、完善森林防火扑火预案6份,在清明前联合交巡警大队完善清明节期间的交通应急预案。

增强扑救火灾能力是做好森林防火的重中之重,本市从森林防火队伍建设入手,不断修订完善各类扑救方案,配强配优人员,通过演

虞山公园

练、培训等方式，提升他们扑救森林火灾的技能水平，让防火队伍发挥森林防火中坚力量的作用。

在及时组织开展森林防火知识培训的基础上，虞山尚湖旅游度假区组织全体机关人员参与消防安全、投掷灭火弹和灭火器灭火演练，组织防火队员开展灭火弹投掷等演练，以此提升队伍能力。为做好夜间火灾应急，虞山林场调整预警响应机制，在火灾多发地段、道口增加了6个监控摄像头，实行24小时监控。目前，虞山夜间值班人员达20人，做到发现或接到火情信息立即出动。

加强森林防火，本市还在火源管理上积极组织开展检查督促，确保不发生重大森林火灾。据市森林防火指挥部办公室有关负责人介绍，在继续推行虞山可燃物清理的同时，去年，防火办还成立了督导小组，及时开展实地督促、检查，全面清理可燃物，为建设美好常熟营造安全优质的生态环境。

（原文刊登于2011年7月20日《常熟日报》）

用心付出　收获甘甜

王钱欣

虞山，在普通人的眼中是一座绿色的生态公园，但在另一些人眼里，这里还是生他养他的沃土。这些常年生活在虞山脚下的人，在沿袭"靠山吃山"的千年传统中，通过自己的努力，寻求着新的转变。在"走进虞山大型新闻行动·山居篇"中，记者带您走进他们的生活。

竹林里的凉亭

从2000年5月茶室开张算起，李惠英在宝岩生态观光园经营茶室已整整11个年头了。

今年49岁的李惠英1997年从常熟市第一水泥厂下岗后，帮母亲照看在宝岩生态园承包的竹林。但她渐渐发现，单纯承包竹林并不赚钱。"毛竹不好卖，竹笋也卖不掉。"她说，随着价格更低的湖州笋大量引入，本山笋变得无人问津。加之建筑工地的毛竹脚手架被更为坚固耐用的钢管代替，毛竹也失去了市场。

那段时间，李惠英常独自在竹林思考今后的出路。一天，她在竹林中看见几位游客围坐在一起打牌很是惬意。这让她萌发了一个大胆的念头：何不就在竹林里建茶室供游客休息呢？

回到家中，她将此想法与曾在家具厂当过木匠的丈夫赵东星商议。夫妻俩一拍即合。

李惠英提出在竹林中造个架空小凉亭。从未做过凉亭的丈夫硬着头皮答应了。之后赵东星花了整整一天时间，按此前在电视里见过的云南少数民族房子的样式，结合自己的想法，画出了凉亭图纸。此后的四五天，他就地取材，用成年老毛竹在林间空地搭建了一个小凉亭。

李惠英说，一开始，只建了两座小凉亭，放上两张桌子和几把椅子供游客休息。不想，很多来宝岩烧香的游客都抢着要在凉亭里喝茶。她对第一笔生意至今记忆犹新。那是一个下雨的午后，竹林里雾蒙蒙的，五位外地客人在凉亭里点了四杯绿茶。因是第一笔生意，李惠英格外用心。不仅茶叶是她亲手采摘、亲自炒制的，还给客人送上了自家刚成熟的杨梅，乐得五位客人连呼来到了"世外桃源"。

如今，青翠的竹林间点缀有15座凉亭，每到节假日，凉亭里满是喝茶聊天的游客。

李惠英对竹林的养护也是尽心尽责。每到冬季，她有选择地砍掉已生长5到8年的老毛竹，为新竹生长创造条件。竹笋冒尖后，她每天早晨都要进竹林查看，及时将新笋用红绳围起来，以免被游客踩踏。今年5月，长时间未下雨，竹林受旱，大量竹叶枯死掉落。情急之下，她买来水泵，连续为竹林打了10多次水，终于让竹林重焕生机。

不管茶室有没有客人，李惠英都是早上6点多到茶室烧开水，擦桌椅。晚上6点多收拾干净茶室才回家。李惠英说，来喝茶的很多是老客户，大家都把她的竹林茶室当成一个天然氧吧。今年冬天，她会再次修整竹林，把茶室办得更好。

名刹旁的茶室

47岁的王丽萍家住三峰陈家坞，离家不远就是三峰清凉禅寺。王丽萍回忆说，以前家门口是一片荒地，杂草长得有半人高。她和丈夫陈建良一起，将杂草丛生的荒地整平，再用水泥将空地重新进行浇筑。她还不忘在宅前屋后种些花花草草。如今院前的那几棵桂花树，就是当年王丽萍亲手栽下的。

下岗后的王丽萍一开始帮人打零工，伴随着清凉禅寺的修缮，来三

西城人家

峰旅游观光的人渐渐多了起来。一次,她无意间听人说起,三峰清凉禅寺开设了一家茶室,环境幽静,很是不错。联想到常熟人自古以来就有饮茶的习惯,自己以前也曾在茶馆工作过,王丽萍决定重操旧业,开办一家茶室。

在丈夫的支持下,王丽萍特地去家具厂定做了10张仿红木明式方桌。就在家门口那块刚清理完的空地上,开设了陈家坞第一家茶室。

刚开始,来喝茶的大多是陈建良的好朋友。王丽萍说,起初,除了双休日大家聚在一起喝茶外,10张方桌基本用不了。亲戚朋友还曾一度因生意清淡而劝她另谋生路。可她觉得,既然认准了一件事,就一定要用心去做好。茶客在她家喝茶,能在幽静的露天环境下,与花草树木亲密接触,赏景怡情,别有一番风味。

后来生意日益红火,原本的10张方桌早已不够用。王丽萍又连续两次扩建茶室。先购进5套塑料桌椅,仍旧不够用,又添了5张折叠方桌和10多张藤椅。

如今,茶室不仅供应茶水,还提供面条和饭菜。为此,王丽萍每天早晨要去菜场买菜。在报慈菜场、大义农贸市场常能见到她的身影。记者采访当天，厨房的案桌上摆放着豆腐干丝、草鸡块、茭白丝、切好的葱姜蒜。一旁的瓷盆里放着刚洗净的草鱼。燃气灶上炖着满满一锅红烧肉。厨房的碗柜上一叠叠白瓷碗整齐地码放在一起。"不仅要让客人吃饱，还要吃好。"这是王丽萍常说的一句话。鸡、鸭、鱼一定是现买活杀，蔬菜力求新鲜，不放冰箱。细致的服务扩大了生意，也留住了顾客的心。上月初，有对来自江阴市顾山镇的夫妇，路过茶室，喝了杯茶，吃了碗面，临走时对茶室的环境大加赞赏。一个星期后的周末，他俩又叫上好友专程从江阴开车来茶室喝茶。

  为了这个茶室，王丽萍付出了全部精力。每天早上5点多起床，搬桌子，烧开水。还没忙完就有顾客来喝早茶。晚上5点多茶室关门后，她又要收拾桌椅，打扫卫生。整理停当，她自己吃好晚饭通常是7点之后的事了。虽然累，但王丽萍心情舒畅。她对经营茶馆有着自己的看法："开茶室其实并不难，谁都会。但关键是怎么把它经营好。为客人提供舒适的休闲环境固然重要，但最为重要的是，要用自己的一颗真心去对待每一位客人。"

（原文刊登于2011年8月4日《常熟日报》）

听杨梅故事　品酸甜滋味

朱侣枫

梅园深处有茶室

　　走进葱翠欲滴的虞山宝岩风景区,沿路两边是一棵棵枝根硕大、郁郁葱葱的杨梅树。景区东边有一片杨梅园,守护它的是一位已经72岁的老人。从2001年起,李林生就承包了这片杨梅园,并在园里开了一个茶室,招待四面八方的来客。

　　李林生告诉记者,这片杨梅园大约有70多棵杨梅树,其中40多棵是嫁接过来的优良品种,如螳螂子、雪树等。老人对这些杨梅树感情很深,就像服侍自家的孩子一样服侍这些树。这里每棵树的品种、每年的收成以及关于这些树的一个个故事,他都了然于胸。老李给它们修枝、施肥,但从不用农药。由于管理得好,他的名气越来越大,四里八乡种杨梅的没有不知道李林生的。

　　老人告诉记者,每年三四月份,虞山林场的技术人员就会将东山杨梅等优良品种嫁接到老树上,以此延长观赏期,提高杨梅品质。目前,宝岩的杨梅树中有80%都是嫁接的。在宝岩有四五位经验丰富的农技师专门负责果树嫁接,农技部门也在技术上为种植户提供指导,帮助他们提高杨梅品质。

　　从1999年起,虞山宝岩生态观光园里每年都会举办宝岩杨梅节,今年已经是第13届。老李说,每年的杨梅节都会吸引10多万人前来宝岩。

看杨梅的人多了,杨梅园茶室的生意也红火了。杨梅上市季节,老李每天早上5点钟就要到茶室开炉、烧水,一直忙到天黑才回家。一个人忙不过来,老李就另外请了一个人来帮忙。两个女儿念他年事已高,都劝他不要再干了,但他却执意要干。他说,他不是为了钱,而是因为对那里的每棵树都有了感情。即使是冬天,老李也常到杨梅园晒晒太阳、看看杨梅树。只要一看到这些杨梅树,老李心里就乐滋滋的。

难忘幼时看杨梅

今年67岁的赵炎住在宝岩风景区边上的倪家弄内。打小时候起,赵炎就目睹"烧莳香,看杨梅"的热闹场面。说起宝岩杨梅,赵炎自豪地说,在他们宝岩,家家都要在宅前屋后种上几棵杨梅树,宝岩杨梅已经有近千年的历史了。赵家屋前屋后就有八九棵杨梅树,那是祖上传下来的。

赵炎回忆说,每当农历的六月底至七月初,低乡的男女老少便穿上新衣服,成群结队前往宝岩看杨梅。因为每年莳秧的最佳季节是夏至到小暑这段时间,在这段时间里,低乡农民抢时间莳秧,在田头安轴架车,戽水灌田,平田平地,拔秧莳秧,忙得不亦乐乎。劳累了大半个月莳完了秧,他们就去虞山宝岩湾看杨梅,放松自己的身心,就像山歌里唱的"栀子花开六瓣头,大姐女打扮梳好头,梳了好头哪里去,宝岩湾里看

宝岩风景区

杨梅"。赵炎说，那时候，宝岩湾里别说有多热闹了。除了看杨梅外，还有城里山景园来摆摊头，各种小吃五花八门，有梅花糕、海棠糕、大饼、油条，各种小吃还可以送到山上，有的人还带来米、豆、粽子，还有的用河里捉的田螺来宝岩换杨梅。还有不少男女青年借看杨梅谈对象，有的姑娘看到宝岩这么好，就想嫁到这里。

和赵炎同岁的吴兴元也是土生土长的宝岩人。说起宝岩杨梅，他滔滔不绝，"宝岩杨梅是虞山的特产，以前产量最多时山上山下的杨梅有16万石。苏北的大丰县果品公司用航船来这里收购，他们把质量好的当场销掉，质量次一点的拿回去加工成糖杨梅"。老吴说，在"以粮为纲"的年代，宝岩的杨梅树被大面积毁掉，产量最少时只有1吨。十一届三中全会后，恢复宝岩杨梅的工作得到各级政府的支持。至今，宝岩已形成大片杨梅园。近几年，宝岩杨梅不断引进新品种，目前有老黑头、小甜山、荷叶盘等13个品种，其中包括浪荡子、水晶、早红等5个优良品种。果实颜色除水晶杨梅白晶莹之外，其余品种都带有红色，有紫红、桃红、粉红等。后来又从浙江余姚和吴县东山引进荸荠种、大叶细蒂等良种杨梅，使宝岩杨梅的品种愈加丰富，口味也多种多样。

吴兴元高兴地告诉记者，近两年来，宝岩又新增了3000多棵杨梅树。杨梅树种植也使周边百姓受益，在每年成熟期的20来天时间内，宝岩农民每户可净增数千元收入。今年雨水多，产量少，一斤杨梅卖到15元，价格最高的荸荠种一斤卖到20元。

（原文刊登于2011年8月18日《常熟日报》）

虞山绿茶香飘久远

吴晓丹　卫钰婷

虞山不仅风景秀丽,而且盛产名茶——虞山绿茶。虞山最早种植茶树始于清代,新中国成立后开始成片拓植,特别是改革开放以来,在政府的扶植下,经过科学栽培的虞山茶树更加葱郁。

一座山　两代情

今年72岁的朱振兴是新时期常熟第一代种茶人,他1961年从宜兴农校茶叶专业毕业后分配到虞山林场,退休前任林场生产技术科副科长。朱振兴说,当时虞山林场共种植了800亩茶树,是林茶间作。"那时还没有茶厂,我被分配在三峰工区负责茶叶生产。当年茶树的成活率在60%至70%之间,我的主要工作就是对茶树进行补缺。拿到省农林厅分配的茶苗计划后,我们前往苏州东山、西山买回几十万枝茶苗,都是宜兴群体种。每次采摘完茶叶,我们就在生产队仓库里支起两三个锅炒茶叶。"1962年,茶厂建办起来,车间是七间瓦房,配备两副七星灶、一台木制揉捻机,还有七八名工人。到70年代,茶厂大造厂房,机器全面更新,4台陶瓷揉捻机取代了原先的木制揉捻机,这才有了越来越红火的生产局面。

茶叶采摘后,由林场统一收购,朱振兴他们依照国家收购毛茶的标准把茶叶分成6级12等。到80年代,茶厂开始引进"龙井43"。"当时国

虞山春茶

家号召发展茶叶种植,我们从浙江中国茶叶研究所引进'龙井43',第一批种了几十亩,现在这个品种的种植面积已达150亩。另外我们还引进了早品种'乌牛早'。"朱振兴说。

  1997年,茶厂正式引入白茶。朱振兴说,白茶苗的价格是普通茶苗的10倍,他们先在山上试种了1亩,1999年才开始大量引进,现在林场共种植200多亩白茶。1994年,朱振兴被省农林厅评为高级农艺师。他说,不光自己近40年的时间都在林场以茶为伴,妻子陆阿姨也在林场茶叶生产车间工作了将近40年。女儿从句容农校茶叶专业毕业后,也进了林场,现在在剑门绿茶厂任副厂长。"我希望虞山林场继续繁荣发展,培养专门人才,以茶叶的美名吸引外地客商,同时扩大市场,起到经济的开发先导作用。"年届古稀的朱振兴满怀深情地说。

老一辈 见证发展

  汤振泉是虞山绿茶有限公司经理,他说,1984年前,茶叶属于统购统销计划产品,1984年后政策放开,茶厂的茶叶品牌才慢慢建立起来。

  汤振泉毕业后在生产队干活,在茶叶生产季节,他经常被抽调进茶厂帮忙。"我跟着老人们一起干些简单的活,3个工分一天。直到1978

年，我才正式进入茶厂，当时我的工作是茶叶杀青。"由于缺乏经验，汤振泉只能跟着同事从头学起，"当时我们采用的是锅式杀青，要先把锅烧热，倒入茶叶，再盖上锅盖，蒸汽出来后才用'铁手'翻炒。火是用煤烧的，一个车间有四口杀青锅，五六台揉捻机，揉捻后解块，再烘干。我们要完成整个工序"。

随着茶厂种茶技术、炒焙技术的不断改进，茶叶质量直线上升。1978年至1984年间，随着种植面积的不断扩大，茶厂经历了一个大发展的过程。汤振泉说："当时我们引进了福丁群体种，最多时种了1000多亩，员工也超过100人。我从1997年开始负责管理石洞和宝岩两个工区的214亩茶树，其中多数为宜兴群体种，也有福丁群体种。"

汤振泉说，茶厂从成立之初到现在经历了几次更名。"创立时叫常熟县林场茶厂，后来改名为国营常熟市虞山林场茶厂、常熟市虞山林场茶叶有限公司，2004年改制后直到如今为常熟市虞山绿茶有限公司。"如今，汤振泉仍旧负责管理茶树，只是管理范围从原来的几百亩扩大到现在的全厂茶树。"现在茶树品种越来越多，种植茶树的也都是本场的人。我的工资刚进厂时一年只有160元，现在近4万元。"

新一代　再续辉煌

吴健的父亲吴建华从1996年开始在虞山绿茶厂当厂长。对吴健来说，自己的成长过程中时刻有浓浓的茶香相伴。父亲的意外过世，使得吴健在毫无准备的情况下进了茶厂，任虞山绿茶有限公司总经理。

在吴健的记忆中，早先的茶叶生产是归工区管理的。"平日里，工区管理茶叶生产，茶厂负责收购、加工和销售，这样茶厂在茶叶的质量上很难把关。1996年后，茶叶种植、加工、生产销售归茶厂一体化管理，茶叶生产的经济效益逐年变好。"

吴健最初进厂时，对茶叶的种植、生产几乎一无所知。"我大学学的不是茶叶专业，刚开始我甚至都不喜欢喝茶。2004年进厂后，真正开始接触和了解茶叶。我用了整整两年的时间熟悉厂里的情况，也去车间做过炒茶的工作。在忙茶叶生产的同时，我还去了中国茶叶学会学习。

2008年,我开始攻读农业推广硕士,学习关于茶叶的各种知识。"

"虞山绿茶"从1990年开始拥有自己的名字,2003年被评为无公害食品,2005、2007年分别通过绿色食品和有机食品认证,如今,这个品牌已经饮誉四海。吴健说,对他而言,首要任务就是守住"虞山绿茶"这个响当当的品牌。"我们将努力保持原有种植规模,并争取增产增值。目前,我们年产干茶20吨,产值1000万元。员工有90人,采摘期间固定外招400至1000人。"

吴健说,茶厂也面临着一些困难,那就是茶叶生产工艺的保持和传承。"茶厂确立的未来发展方向是'提高品质、开发新产品',我们会按照这个目标,努力让虞山绿茶的香味飘得更远,让虞山茶文化传播得更广。"

(原文刊登于2011年8月19日《常熟日报》)

"靠山吃山"的新实践

王钱欣

俗话说,靠山吃山,靠水吃水。但究竟怎么个吃法,却各有各的不同。有的吃成了山穷水尽;也有的,却吃出了柳暗花明。

对世代居住在虞山脚下的居民而言,虞山不仅仅是一座公园,更是生养他们的沃土。

将生活融入青山间

一句"不是为了钱,而是因为对每棵树都有了感情"道出了他的心声。

他叫李林生,一个纯朴的老林场人。10年前,他在宝岩景区的杨梅园里开了一家茶室。每到杨梅上市季节,他总是早上5点多到茶室为客人烧水,一直忙到天黑才回家。这

虞山冬韵

个在外人眼里只是简单重复每日劳动的举动,在李林生看来,却习以为常,是一种再自然不过的生活,不加任何修饰。

作为一名老林场人,在他脑海里,对虞山的印象是每年农历六月底至七月初烧莳香看杨梅的热闹,是当年苏北大丰的航船来宝岩收购杨梅时的繁忙。他对杨梅树的感情,就像爱护自家的孩子一样。每棵树的品种、每年的收成以及关于这些树的故事,他都了然于胸。他,已然将自己的生活融入这片青山。

在市场大潮中搏击

在李惠英和王丽萍的身上,我们看到的是林场人身上那种坚韧不屈、敢闯敢拼的品格。

两位茶馆老板娘有着相近的年龄、相似的经历。她们共同经历了20世纪90年代下岗大潮的阵痛,共同体会着创业路上的辛酸与甘甜。

面对下岗,下一步该怎么办?这是两人共同面对的问题。是延续老一辈靠简单种植维持生计的状态,还是去闯一条前人从未走过的道路?两人选择了后者。

这样的选择用李惠英丈夫赵东星的话说,是"逼出来的"。下岗后没有稳定的收入来源,单纯靠卖山上出产的杨梅、毛竹又赚不到钱,为了生存只能硬着头皮闯出一条生路。

我们不能简单地用对错去判断当初的决定。因为,从单纯的种植到自己独立经营,这本身就是一个思想解放的过程,一个逐步适应市场经济发展的过程。受时代环境与自身认知的影响,老一辈山民并未将十里青山与经济做过多的牵连。在经济转型的大背景下,李惠英们试着用市场经济的眼光审视虞山的物产，挖掘其经济价值，将原先靠山吃山的千年传统，转变成开发山、利用好山。正是自身观念的转变，让他们的致富路越走越宽，闯出了一番新天地。

（原文刊登于2011年8月25日《常熟日报》）

展现山水人文新魅力
——虞山尚湖旅游度假区战略策划及总体规划解读

周文新　周晓霞　黄佳

在常熟山水城格局中，虞山自古便是城市居民核心的游憩空间，如今常熟正向后工业化时代转变，城市发展面临全新的竞争格局，而决定竞争力强弱的主要因素之一就是城市的品质，如生态、宜居等，虞山作为城市空间的核心组成部分，是决定城市未来竞争力的关键。在"走进虞山大型新闻行动·眺望篇"中，记者带您一起展望虞山未来的规划发展。

山水辉映整体开发

常熟的城市格局形成于唐宋，完善于明清，山水城一体的城市布局、错落有致的坊巷与粉墙黛瓦的装饰有机结合，成为常熟打响国家级历史文化名城品牌的主要依据，而虞山尚湖依托自身的文化底蕴，也成为"世上湖山"这一城市形象的景观名片。

随着虞山的进一步规划开发，区域内有限的土地资源成为继续发展的瓶颈，面山而卧的尚湖，成为景区未来发展的最好补充与延伸。市委、市政府果断决策，突破区块分割，合理布局片区功能定位，加强区域发展规划的配套衔接和优质资源的集约利用，有效实施虞山尚湖生态旅游资源的充分整合和深度开发，还原虞山尚湖交相辉映的本来面貌。

《虞山尚湖旅游度假区战略策划及总体规划》应运而生，从区域产业发展现状、城市发展战略，从国家级旅游度假区、国家级文化产业示范区和低碳旅游示范区的比较分析入手，确立"做优做精以江南文化为核心的山水人文景观"的总体定位，"做大做强文化旅游产业为核心的现代服务业"的发展理念，形成"二轴一环、三核四区"的空间发展战略格局，与国际理念接轨，以生态、可持续、城乡统筹的发展模式，建立生态、城市、旅游和谐共生，以旅游业、休闲农业、文化产业为特色产业，辅以居住、服务配套等一般城市功能，形成相对独立、功能完善、特色鲜明、以旅游产业为引领的山水人文旅游新区。

生态与文化并举

虞山尚湖是常熟独特城市形态的重要组成部分，是常熟历史文化和生态环境的承载主体，这些都决定了虞山尚湖的开发将主打"生态"和"文化"。

常熟市委、市政府以再造江南为理念，指导虞山尚湖整体打造。通过不断提升生态环境，维护现有的江南湖山和水网格局，做好虞山山体绿化和尚湖水系绿化，营造苍翠葱郁、鸟语花香、自然静谧的山林植物景观空间；尚湖环湖水岸规划种植多类植物，体现优美的环湖景观带。文化内涵挖掘方面，分别从文化高度、立体空间、江南哲韵三个方面进行诠释，展现远古江南、层次江南、性情江南三大气质。其中远古江南以仲雍、言偃、姜尚等江南始祖与名人为核心，做深江南始祖文化、做广人文江南主题休闲度假；层次江南依托尚湖、田园、虞山与生俱来的层次感，差异化强调度假、休闲、观光总体特色，形成一个由低至高的立体图景；性情江南以虞山尚湖人文资源中的"儒释道"三大文化内涵立体化、差异化、全景化打造，从而跳过载体再造，直取文化精髓。

精心打造两轴两带

在《规划》中，一条山水文化全景体验轴从南向北贯穿虞山尚湖，成为连接虞山与尚湖的纵向发展轴，借助度假区深厚的人文底蕴与文

湖光山色

化内涵,构建山水人文核心项目,打造核心景区集群;人文风情休闲轴则成为贯穿东西的横向发展轴,主要以虞山尚湖丰富的文化为背景,以言偃礼乐文化为内涵,构建江南首席人文风情体验集聚地。依托尚湖打造的滨水养生带和依托虞山构建的山林文化观光带,南北辉映,湖光山色,美不胜收。

以虞山中路为纽带构建的山林观光发展带,植被茂密,生态优美,《规划》以维摩山庄、三峰寺、藏海寺为基础,将进行整体提升,同时通过虞山中路串联辛峰、维摩、剑门、三峰景区等山林观光景点资源,全方位打造原生态山林健康之旅、虞山佛文化休闲之旅。

目前以兴福佛茶文化为主题的旅游产品已经启动,项目以佛文化和茶文化交融,打造"兴福品佛"主体产品,挖掘兴福禅茶文化历史及故事传说,举办大型佛禅演艺活动"兴福雅集",并增加人性化旅游服务项目,完善配套服务。

加强引导造福居民

虞山尚湖周边的居民原本大多依靠农业为生,《规划》根据居民点的环境和经济特点,以新的经济系统推动生态新农村示范建设与相关

常熟风情

产业提质改造,引导实现经济转型。位于旅游区范围之内、具有田园特色的村庄将发展形成田园风情村;引导具有传统特色文化、技艺、风俗的村落,形成民俗文化村;引导拥有风物特产的村庄,积极培植地方风味加工产业,形成特产风味村等,最终形成"一村一特色"。

随着旅游的整体规划开发,区域内农业用地将逐渐减少,农民的就业方式也悄然发生转变。一部分劳动力将充实到农业旅游、农家乐的发展中,通过简单农业到向旅游产业、现代精致农业的就业方式转变,为农民就业拓展了新的途径。政府对居民点进行安置引导,依托旅游业发展,彻底改变当地居民的就业结构,多种收入方式并存的现状将有效增加农民收入,实现经济效益增加和保障居民利益的有机统一。

(原文刊登于2011年9月6日《常熟日报》)

山水交融绿茶香

周文新　黄　佳　周晓霞

9月，风清气爽，天蓝云碧。登顶虞山，身后是雄伟挺拔的剑阁；眺望远方，尚湖用柔柔的臂膀环绕绿树人家。兴福、三峰、宝岩，每一个片区名称的背后，是浓浓积淀的历史，是含蓄淡雅的文化，是辛勤劳作的汗水。千百年来，居住在这里的人们用双手建设家园，俯仰之间，无边的未来在精心规划中徐徐铺开。

兴福片区：宗教文化与民俗相融

黄河路以西，寺路街复线笔直伸展。穿过大片停车场，沿新修的木栈道信步而上，不多时便听到水声潺潺。一条清澈的小溪从山石中涓涓而下，沁凉的水汽在空中弥漫。疏密有致的林荫下，三五张竹凳石椅错落摆放，游人的交谈声和着绿茶的清香四散。在这片热闹的画景中，谁也不会想到，去年年底前，这条有名的破龙涧还被淤泥枯叶堵塞，周边是荒草小径，除了住在这里的村民，鲜少有人踏足。

去年年底，虞山尚湖旅游度假区投资300万元对破龙涧区域进行整体改造，除了对原有的沟涧进行清淤、铺设木栈道外，还将区域内的污水管线全部入地，铺设道路直通兴福寺，与寺路街连成一片。趁着"地利"，不少居民纷纷将自家房屋修缮装修，形成各种风格的茶座、餐饮区，短短半年，就吸引了大量游客。

正在树荫下喝茶的陈雪英与姐妹们一边呼吸着林中的新鲜空气，一边聊着家长里短。这里的几个茶座老板她都熟络了。陈雪英说："常熟人有喝茶的传统，这边景区改造后，停车方便、环境又好，所以经常和家人、朋友来。"

在兴福片区的未来发展规划中，宗教文化与文化民俗的融合扮演了重要角色。据虞山尚湖旅游度假区管委会规划建设部部长陈志刚介绍，寺路街沿线现有民居55户，管委会将引导居民打好"禅"与"茶"两张牌，在保留原有民风的基础上，对民居进行改造，承载起旅游发展的功能，形成融宗教文化、休闲娱乐、住宿餐饮为一体的综合性片区。

三峰片区：打造休闲农家乐基地

与破龙涧景观区相似，位于三峰片区的陈家坞村村民早早嗅到休闲旅游产业的商机，自发利用周边优美的自然环境展开了经营。

这里历来是茶叶和苗木的优良生产基地，也是三峰片区未来发展的亮点。目前，虞山尚湖旅游度假区管委会在村民经营赏景品茗的基础上，重点针对道路交通、宅间景观、自然水体、山林绿化、基础设施以及附属配套设施进行规划和设计，整治村内宅间公共环境以及村周边的溪流水系等自然环境，整治面积约5.2万平方米。经过改造，辖区内将全部取消水塔，代之地下泵站，自来水、污水、天然气、弱电全线入地，为陈家坞的未来发展奠定坚实的设施基础。

"在未来的陈家坞，村落环境、基础设施将得到进一步完善，游客不仅可以品茶聊天，还能走进茶田采茶，进入竹林挖笋，进行野外拓展，在草地上露营，充分感受农家乐。"陈志刚说。

宝岩片区："宝岩绿谷"成发展枢纽

山峦葱翠倒映水中，水色湖光润泽山脉，从古至今，虞山尚湖就是一体。而宝岩，就是连接山与水的重要纽带。每逢宝岩杨梅节等节庆活动，宝岩老街上总是人声鼎沸、接踵摩肩。人们享受着鲜果的滋味，却

虞山破龙洞

又不免希望能与这山水接触得更亲密一些。未来的宝岩，可以让人们得偿所愿。

未来的宝岩片区，宝岩老街、宝岩生态园、虞山南路将有机融合，共同打造"宝岩绿谷"。宝岩老街将成为虞山的核心区，以宝岩老街为龙头，周边的农田、果园都将为老街服务，形成一个自然型服务社区。山林中的树木将成为孩子们的乐园，成为科普教育、生态旅游基地。小石洞景区、瓶隐庐、曾朴墓等会进行建设修缮，成为片区内的节点。在尚湖景区内的游客可以通过垂直爬山梯等动力形式进入虞山，真正实现山与水的融合。

（原文刊登于2011年9月7日《常熟日报》）

面对虞山,我们充满深情

——写在"走进虞山"大型新闻行动落幕之际

陶 胜

面对悠悠虞山,我们应该怀有怎样的感情?昨日,"走进虞山"大型新闻行动在刊发完最后一篇稿件后圆满结束。7个篇章,28篇稿件,55000余字……记者笔尖流淌着的,是那份对虞山难以割舍的浓厚感情,凝聚了对这座青山发展的人文关怀,更引起了读者的深刻共鸣,在虞城掀起一股关注虞山的热潮,赢得了社会各界的广泛好评。

此次大型新闻行动由常熟日报社和虞山尚湖旅游度假区联合主办,历时四个多月,是本报有史以来规模最大、影响最深、深度最广的一次新闻采访活动。其间,15名记者深入虞山的每一个角落,全方位、多角度反映虞山的过去和现在,探索保护与开发的课题,思考延续与变革、发展与创新。

大型新闻行动按主题共分为七大篇章,分别是旅游篇、草木篇、观鸟篇、特产篇、山居篇、守护篇、眺望篇,涵盖了虞山近年来的发展脉络。旅游篇中,记者探寻吴文化与虞山旅游开发相结合的路径,提出了"打造吴文化第一山品牌"的口号。草木篇里,虞山林木"家底"全景式呈现在读者面前,古树名木和盆景世界给读者带来"绿色新体验"。在观鸟篇中,记者独辟蹊径,通过对虞山上观鸟族的追踪报道,展现出虞山丰富的鸟类资源和良好的生态环境。特产篇剖析市民耳熟能详的虞山蕈、山前豆腐干、杨梅等虞山特产的现状,围绕保护与传承主题进行深入采访。山居篇通过展现常年生活在虞山脚下的人的生活,反映出虞

虞山福地

山在新时代中的发展,人物形象鲜明生动。守护篇反映了近年来虞山保护的人文环境,展现市民守护虞山的风采。眺望篇中,记者站在城市发展规划的角度,展望虞山规划,勾画发展蓝图。与以往新闻行动不同的是,"走进虞山"每一个篇章的最后一篇均为思考性文章,既是对该篇章的总结,也提出自己的观点和见解,进一步增强了新闻行动的深度,其中有不少颇具建设性的意见建议,已成为读者热议的焦点。

这组新闻报道刊出后,在社会上引起较好反响。很多读者纷纷致电本报,就虞山的发展表达自己的看法。虞山尚湖旅游度假区有关负责人也表示,新闻报道中的一些思考性建议和建设性意见,对今后推进虞山深入开发和保护具有启示作用。这组报道得到了苏州市委宣传部的充分肯定。今年8月,由苏州市委宣传部和苏州市文化广电新闻出版局编印的《报刊审读报告》,以较大篇幅对"走进虞山"这组系列报道进行评审,认为报道既紧密围绕当下常熟市委、市政府的环境整治工作,又与市民生活息息相关,其政治性、思想性、群众性和时效性特别强烈。

"虞山天天与人见面,看似平常,但如能将历史与现状、自然与人文、生活与环境、经济与生态平衡等各个方面联系起来加以观察,就能写出一系列具有新意的文章来。"审读报告认为这组系列报道不流于一般性的动态,而是在深入挖掘地方新闻资源、创新制作新闻作品上下了功

西门大街红叶

夫,更加贴近实际、贴近生活、贴近群众。同时以此为例,表示这组报道为地方报纸如何挖掘做深本地新闻资源提供了经验——"这组新闻报道显示,地方报纸的新闻资源,不仅不会受地域的限制日益枯竭,而且会由于挖掘者的智慧与创新,不断涌现出新的源泉,从而使报纸的内容更加丰富多彩,更具地方特色。"审读报告还认为,这组系列报道的可读性建立在潜移默化的思想性与生动活泼的知识性的基础上,新闻创意值得借鉴。

"走进虞山"大型新闻行动告一段落,但围绕虞山发展的话题却远远没有结束。青山坐落在城市之内,是城之幸、民之福。这组报道,既可视作常熟报人与虞山的对话,也希望能够借此呼吁广大市民更加关爱虞山、呵护虞山。

对虞山,我们充满深情。

(原文刊登于2011年9月8日《常熟日报》)

山水印象
走进虞山尚湖

贰

走进尚湖

山水相映　美在一体
——追寻历史感厚重的尚湖

陈哲　陆婷

尚湖，一颗镶嵌在常熟大地上的明珠，时间越久越散发出璀璨的光华。

虞山万株林木是城市"绿肺"，尚湖千顷碧水是天然"氧吧"，正因为有这一山一水，常熟才福泽绵长，被誉为"福地"。

传说与历史

尚湖有一个传说。《孟子》曰，太公避纣，居东海之滨。《中吴纪

尚湖全景

闻》则曰,太公姜尚尝钓于此,故名尚父湖,相沿多称尚湖。尚湖的由来多用这个典故。有人因此说,尚湖因姜太公得名。但我们更关注历史,清康熙间《百城烟水》记载:"旁邑水溢而出,亦汇于湖。虞山临于湖上,其滨饶,葭苇蒲荷鱼鸟翔跃,民居栉比,率业鱼稻,柳港映带,景最佳胜。又名西湖,以拟余杭之西湖。"我们说,尚湖享誉海内,是因为古已有之的生态美,在清朝就可与杭州西湖相媲美。

尚湖之美又何止"鱼鸟翔跃"。在尚湖西北口,原有三孔石拱桥一座,名"湖桥",始建于明代。桥洞成正圆形,月圆时分,当月亮升至一定高度,拱桥与月影相套合,投影湖中,桥下三孔中显现累累如"串月"奇景,这是虞山十八景之一的"湖桥串月"。还有傍湖的村落,农田平野、竹篱茅舍,每到暮晚时分,湖面水汽蒸腾,如笼轻烟细雨,仿佛水墨画卷,同样是虞山十八景之一的"湖甸烟雨"。尚湖不仅有厚重的历史感,还早早显现出一种人与自然和谐相处的美。

水光与山色

尚湖与虞山同气连枝,不分彼此。虞山为尚湖秀美花草遮挡强风,尚湖蒸发的水汽又为虞山葱郁林木送去甘霖,一个天然的生态循环系统形成。

这不是偶然。尚湖与虞山,既有相互依偎的形态,更有相互联系的成因。由于断裂作用,与虞山所在地盘抬升的同时,尚湖所在地盘发生沉降,一高一低、相互影响的地理位置由此形成。湖泊的演化也与地理位置有关。据有关资料记载,宋明之时,尚湖略呈圆形,湖面直径约与虞山的山脊等长;清代尚湖,渐缩为南北扁平的椭圆,长15里,广9里。民国初年测量,面积约为2.5万余亩。

2008年,市委、市政府整合虞山尚湖资源,把两者合为一体,组成虞山尚湖旅游度假区。自此,尚湖与虞山方圆39.2平方公里区域实现统一规划、统一管理、统一开发、统一经营,品牌影响力日益显现,来领略尚湖虞山生态美的游客以每年10%的速度增长。

尚湖捕蟹

相望与咏叹

尚湖虞山的秀美风光吸引了众多文人墨客留下足迹。元代大画家黄公望为了画出虞山的神韵，选定尚湖的湖桥作为观察点。风流倜傥的唐寅曾慕虞山尚湖之秀色，轻舟短棹，对山写生。唐寅自朝至暮，作画七十二幅，未得虞山尚湖之神韵，无奈弃舟而去，留下"唐寅系舟"处。

更多文人选择留下墨宝。在尚湖山水文化园照壁上，镌刻有丁奉的《尚湖赋》。丁奉是明代进士，38岁即辞官归家，隐居于尚湖之南，文章中写道"沄沄灩灩，潏潏澄澄，渍沦以沸，匋瀹以烝，每贴罗而展縠，更玉漾而珠腾，此吾平居之所以旷志怡情者也"，描摹了尚湖的优美景色和在水路交通中的作用以及丰富的物产，还原了昔日尚湖的生动景象。

（原文刊登于2012年6月12日《常熟日报》）

退田还湖秀出天高水阔
——从尚湖变迁痕迹见证生态回归

冯碧珩

尚湖的变化可以用"沧海桑田"来形容，20世纪80年代初，尚湖田陌纵横，后来经历两次退湖还田，尚湖越长越大，尚湖的变化见证了常熟生态自然的回归。

退田还湖重现千顷碧波

在"粮食为纲"的年代，人们纷纷向湖泊要粮食，尚湖也未能幸免。湖泊缩小后引发一系列生态变化，虞山上树枯叶黄，干燥闷热的天

尚湖水上森林

气让人难受,民间纷纷要求恢复尚湖。这引起了当时常熟市委、市政府的高度重视,1984年退田还湖的决策,让全民都兴奋起来。

次年1月,原尚湖水域围堤铸岛、退田还湖工程正式启动,掀起了全民参与的热潮。常熟人以极大的热情投注其中,恢复原本属于自己的生态湖,当时全市13个乡镇1万多人参与其中,挑出125万方土,筑成长21公里的环湖大堤和1.4公里的串湖大桥,以及总面积0.73平方公里的7个洲岛。

原尚湖风景区开发总公司总经理焦庆元还记得1985年7月23日这个特殊的日子,记得从那道水闸为尚湖注水的景象。在那一天的放水典礼上,干涸了18年的尚湖又显得浩浩汤汤,站在湖边的人们都被这千顷碧波的美景醉倒。这一次,尚湖水面恢复到1.2万亩。

全面绿化建设尚湖新景

由于在全国率先退田还湖,常熟被国家水利部点名表扬。

常熟并没有停下对尚湖生态修复的脚步。1985年以来,常熟加大投入建设尚湖生态区,在湖中的荷香洲和钓鱼渚等岛屿和环湖地区大规模植树造林、种花栽草。"事实上,当年尚湖没有放水,我们已经开始进行绿化了,全力进行生态修复。"焦庆元告诉记者,尚湖的每一片树林的故事他都还记得,特别是那些生长在水中的池杉。"因为对生态有利,我们决定引进它,当时1987年一棵树卖12元,我们一咬牙买了1000棵。"事实证明这些池杉的效果非常好,尚湖随后继续种植,形成了现在独特的水上森林景观,成为留鸟的栖息地。

常熟不遗余力建设属于自己的生态湿地。为了保护尚湖水质,引长江水进尚湖,搬迁沿湖工厂,堵住所有排污口,使一湖碧水一直保持国家二级水质。经过20多年建设,现在尚湖水草丰美,岸边绿树依依。

生态怡人亮出秀美姿容

尚湖高级中学教师陈怡驾车行进在环湖路上,总会放慢车速,欣赏沿途风景,有时候她还会发现路上有鸟类散步。这条紧邻三环路的环湖路几年前还不是这样,路边有一些鱼塘、渔民的小棚屋,"而且水面也没有这样开阔,这条路进入主景区后,整个环境也和以前大不一样。"陈怡记得变化是从2008年开始的。

那一年,虞山尚湖旅游度假区管委会斥资4亿元,把之前尚湖周边村庄抵押出去的多宗土地全部回购,并对废窑坑、旧鱼塘深浅不一的地貌进行统一平整修复,再加上东扩西扩两大疏浚工程,使尚湖水面从1.2万亩增加到1.5万亩,再加上水中心及周围5000亩的生态景观陆地,整个尚湖区域面积达2万亩。这次保护性修复,使尚湖景色更为怡人,为游客带来更多的视觉享受,成就了尚湖更为秀美的姿容。

(原文刊登于2012年6月13日《常熟日报》)

鸟在枝头鸣　人在画中游
——尚湖犹如水天堂

田 园

前不久，首都15家中央级媒体21位记者来到尚湖，被尚湖的天堂秀水所打动。密密匝匝层次分明的树木，微风送来的湖上清新的空气，泥土花草散发出的芬芳，鸟儿悠闲自在的鸣叫，都让他们流连忘返。

"这里的景色太与众不同了！"临行时，他们给尚湖这样的评价。

被中央级媒体记者充分肯定的尚湖，原来是一片低洼田，现在变成远近闻名的一片秀水，其间融进了本市一以贯之的生态修复理念。

目前，尚湖水体面积800公顷，湖水水质常年保持国家二类地表水，被国务院原副总理曾培炎称为"太湖流域水质保护的典范"。尚湖以池杉为主体的湿地林，有近10万平方米，是越冬鸟类主要的栖息地。不要说外来游客，就是常年工作在尚湖的人，对于天天在变的尚湖也充满爱恋。

李和宝在尚湖风景区工作多年，她告诉记者，尚湖南岸有两片面积一两万平方米的水上林地，一片叫"水上森林"，另一片称"鸟语林"。在那里，高大的池杉一棵棵直立在浮萍覆盖的洼地里，伸向碧绿的湖水深处。

池杉原产于北美东南部沼泽地区，树干茎部膨大，通常有藤状呼吸根，不怕水淹。落户多水的尚湖，池杉与碧水更是"水乳交融"，成为江南少见的景观，营造出"树在水里生、船在林间游、鸟在枝头鸣、人在画中游"的水上天堂。

"其实沿湖一路走来，水上天堂又何止这里一处？"李和宝说，湖畔的各种陆生植物，勾勒了一个浓荫蔽日的水边天堂，除常见的香樟、

尚湖白鹭

　　垂柳外，还有不少名贵品种，光玉兰就有金叶玉兰、云山白兰等28个品种，更让人称奇的是尚湖还湖二十多年，可岛上却能看见上百年的古树名木，荷香洲上连缀成长廊的百年紫藤，几个景点的黄杨木、老榆树、老银杏、红枫都给尚湖增添了古雅之趣。

　　如今，173个科的30万株树木使尚湖绿地部分的绿化覆盖率达92%以上，郁郁葱葱的树木让这里成了一个天然氧吧。

　　对自然生态最为敏感的动植物留住了，万物之灵的人也留住了。尚湖成了鸟的天堂，花木的天堂，人类的天堂。

　　卢祥云是理工学院的老师，他坚持观鸟已有20多年。慢慢地积累记录，使得本市鸟类资源的情况在他心中清晰起来。尚湖还湖后，绝迹多年的鸟类纷纷回归，迄今为止，在尚湖发现的鸟类已达89种，国家级、省级保护种类15种，其中白鹳、黑鹳、中华秋沙鸭为国家一级保护动物。"白鸥知我忘机多，几度相逢自不惊"、"两个黄鹂鸣翠柳，一行白鹭上青天"的诗情画意，就在鸟类的飞翔中展现。

　　更有意思的是，一些候鸟改变了生活习性，一年四季都驻守在这里，成了地地道道的"留鸟"，白鹭往往三、四月份从华南到苏南一带繁殖，九月份返回华南地区越冬，现在一年四季都可看到它们的踪影。而原来九、十月份从北方到长江以南地区越冬，三、四月份北返的夜鹭等

鸟类，也同样留了下来。鸟成了尚湖一道亮丽的风景。

特别是近年来，尚湖度假区管委会投资170万元将原有水上森林向西拓展，扩建区域面积7.9万平方米，是原有水上森林面积的近10倍，新种植池杉11366株。随着生态环境的改善，越来越多的白鹭栖息到尚湖水上森林，再现"猎猎葭芦老，飞飞鸿雁多"的可人意境。

尚湖水质之优居苏南之首，故有"秀水甲江南"的美誉，同样也成为水产丰美之地，目前尚湖鱼类达39种，两栖爬行类15种，其中不乏绿色食品的尚湖清水蟹，无公害食品的尚湖鳙鱼等，到尚湖品尝生态型湖鲜美食不失为人间一惬事。

尚湖社区负责人张明华对尚湖水产了如指掌。她告诉记者，尚湖的水产主要以花鲢、白鲢为主，此外还有鳊鱼、草鱼、鲤鱼等品种。最大的草鱼能超过10公斤，普通的花鲢鱼重量也在4公斤左右，白鲢在3公斤左右。全年产量在10万公斤。为了保护水质，尚湖中的养殖不投饲料、不用药，因此出产的水产为无公害农产品，花鲢通过了有机食品的认证，白鲢也通过了绿色食品认证。由于水质优良，鱼类以浮游生物和水草为食自然生长，所以肉质鲜嫩深受市场欢迎。

尚湖还起到良好的气温调节作用，炎炎夏日，尚湖凉风轻袭，景色宜人，与高温形成鲜明两季，常熟百姓也从尚湖得到凉爽。根据观测，还湖后，常熟城区的夏季均温比还湖前平均低了近2℃。

（原文刊登于2012年6月21日《常熟日报》）

凝聚智慧规划尚湖远景

冯碧珩

尚湖，因其独特的地理位置，巨大的生态效应，牵动着常熟人的心。常熟人倾尽一切努力让尚湖保持原生态面貌，同时凝聚起全部的智慧，规划未来发展方向，让尚湖流淌出更和谐的"音符"。

市民参与共商发展大计

尚湖高级中学退休教师施大威时常会到尚湖公园散步，他细细观察尚湖的水木，勾画着理想中未来尚湖的风貌。这一次次的踏访，最终会成为一篇篇关于尚湖发展的规划建议，递交给相关部门。

几年前，施大威建议增加环湖绿化，通过绿树掩映来增添尚湖的神秘感，这已经成为尚湖发展中精彩的一笔。但他想的更长远，常熟的江南特点让这里四季分明，敏锐的感受并享受四季变化，也是常熟文化的一部分，尚湖今后的建设应体现出江南特性。"我觉得可以在湖中的几个小岛成片种植不同的季节性明显的植物，呈现出春夏秋冬不同的景致。"在他看来，目前尚湖牡丹花仅仅呈现一次观花高潮，而且时间太短。整个常熟，也缺乏成片的观花生态林，尚湖可以为市民解决这个问题，为市民提供更多的观花季，也让尚湖更富魅力，"以后我们不必再为了看梅花赶到无锡、苏州，看月季花前往相城区，可以在自家门口尽情享受季节的馈赠，同时也能更好地妆点尚湖，使其生态环境更优美"。

专家规划展望生态未来

漫步尚湖岸边的常熟人,其中有不少考虑着尚湖的未来,几年前一次名为"我为尚湖献一计"的活动中,涌现出很多篇畅谈规划的文章。网络上,无数热情的讨论延续着这种关注。

关注并不仅仅来自民间,政府部门一直在思考。虞山尚湖旅游度假区规划部门的办公桌上放着厚厚几本关于尚湖发展的战略策划,已经

尚湖牡丹花会开幕式

编写到2030年的规划展示着尚湖的前景，这里生态自然是最重要的章节之一。

"景区要讲经济建设，但绝不会因此牺牲尚湖的生态。经济建设与环境保护协调发展，预防为主、防治结合、综合治理，谁污染谁治理，谁开发谁保护，依靠群众保护环境将会是我们一直坚持的原则。"虞山尚湖旅游度假区规划建设部部长顾晓强告诉记者，未来尚湖的大气环境将符合《环境空气质量标准》Ⅰ级标准，水环境质量保持Ⅱ类水质。"这就要我们除了对尚湖水进行保护，还要对其分支河流等水资源进行保护，我们会在水源地继续种植水源涵养林，种植芦苇、水草，实现水质净化。"

携手同行共享生态成果

市民的参与设计，专家的大型规划，延续常熟人对于尚湖的影响。这片千顷碧波，尽管形成于地壳运动，但最终成为我们眼前这片醉人的景色，却并不仅仅因为大自然的威力。尚湖处处记录着人对于它的影响，在"以粮为纲"、"农业学大寨"的运动下，尚湖一度成为万亩粮田，又是因为后人的清醒认识，让尚湖恢复了原有风貌，更是因为常熟人超前的生态观，它扩展为现在的模样。

但尚湖并不是被动的，它对于人们的行动给予应有的回应。那些消失的水面，让我们感受燥热的困扰，那些扩展的美景，让我们得以享用丰美的物产、感受心灵的放松。

在这些行动与回应中，尚湖和人们生活的联系更加紧密。尚湖已经不仅是鱼虾的繁殖地、人类的休闲天堂，还记录着这片土地上的人们，对于自然环境由索取到和谐共存的改变，解读着常熟人对于生态的理解，在实践中寻觅着天人合一的共存、发展之路。尚湖时时刻刻提醒我们，如何寻觅更好的相处之道，期待和我们一起走向更为美好的未来，在那里它将给予我们更多的馈赠。

（原文刊登于2012年6月24日《常熟日报》）

千帆过往显风流
——探寻尚湖文化历史遗存

第二辑 走进尚湖

黄 佳

　　夏日的湖风吹来阵阵荷香,太公岛上的太公石像依然执杆端坐,以智者的姿态守护着一汪碧水、这方福地。

　　历史的画卷徐徐展开。三千多年前,泰伯、虞仲让位南来,不仅带来中原文化与古吴文明的交融,造就了强盛一时的吴地霸业,也带来姜尚访贤觅主的足迹。从那时起,这汪山前碧水有了属于自己的名字——尚湖。黄公望、王石谷、钱谦益、柳如是、翁同龢,一个个鲜活的人物在

尚湖空竹漂

115

拂水山庄

湖边书写着他们退隐、静思、闲适、豁达的人生,也赋予了尚湖温润丰厚的底蕴、灵动秀雅的神采。

太公精神代代传

常熟这块美丽富饶的土地,千百年来形成了丰富多彩、独具特色的地方文化传统,既浸透着独特的山川风物,也蕴含着独特的人文精神。其中"姜太公传说"最为市民熟知。

据《孟子·离娄》记载:"太公避纣,居东海之滨。"《唐吴地记》载:"虞山东二里有石室,太公吕望避纣之处。"《宋吴群志》载:"石室在常熟海隅山。石室凡十所,相传太公避纣居之。"《孟子》曰:"太公避纣,居东海之滨,常熟离海近,或是。"姜尚原是纣王臣僚,因恨其无道,为避纣王暴政来常熟隐居,身居虞山石室,垂钓南麓西湖,尚湖因此得名。周文王外出漫游寻访圣人,在渭水的蟠溪遇见姜尚在钓鱼。经攀谈,文王满心欢喜,知道寻访的圣人就是此人,于是亲自驾马车将姜尚迎回岐山,并拜他做国师,叫他"太公望"。姜尚帮助周文王将周治理得井井有条,文王死后,又辅佐他的儿子周武王姬发灭了殷商,建立起西周王朝。

"姜太公传说"表达了人们渴望英主贤才,痛恨暴虐统治的朴素思

想。千百年来，这种思想逐渐内化成"崇文、尚和"的城市精神，激励着常熟人民坚韧不拔地工作、悠然闲适地生活。

钱柳佳话有余音

"十里平波一碧秋，夕阳影里放扁舟。"如果说三千多年前的太公故事给游历尚湖的人留下无尽遐想，那么明末清初柳如是和钱谦益的爱情故事，则在尚湖畔留下处处印迹。

柳如是本名杨爱，后改名柳隐，字如是，浙江嘉兴人。因家贫，幼年被卖到盛泽归家院名妓徐佛家为养女，妙龄时坠入章台。柳如是擅近体七言，分题步韵，画作娴熟简约，清丽有致，书法得后人赞曰"铁腕怀银钩，曾将妙踪收"。崇祯十四年，柳如是嫁给东林党领袖钱谦益，钱谦益为她在虞山盖了壮观华丽的"绛云楼"和"红豆馆"。

拂水山庄是钱谦益在常熟的私家别业，原址在虞山十八景之一"拂水晴岩"的拂水岩下、拂水堤之北的尚湖之滨，成为钱谦益与柳如是爱情的见证。2010年，移址重建的拂水山庄完工迎客，成为尚湖风景区的新亮点。虽是重建，但整个项目规划历经文史和古建专家长达7个多月、近10轮的反复论证与修改，不仅严格遵循历史和文献，同时以景造园，通过层湖浴日、秋原耦耕、水阁云岚等八景来体现钱柳的诗词意境和山庄神韵，力求布局得当，体现历史风貌。

步入庄内，只见四水环抱，曲廊回绕，亭台楼阁，错落别致。极目远眺，柳如是着男装、驾扁舟拜会钱谦益的身影缓缓而来。这名才貌双绝、气清节高的奇女子，在尚湖边留下一段"忘年之交"佳话，也用一生捍卫了爱情的尊严和民族气节。

湖月年年只相似

据《海虞画苑录》载：六百多年前的一个夜晚，江南皓月当空，清风习习。有一条小船，自常熟西郭门出发，沿着虞山在尚湖行驶。到山尽头，抵达湖桥，船上一个形貌清癯、神态超逸的长者，用长绳将酒瓶系在船尾，转身返回。船到齐女墓，牵绳取瓶，绳已断裂，瓶落湖中。长者鼓掌大笑，声动山谷。湖边人家以为神仙降临，惊奇不已。

这个长者就是被誉为一代画宗的黄公望。系瓶游湖的传说，成了中国美术史上的一段佳话，也成为黄公望和尚湖不解之缘的见证。

黄公望生于南宋咸淳五年（1269），死于元至正十五年（1355）前后。根据《录鬼簿》等书记载：黄公望，本姓陆，名坚，平江常熟人，世居琴川子游巷。出继永嘉（今浙江温州）黄氏为义子。黄父年届九旬，方才立嗣，喜道："黄公望子久矣。"因名公望，字子久。他长年在富春、常熟居住，一生饱阅江南胜景，死后葬虞山西麓。

明清两代的山水画，几乎"家家子久，人人大痴"，影响之大，一时无比。清初"四王"中的王翚对黄公望画取法尤多，心得尤深，一时"东南画手，多列门墙"，后成为虞山画派祖师。

"篷底衔杯留月坐，船头濯足看山游。题诗欲问老姜父，湖水还同渭水不？"千帆过往，历史变迁，尚湖的明月见证了一段段名人佳话，也必将继续见证今人的奋斗与从容。

悠远丰厚催开时尚之花。

（原文刊登于2012年6月26日《常熟日报》）

悠远丰厚催开时尚之花

黄佳

晚山如黛,平湖如镜,这片山水交融的土地传承着历史与民俗,也孕育着新的时尚和繁华。

无论是近年来声名远播的牡丹花会,还是即将引进打造的休闲垂钓,抑或拂水山庄的古琴表演展示,都和这片山水的文化个性血脉相连。

牡丹文化源远流长

"昨日阊门看不够,今朝湖畔花更多。丽春不只北国种,洗尽铅华

尚湖牡丹

江南风。"这首坊间流传的小诗表达了对尚湖牡丹的惊喜惊艳。

　　牡丹在常熟有着悠久的栽培历史和深厚的群众基础。杨园姚家种植的牡丹树龄逾450年，是祖辈传下来的宫廷古牡丹，树冠蓬径超过3米，花朵直径20多厘米。南朝齐梁古刹兴福寺藏有牡丹百咏诗和百咏图。清代常熟籍画家马逸工笔重彩牡丹图《国色天香》色彩丰富饱满，姿态优雅，设色极其讲究，勾线细致圆润，成为"中国2009世界集邮展览"小型张邮票《国色天香》的取材画作。白茆山歌中有"隔河看见白牡丹"为题的小调，常熟传统服饰和家具雕刻、饰品上，牡丹主题也屡见不鲜。

　　因为牡丹惧热怕潮的植物特性，江南牡丹的种植和培育相对困难，但也更显珍贵。对于常熟市民乃至很多游客来说，尚湖牡丹花会是当仁不让的春天盛事。自1992年以来，尚湖牡丹花会已连续举办21届。牡丹花会期间，昆曲《牡丹亭》表演、"牡丹仙子"评选、牡丹插花、牡丹花茶等多项活动，将尚湖牡丹文化内涵不断拓展延伸。

休闲垂钓富于新意

　　姜太公钓鱼愿者上钩的传说，将垂钓上升为士大夫的一种理性休闲方式。虞山尚湖旅游度假区充分挖掘这一内涵，结合尚湖交通便捷、配套齐全、风景秀丽的优势，计划引进国际流行的垂钓新方式——路亚

钓清流

钓，建设常熟尚湖太公国际垂钓基地，打造新的休闲文化。

垂钓需用到饵料，传统方式使用的生物或化学饵料都会对水质产生一定影响。路亚钓这种新方式，利用硅橡胶制成假饵，模仿小鱼在水中游动的情形，吸引大鱼上钩。假饵可反复使用，生态环保。尚湖岸线丰富、水域开阔，水质保护要求高，符合路亚钓的钓法需求。据虞山尚湖旅游度假区党工委委员金雪庆介绍，下阶段，尚湖将先在局部水面进行实验，实际监测美国黑鲈饲养以及路亚钓是否会对水质造成影响，如确定无影响，再进行大规模建设。

古琴雅韵清微淡远

2012年3月，拂水山庄花信楼、江南礼乐馆经过一年多的改造提升开门迎客。在新的花信楼，游客可以看到历代名琴、古琴琴谱、指法手形塑像、古琴字画等独具虞山派古琴神韵的实物展示，而江南礼乐馆则布置成古代民乐表演场所，以雕花戏台、明清家具，再现江南的"视听之娱"。景区还增设古琴演奏和评弹说唱表演项目，游客可以在游园赏花的同时，参与现场教学。

常熟是虞山琴派的发祥地、中国"古琴之乡"，而尚湖是虞山派古琴的重要传承保护基地。虞山尚湖旅游度假区依托拂水山庄花信楼，充分挖掘古琴文化，将古琴表演展示与休闲旅游相结合，续写水与琴的千秋之约。尚湖温润秀美的姿容与古琴清微淡远的特性高度契合，必将使这场"看花听琴"的风雅韵事成为景区新亮点。

（原文刊登于2012年7月4日《常熟日报》）

逐水而居　动静相宜
——尚湖民俗遗风掠影

陈竞之

江南春色，湖甸烟雨。

这一片水的动人风采，引得历代人以诗词咏叹她，想尽办法要用画笔将她收入纸中，却未必能得其真正的神韵。

唯有背靠十里青山，相邻千顷碧水，千百年来在尚湖畔安居乐业的人们，才代代承载了这里独特的自然禀赋，获得了这片水的精髓。

悠然自在的静

湖清清，雨蒙蒙。绵绵细雨为尚湖蒙上一层细纱，尚湖人家也笼罩在这细纱之下。

傍水而居的人亦耕亦渔。春耕秋收，人们劳作在地里；而到夏天，围湖而居的人们便大多"泡在"水中了。

荷花盛开了，莲蓬也冒头，引得人三三两两钻进荷花荡中摘莲蓬，风过留香，沁人心脾，这是对水乡人性格最温润的滋养。菱角熟了，搬个板凳儿坐在菱桶里，晃晃悠悠浮行于水上，一番寻觅采摘后，将菱掰开塞进嘴里，舌尖上那番鲜白、甜嫩滋味，绝对是炎夏里的最好享受。

然而这些还不够。美丽的尚湖盛产鱼虾，于是这里的人们乐于渔而精于渔。

最经典的钓法是"麦钓"，这是尚湖畔流传着的独一无二的钓法。削竹为两头尖尖的牙签形，中段稍薄一些，并留有竹皮，在水中涮煮以增加韧性，而后在"牙签"中段系上一根约15厘米的蜡线，再弯成U字

尚湖龙舟赛

形,在两头的尖端穿上泡软的小麦粒,一个"钓钩"就完成了。再用一根百米长的蜡线串联,系上几百个这样的"钓钩",麦钓便大功告成了。

人们通常在清晨沿湖下钓,在两端系上浮子放入水中,便可干别的去了。一会便会有鱼陆陆续续来吃钓上的小麦,一口吞下麦粒,U字形的钓子就脱离了固定,恢复为一字直钩。小鱼的鱼嘴被撑住,无法挣脱。当人们办完事来到湖边,就该收获了。起钓时不能急,得柔柔地拉线,或是干脆坐着菱桶到水中去用网兜捞鱼,才能避免小鱼挣脱。收完一批,穿上麦子,又可以下钓了,收成喜人。传说中这种钓法是姜太公的发明,但细想来必定汇聚了更多民间的智慧。

激情澎湃的动

待到尚湖上划起龙舟,就是另一番生动的景象了。

划龙舟习俗,在荆楚是为祭祀灵均(即屈原),在吴越是为祭祀子胥,而在尚湖是为祭祀李王。李王即宋代的李禄,他在生前就为民驱瘟免灾、救民于倒悬,特别是"卫海漕"有功于世,俨然水神,死后为当地百姓所怀念,特别是湖甸地区人们为此顶礼膜拜。湖甸龙舟正是凭着上溯宋元的历史根基、高超的表演技巧和鲜明的江南文化特征,入选第三批省级非物质文化遗产名录。

据地方志记载，为向李王祈求丰年，尚湖人于每年的春秋两季都要进行湖甸龙舟会，第一次是"划青苗"，第二次是"秋报"。湖甸龙舟会从宋元始，历经明、清、民国，到新中国成立初期，一直兴盛不衰。后因"文革"而中断。《常昭合志》《常熟市志》《虞山镇志》《虞山林场志》等地方志中对此都有详述。

如今，湖甸龙舟正在恢复往昔的热闹。每年端午，尚湖周边大湖甸、甸桥、宝岩、建华、泄水、元和6个村的龙舟队员都整装待发。龙舟的船头比一般龙舟要小，这其实是"蛟舟"——传说龙生九子，蛟便是其中之一，蛟也是远古时期吴地的图腾；龙舟饰以黄、青、黑等五种色彩，这是因当地端午有拴五色线以消灾防毒的传统，因此将五色元素融入龙舟之中。

点鼓敲锣，龙舟起步，指挥、鼓手、舵手、划手等16名船员各就各位。锣鼓喧天中，众桨齐动，劈波斩浪，气势非凡。划手技巧高超，"咬桨""打马鞍""档船""摇出水"等表演让人眼花缭乱。湖边人头攒动，男女老少都来观看龙舟比赛，喝彩声、助威声不绝于耳。快到终点，所有划手同时起身，加快划桨速度冲刺，这被称为"济龙快进"，观众的欢呼声也越来越响，与桨声一起回荡在湖面上。

东南文宗钱谦益为此赋诗十首，曰《拂水竞渡曲》。"船头蛟螭水怒飞，红栏桥外雨霏微。龙舟唱断菱歌起，日暮安流荡桨归。"便是其中之一。曾朴也有诗云："李王庙上柳飞棉，尚父湖头浪拍天。三百年来如一日，太平春水赛船神。"形象地描绘了尚湖一带赛龙舟时声势浩大、热闹无比的场面。

如今，蕴含浓郁民俗文化的龙舟赛已经和休闲旅游、群众性体育运动完美地结合在一起。在温柔的尚湖水乡，人们依然期待龙舟赛的举行。当这种古老而激越的活动被重温时，碧水上的龙舟仿佛成为连接过去和现在的时光机器，原始的鼓点和着心跳的节拍，乘风破浪的情景是如此美好。

（原文刊登于2012年7月7日《常熟日报》）

文脉相传更现明珠光彩
——尚湖文化继承与弘扬思考

曹伟锋

尚湖,注定不平凡。

三千多年前,姜尚为避纣王暴政来到吴地,身居虞山石室,垂钓南麓西湖,尚湖因此得名。

六百多年前,一代宗师黄公望胸怀山水,系瓶游湖,心摹笔绘,为中国美术史成就一段佳话。

三百多年前,东南文宗钱谦益,一代名伶柳如是,牵手湖畔,留下佳作名篇无数,更为这方烟水烙上了情爱圣地的印记。

一百多年前,维新导师翁同龢,退隐瓶庐,寄情山水,江南多了一处隐逸之胜。

如今,尚湖风姿依然,更着时代靓装。走进尚湖,"细草香时蝶舞,平波动处鱼跳",如今尚存蛟龙竞渡,古音绕梁,更有国色添香,太公国际垂钓基地待建,正是遥想千年韵事,更看今朝胜景。

探寻文脉,细数民俗,传承历史,催生时尚,尚湖文化正继往开来,相传永续。如果说常熟是江南的典型,典型的江南,尚湖就是典型中的明珠。尚湖文化,正依托其独特的文化渊源,越来越展现出江南明珠的夺目光彩。

继往开来,文脉相传,尚湖文化尤其注重传承。

在虞山尚湖旅游度假区战略策划和发展规划中,文化传承成为关键词。"文化性是景区的核心竞争力,传承文化、弘扬文化是5A景区应承载的命题。"规划对文化性的概念作了阐述,对尚湖进一步挖掘历史文化资源,并予以充分运用拟定了明确的思路。

尚湖和虞山片区内人文旅游资源丰富，文化底蕴深厚，尤其是名人、古刹等所体现的文化内涵，是区别于其他山水的典型特征，尚湖发展规划因此在资源开发及项目构建过程中，充分强调文化脉络注入，实现资源文化互融，突显片区的厚重文化。

　　对于尚湖的文化传承，常熟文史学者钱文辉认为，以姜尚垂钓命名，这是尚湖的优势所在，要深刻挖掘姜尚文化的宝贵内涵，使姜尚文化与常熟传统文化、江南文化有机嫁接，与虞山尚湖旅游文化完美融合。以姜尚文化为灵魂，以虞山尚湖人文和生态资源为依托，加强文化遗存的开发和场馆建设，搞活各类节庆活动，打造系列姜尚文化旅游产品，实现文化尚湖、生态尚湖、休闲尚湖三个结合，力争把尚湖建设成为全国姜尚文化旅游的最著名目的地，让尚湖文化得到不断传承发扬。

　　尚湖文化在注重传承的同时，也凸显了开放性、包容性。

　　在尚湖，传统文化、民俗文化、时尚文化交相辉映。太公岛通过文化体验景观与设施，将进一步构建姜尚文化集中展示区。牡丹园将特色花卉景致与典故结合，活化了牡丹文化。民俗艺术聚落、乡村匠艺聚落、

尚湖烟花秀

稻香田园聚落、田园美食聚落等一批特色乡村聚落写入规划。拂水山庄是本土人文景点恢复的典型代表,古朴素雅的江南古建群落,浮于烟雨之中,缠绵故事呼之欲出。而尚湖水街则致力于旅游服务的人性化和系统化,展现尚湖的现代魅力。当前,尚湖开发还更注重以文化个性吸引市场需求,将通过一系列载体展现文化个性。

融合传统文化、民俗文化、时尚文化,尚湖以独特的文化魅力,吸引了来自五湖四海的游客,包容了来自全国各地的文化人。近年来赴尚湖采风写生的各地各派书画家、文学家、音乐家、美术家、摄影家、影视家等络绎不绝。他们在这片文化沃土,留下了一篇篇艺术佳作,连续四年献礼于中国(常熟)江南文化节。

尚湖文化的开放性、包容性也得益于其优越的地理位置。处于长三角国际都市群的核心部位,尚湖不仅拥有丰厚的人文山水资源,还拥有国际化的市场客源,在国际化的标准与手法开发打造下,尚湖必将升级成为国际级的旅游度假区,这一国际视野的规划让人们对尚湖的未来充满信心。

市城市规划学会高级顾问朱良钧认为,尚湖发展以文化为引领,融合了传统文化与时尚文化,实现了传统文化与自然山水文化相融合。在注重文化传承的同时,尚湖文化更具开发性、包容性,有理由相信,尚湖一定能够成为更富江南山水文化特色的国内一流度假区。

(原文刊登于2012年7月13日《常熟日报》)

一朵牡丹绽放尚湖之美
——牡丹花会打造旅游新品牌

陈燕　陶胜

每到春季,尚湖牡丹如期绽放,千娇百媚,美不胜收,吸引众多海内外游客的目光。

弹指一挥间,尚湖牡丹花会至今已连续举办21届,每一届都是人流如织,盛况空前。江南赏牡丹必到常熟,已成为游客的共识。21年来,尚湖牡丹花会将国色天香的雍容华贵与江南景色的细腻柔美完美融合,成为尚湖乃至常熟旅游的一张靓丽名片。

万人争看富贵花

"十里堤柳舞婆娑,一片湖光焕清华。更有牡丹闹春色,倾城争看富贵花。"1992年4月,在本市首届尚湖牡丹花会开幕式上,参与尚湖风景区规划设计的诗歌爱好者朱良钧提笔挥就《尚湖首届牡丹花会喜赋》,真实记录了当时的盛况。

朱良钧清晰地记得,首届花会,不少城乡居民踏着自行车从十几甚至几十公里以外赶来,就为了一睹牡丹芳容。尚湖风景区荷香洲内,3000多株牡丹在3000平方米的土地上雍容绽放,堪称江南最大的牡丹园。文人墨士欣喜前来,作诗赋词,泼墨挥毫;摄影爱好者们则争相拿起相机,捕捉每一朵牡丹的精彩细节。在四景园广场前,人们纷纷为牡丹起名,虞红春醉、玉荷晓翠等一些契合尚湖特色的牡丹花名被沿用。作为全国第三个、江南第一个牡丹花会,活动还吸引了本地和外地很多主流媒体以及上海金融界等各部门的参与。"江南最大牡丹园惊艳亮

尚湖牡丹花会

相"成为媒体对首届牡丹花会最广泛的评价。

"借问牡丹何处有？路人遥指荷香洲。"首届尚湖牡丹花会一炮而红，为尚湖旅游蓬勃发展奠定了基础。

看牡丹成新民俗

江南牡丹的种植，其实早在清代常熟就已有记载，不仅栽培历史悠久，而且群众基础深厚。杨园一户姚姓家族栽有一丛400多年的古牡丹，树冠蓬径超过3米，每到春季必定开得繁盛。燕园之内，30多株各色牡丹争奇斗艳，是清代台湾知府蒋元枢所植，他还题有诗集《牡丹百咏》。燕园后来的主人张鸿曾题诗《燕园种牡丹》歌咏牡丹之美："雪皎霞明锦作堆，俨然富贵逼人来。平生不作执鞭想，只为奇葩屈一回。"此外，牡丹主题在常熟民间服饰和家具雕刻上也屡见不鲜，常熟人对牡丹的喜爱可见一斑。

尚湖退田还湖后，如何发挥尚湖的旅游效应？20世纪90年代，常熟成为县级市中首批参加全国历史文化名城研究会的城市。这届会议恰在洛阳召开，本市领导和城建专家与洛阳、菏泽等地开展交流并酝酿引进牡丹大规模种植。随后，在尚湖风景区荷香洲西面的牡丹亭，以牡丹仙子雕塑为界，开辟30多亩种植面积，常熟从洛阳和菏泽引植了3000多株牡丹，并对种植环境和土壤进行适应性改造，用长江沙质土作为栽种基层，做好病虫害防治。首届牡丹花会的成功坚定了尚湖以花为媒举办节庆活动的信心。此后，尚湖又逐步引进盐城枯枝牡丹、安徽宁国牡丹等品种，同时自己培植新品，吸引了浙江、上海乃至全国各地游客纷至沓来。连续举办的节庆活动，让"江南看牡丹，相约常熟来"逐渐成为一项新民俗。

文化旅游"国"字号

随着尚湖牡丹的品种不断丰富，规模日益扩大，牡丹花会也向着精品化方向发展。2000年之后，除了中华牡丹园之外，日本牡丹园、国际牡丹园等也得到拓植。如今，不仅"江南最大的牡丹园"名副其实，拥有9大色系300多个品种9万多株牡丹花的尚湖风景区还提出了"集天下牡丹精品于一园"的口号。国内国外的精品牡丹在江南汀渚环水盛开，独秀天下，成为苏州最佳旅游节庆活动，并带动常熟其他旅游业态的发展。

牡丹花会常办常新。与洛阳、菏泽联合举办的"三地情缘"牡丹花会铸成了跨区域的旅游与文化交流平台。洛阳的十万宫廷乐舞到常熟展演，菏泽的郓城少年武校也来了，他们将粗犷奔放的北方文化带到南方，牡丹花会的举办让南北民俗文化得到融合发展。

2007年3月1日，常熟与河南洛阳、山东菏泽、四川彭州在北京正式成立"中国牡丹行联盟"，打造以牡丹为主题的中国文化旅游经典线路，进一步延伸了花会内涵。这一"国"字号品牌在促进联盟城市文化交流、科技合作走向深入方面发挥着巨大作用，也无形中提升了尚湖牡丹在国内乃至国际的影响力。如今，牡丹花会期间，牡丹花道艺术展示、环球旅游美皇后华东赛、虞山尚湖四季风光图片展、江南丝竹演奏、牡丹花船花车巡游、大型相亲会等多项活动，不断地扩大尚湖牡丹花会的品牌影响力。

一朵牡丹，孕育美丽文化。今后，尚湖风景区还将加大牡丹培植技术投入和牡丹主题旅游产品的开发力度，提高游客参与度，更加深入地挖掘牡丹背后的文化意蕴，进一步让牡丹旅游品牌深入人心。

（原文刊登于2012年7月20日《常熟日报》）

赏花、饮酒、美食、观鸟
——唱响尚湖四季歌

金玮　周未

尚湖，一方水土滋润出的江南湿地，在春夏秋冬变幻之际，孕育出秀美的自然风光，形成独特的文化风俗，提供了丰盛的美食大餐，这些丰富的旅游资源成就景区一年四季多姿多彩的节庆活动。无论是春日最美的节庆"尚湖牡丹花会"、夏天充满激情的"啤酒狂欢节"，还是"寻找江南醉美秋色"的湖山金秋美食节、"享受尚湖冬日魔力"的冬季水上森林观候鸟活动，唱响了尚湖诗意般的四季之歌。

春：踏青赏花看飞鸢

春日的尚湖，阳光明媚、鸟语花香，正是踏青赏花的好去处。每年除尚湖牡丹花会9大色系、300多种、5万多株牡丹在尚湖之畔争奇斗艳外，3至5月的虞山杜鹃花展在西城楼阁景区举行。

杜鹃花展期间，尚湖之畔的杜鹃花有10余种、多达万余株，特别是沿着虞山城墙一带、顺着山坡栽植成片的杜鹃花，从西城楼阁到镇海台，形成一条绚丽多彩的杜鹃花带。在西城楼阁景区，400余株杜鹃花层层叠叠布满巍然矗立的西城楼阁和阜成门，青色的城墙和艳丽的杜鹃相映成趣，构成一幅绝美的"杜鹃谷"图画，让游客走上城墙亲身体验"万瓣朱英叠虞山"的壮丽景色。

同时同地，虞山风筝节也如火如荼地开展。每年，风筝节都会被赋予不同的主题，今年节庆的主题是"龙腾盛世、舞动虞山"，将龙的形象与江南特色风筝文化巧妙结合，推出"龙凤呈祥""双龙戏珠""龙腾虞山"等为背景图案的风筝,以及我国的传统风筝"龙头蜈蚣",让市民一饱眼福。

夏:龙舟赏荷饮清啤

灵秀的虞山脚下、秀丽的尚湖之畔,注定要在盛夏呈现凉爽清新、风情万种的迷人景象。每年七八月份,游客汇聚在尚湖水街,参加啤酒狂欢节,释放夏日里的激情。狂欢节上,清凉啤酒、精彩歌舞、美味小吃、烁烁华灯,让游客流连忘返。

清澈的湖水同样也为夏日的尚湖增添无穷魅力,相传尚湖所处的湖甸地区,旧时即有赛龙舟习俗,集竞技性与观赏性于一体,是非物质文化遗产保护项目。如今,一年一度的尚湖端午龙舟赛将这项非物质文化遗产发扬光大。举办龙舟赛之际,舟行山水间,众桨齐动,行驶如飞,龙歌合唱,有声有色,配以初夏时节繁花似锦、观者如潮的景象,成为江南水乡民风民俗在尚湖的一道亮丽风景线。

尚湖啤酒节

如果啤酒节和龙舟赛给人以火热般的激情,那荷花节则让人感受到江南水乡独有的恬静之美。一年一度的尚湖荷花节会在7月清凉上演,拂水山庄、太公岛、荷香洲、山水文化园全都变成荷花的世界。水荷品种有红领巾、红牡丹、友谊牡丹莲、睡美人等1万余株;缸荷品种则有唇红、昆白、粉黛等500个品种。在朵朵荷花间,"趣"透气、"森"呼吸,宁静清爽之感顿然心生。

秋:红枫烟火太公宴

秋天,欢庆的季节,中秋夜观尚湖烟火早已成为传统节庆项目。"登虞山、临尚湖、放荷灯、品尚湖清水蟹"尚湖中秋大型烟火晚会在此时悄然而至。晚会以不同篇章诉说城市变迁与时代故事,燃放烟火的数量与时间也逐年递增,2010年起每年投入100多万元购置各种烟火供游人观赏。为配合烟火晚会,放河灯、猜灯谜等传统活动也保持至今,重现众人游园、提灯、观烟火的热闹场面。

欣赏中秋烟火映射出的繁华盛世后,更要感受尚湖秋日红枫带来的自然气息。红枫是常熟的市树,大规模栽种枫树的历史可追溯到明代天启年间,经过数百年的生息,常熟遂有"吾谷枫林"的美誉。如今,虞山尚湖旅游度假区举办的虞山红枫节旨在让广大市民和游客,了解虞山尚湖厚重的历史文化底蕴和钟灵毓秀的自然景色。

中秋烟火与吾谷枫林在给游人带来视觉盛宴的同时,尚湖金秋太公美食季则让他们品味舌尖上的尚湖。根据姜尚隐居尚湖,常年采摘山珍湖味制作佳肴的传说,虞山尚湖联合周边多家星级酒店,举办尚湖金秋太公美食季活动。以"太公鱼"等特色菜肴为主,运用炒、爆、烤、

翱翔

炸、炖、蒸、煮等12种传统烹饪方法制作而成的太公宴,将原料的营养和鲜美发挥到极致,让人回味无穷。

冬:水上森林观候鸟

冬日的尚湖,无论是泛舟经过遍植池杉的水杉林,还是驱车行进在环湖公路上随处可见的各色鸟类,都让游客们身心放松、心旷神怡。

近年来,经过悉心修复,尚湖生态环境越发清新自然,吸引近百种鸟禽繁衍栖息,成为生机盎然的鸟类天堂。其中属国家一级二级保护珍禽有中华秋沙鸭、白鹳、鸳鸯等。每到季节,来此过冬的野鸭都在万只以上。尚湖水上森林更是鸟类繁多,在12万平方米的水杉林内,有90多种鸟类自在地生活着,游客泛舟进入水上森林,就可以看到这些活泼可爱的小生命或飞翔觅食,或相互梳理毛发,野趣盎然。

在环湖公路上漫步或驱车,抬头就可看见许多水鸟低空中飞过,翩然起舞的冬季精灵非常可爱。目光看向水面,游客们就可以看到一双双、一群群的绿翅鸭、秋沙鸭等游过,静静地享受着冬季尚湖的美景。

(原文刊登于2012年8月6日《常熟日报》)

从观光向度假"蜕变"
——尚湖会务旅游掠影

周未 金玮

  会务旅游是商务会议与旅游休闲的完美结合,随着旅游市场的发展,越来越受到商业人士的青睐。作为常熟旅游排头兵的尚湖风景区,近年来投入大量人力、财力,全力打造常熟会务旅游"标本"。随着荷香苑酒店等一批项目的建成运营,尚湖风景区正以充满活力的新面貌展现在中外游客面前。

  "我们认识到,尚湖该走度假为主的旅游产业之路,而会务旅游正是尚湖风景区从观光旅游向度假旅游的切入口。"虞山尚湖旅游度假区党工委委员金雪庆说,观光旅游属于快餐式的一次性旅游,而度假旅游参与程度深,与当地人文互动性、带动效应强,回头率高。从观光旅游向度假旅游发展,不仅是旅游本身的提档升级,更是景区产业化发展的必由之路。

  虞山尚湖旅游度假区按照高星级标准打造的项目,总投资1.5亿元、总建筑面积约1万平方米的荷香苑酒店自去年8月份对外营业以来,吸引大批游客光临。荷香苑位于尚湖风景区荷香洲西北部临湖处,周边环境优美。该处原为"照山楼",因取明清时期尚湖湖畔一幢古建筑名称而建,此楼隔湖与虞山剑阁遥相呼应,登楼远眺,虞山诸景历历在目,湖中鱼跃鸥吟,青山碧波,水天共色,美不胜收。经过整体改造后,荷香苑酒店在总体空间布局上显得更为大气,全苑沿尚湖水面展开布置有五个各不相同的院落,围绕院落设计各个功能空间,不同尺度的院落营造出中国传统的院落文化。

  酒店现有3个会场,包括1个会见厅、1个可容纳80人左右的大会议室和一个小会议室，另有30间客房及游泳池、温泉、健身房、乒乓球室、SPA区、红酒吧等娱乐设施，可满足餐饮、健身、娱乐、商务、会议、住宿等不同需求。常熟荷香苑酒店有限公司副总经理毛艳萍告诉记者，酒店定位高端商务会务，往往以签约活动、董事会等为主，客人主要来自上海等长三角发达地区的企业。他们选择荷香苑，主要看中的是这里湖光清澈、山色空濛的环境。5月份，上海某设计院在荷香苑酒店举行业内会议，几天下来，大家对这里的会务、住宿环境十分满意，6月下旬又来了一次。该设计院负责人表示，以后荷香苑酒店就是他们会务旅游的首选。毛艳萍说："酒店处于尚湖风景区核心地带，有着独一无二的地理位置，从酒店客房推开窗，一面可见尚湖湿地公园，另外一面可近观尚湖，远眺虞山。此外，酒店内部实行'管家式服务'，给游客宾至如归的感觉。"

位于尚湖风景区景湖路以西、尚湖水街以南的水街二期项目，总投资约1.6亿元，用地面积1.7万平方米，规划建设旅游度假中心客房、会议及餐饮中心、商铺等附属设施，具有功能分区明确合理、立面造型新颖独特、色彩清新典雅的现代建筑风格特点。虞山尚湖旅游度假区规划建设部副部长鄢洪华向记者介绍，该项目已获得市发改委立项，并完成环评报告及相关用地手续，目前正在扩初设计并报规划局审批，预计9月份开工建设，2014年10月可投入使用。鄢洪华对项目前景充满信心，"以上海为主的长三角商务会议市场需求规模巨大，除商务会议外，商务游客对康疗度假需求最强，延续性消费的内容较多。从常熟来看，近8000家大中型企业、业内相关组织是本地商务会议的主客群。当前，常熟集会议、观光、度假于一体的综合性商务会议产品需求日趋强烈，但此类产品较为匮乏，这是一个良机。水街二期项目建成后，依托尚湖风景区的强大优势，相信它必将成为尚湖发展会务旅游的又一个亮点"。

尚湖优美的自然风光吸引了培训中心和商务酒店纷纷落户，其中宝钢（常熟）领导力发展中心和上海工行（常熟）职工培训中心作为尚湖风景区发展会务旅游的"先行者"，如今都已运营成熟。宝钢（常熟）领导力发展中心于去年4月1日正式启用，宝钢集团将其定位为内部中层以上管理者及后备人才的培训基地，这座耗资3亿元、占地347亩的标志

湖田烟雨

性建筑现已成为宝钢重大会议和战略变革的策源地、相关产业发展研究的智谷、战略合作创新的平台,以及展示宝钢甚至尚湖品牌形象的窗口。与宝钢不同的是,上海工行(常熟)职工培训中心除内部培训之外也对外开展商务接待,并于2006年正式注册挂牌尚湖花园酒店。如今,银行内部培训人员和行外客源的比例基本持平,并且后者呈现逐年增加的趋势。

(原文刊登于2012年8月7日《常熟日报》)

活力之水，最美
——对尚湖打造旅游度假胜地的思考

陶胜　陈燕

一汪碧水荡漾深情。尚湖已经成为众多常熟人引以为豪的旅游符号，烙在心中，挥之不去。大家对这片秀美水域心怀感激的同时，更心系它旅游发展的未来。可以想见，当牡丹花会与姜尚文化融为一体，当山水相连的格局浑然天成，当这汪碧水与人文结合得天衣无缝，尚湖必将焕发出更加夺目的光彩。

做深花的底蕴

尚湖的灵动秀气离不开牡丹的点缀。牡丹花会的成功举办，已经将尚湖与牡丹联系得如此紧密。丰富牡丹元素，做深牡丹底蕴，将进一步打响尚湖旅游品牌。

尚湖彩绘

牡丹元素的丰富应该从提升种植技术和配套文化载体项目开始。结合国际牡丹园的原有内容,可在各国牡丹区域设置个性化的文化小景,不仅可为国际牡丹提供文化承接的平台,也可让市民了解不同国家的风土人情。同时引进国际知名的牡丹园艺团队,在牡丹种植方面和牡丹主题的艺术展演等方面汲取经验。牡丹的衍生旅游产品开发可借鉴洛阳的牡丹美食,将之本土化并与太公宴相结合,既拓展旅游内涵,又成为联结牡丹花会与姜尚文化的有效渠道之一。

打响牡丹节庆品牌,更需要提升游客的参与度。可邀请国内外名家前来参与以牡丹为主题的歌会、诗朗诵等文艺活动,或拍摄以牡丹为主题的宣传片。游客全方位参与节庆活动还有其他多种形式,诸如在可以保证牡丹供应的前提下举办民间牡丹盆景鉴赏会,开展来自民间的牡丹培育、艺术设计等方面的经验交流。从单一赏花到以花为媒开展各项体验活动,将进一步丰富尚湖牡丹花会的内涵。

展现水的特色

尚湖之美在于水。不少旅游专业人士和游客都反映过这样的问题,目前尚湖风景区的游览线路呈线性,尽管一路景色很美,但走马观花的单一游览线路,始终让人意犹未尽。陆上行,不如水中游。如果游览线路改为环式或网式,多增加水上游览的线路,则在水中看尚湖就别有一番风情了。专家建议,景区景点可以通过不同线路的交叉过渡,水上路线可用船只连接。针对目前船只较大的现状,可适当增加小型船满足普通市民需求。在浩渺尚湖乘舟泛游而不是仅仅停留在岸边望水,才可真正获得人在画中游的体验。

游客沿着景区游览线路一路走来,还有另外的感受,即景区缺乏集中展示内涵的核心区域和特色项目,比如可供市民购物或者小憩的休闲站点。因为旅游要素呈现不平衡性,景区的公共服务设施仍有提升的空间。只有配套服务产品更贴近游客需求,才能加强景区与游客的互动,吸引更多游客。令人欣喜的是,目前创建国家AAAAA级景区,尚湖已经开始谋求更长远的发展,正着手适当增加餐饮、购物等旅游项目,从人性化角度提升服务水平,努力打造更加标准化、精致化的旅游目的地。

挖掘会的文章

旅游业态的提档升级对扩大景区的影响力和美誉度举足轻重。当前,常熟及周边集会议、观光、度假于一体的综合性商务会议产品需求日趋强烈,这也为尚湖旅游业态的转型提供契机。

目前,尚湖花园酒店、荷香苑酒店等一批可承接大型会议的高星级酒店为打造会务旅游提供基础。同时水街二期项目建成后,依托尚湖风景区的强大优势,又将成为尚湖会务旅游的亮点。尚湖的生态环境非常适合会务旅游、养生休闲,虞山尚湖旅游度假区颇有预见性地看到会务旅游作为新兴业态的发展潜力,已经开始规划相关会务旅游项目。旅游发展模式要转型,从传统观光游到深度游,再到会务游,不断形成新的发展优势,尚湖将始终保持旅游的活力。

(原文刊登于2012年8月10日《常熟日报》)

从靠水吃水到共同守护
—— 两任村书记眼中的尚湖

王钱欣

她们在尚湖边长大,先后成为尚湖水产大队和社区负责人,经历了尚湖围湖造田、退田还湖的曲折历程,她们更懂得一池清水的来之不易。

尚湖属于全市人民

今年80岁的吴翠妘曾任尚湖社区前身水产大队党支部书记。吴翠妘说,以前尚湖有24个闸口通外河,每天临近黄昏,渔民驾船返回,家家户户开始做饭,炊烟袅袅,虞山十八景之一"湖甸烟雨"由此而来。那时,她家开鱼行,村民从尚湖捕到鱼后卖到鱼行,城里的鱼贩子也到鱼行来买鱼,每天有几十条渔船停靠鱼行。她说,当时村里有26条鸬鹚船,后来发现鸬鹚不光捕鱼还吃小鱼,只得作价将鸬鹚卖了。

吴翠妘20多岁时,尚湖围湖造田。她说,围湖后平地种稻、种小麦,还种树,桃花岛上的桃树就是他们当年种的。田边的沟壑围网养鱼,在锦绣园附近当年有几十个鱼塘。村民自己培育鱼苗,将虾籽碾成浆,喂给鱼苗吃,鱼苗长大再散放到尚湖。

20世纪60年代,尚湖社区前身水产大队成立,30多岁的吴翠妘任党支部书记。回想那段时光,吴翠妘说,村民有六七百人,靠捕鱼为生,居住分散,文化程度普遍较低。围湖后,村民除了种地、养鱼,还上虞山开山采石,驾船到无锡蔬菜市场跑运输。她说,围湖造田的想法很朴实,总感觉种粮比捕鱼强,殊不知,这样一来破坏了生态,湖中原有大量鸟

放水前尚湖稻田

禽飞走了。

1985年初，常熟市委、市政府为恢复尚湖生态平衡和山水景观，开发旅游风景区，决定退田还湖。吴翠妩说，当时邻村都在大力发展集体经济，尤其是临近的服装城，搞得风生水起。水产大队也曾一度想把尚湖一块水面重新填平，建房造厂，发展三产，但被相关部门叫停，甚至到尚湖投放饲料都不允许。

吴翠妩说，那时大家心里有怨言，那么好的发展机会，错过就没有了。可是转念一想，尚湖已成风景区，自来水厂的取水口也在尚湖，尚湖不仅仅是六七百村民的，更是全体常熟人民的。

共同维护一湖碧水

8月7日上午，记者跟随山湖办事处尚湖社区两名村民乘汽艇在湖面巡视。在串湖大堤两侧，岸边不时漂着塑料袋、空酒瓶等。随着尚湖游客日益增多，垃圾数量也不断增加，虽然有村民每日早晚清扫，但依旧有垃圾出现。

社区书记张明华说，渔民除了季节性捕捞外，还要进行湖面保洁，制止市民游泳，以及偷盗鱼苗。

制止钓鱼是为了防止饵料造成水质污染。张明华说,有些钓鱼人直接用丝网抓鱼,丝网网眼小,能将湖里的大鱼小鱼一起抓,还有些钓鱼者不但向水中抛饵料还向湖里投放农药,等死虾浮到水面,鱼吃虾时再捕鱼。

巡查中,他们发现有人使用电捕鱼。我国渔业法明文规定,不允许电捕鱼。如果经常在同一范围内用电捕鱼,这个区域的水就变成了电解水,鱼、虾、水草等生物都无法生长,这对生态是极大的破坏。有一次,巡防队员发现一辆面包车长时间停在湖堤上,车中无人,立即通知社区派人开汽艇到湖面巡查,发现有两个人正在湖面一条玻璃钢小艇上电捕鱼。

张明华说,为了保持水质,湖边不能发展工业,就连农田灌溉后的水也不能随意排放,沿湖居民为尚湖作出了牺牲,但是维护青山绿水秀美的环境,还要靠全体市民共同努力。

(原文刊登于2012年8月16日《常熟日报》)

尚湖宝岩人的乐居生活

吴晓丹　杨敏珏

东对河自然村位于宝岩村核心区域，现有住户164家，常住人口657人，全村临大塘河而居。近年来，宝岩村在保持东对河村庄自然风貌的基础上，科学规划，有效利用资源，高标准完成了东对河三星级康居乡村的建设工作。

以前村庄似小岛

83岁的东对河村村民刘根寿回忆说，自己现在居住的地方以前都是秧地，村子就像小岛被一个个水塘包围着。刘根寿10来岁时，从宝岩回到村里要渡过两潭水塘。当时，家家户户都有船，有的人家甚至有几艘，从宝岩回家的人们，只能选择划船。而家门口的道路，也都是泥地，人们脚上穿的是布鞋和木板钉成的木屐。

东对河村以前叫下圩村，新中国成立后，下圩村建立宝岩大队。大队又分为若干个小队，老刘住在5队8号。老刘说，1999年开河建桥，村里的船也渐渐消失了。建桥的同时村里也开始铺设水泥路，如今村里道路宽敞，不仅村民走着舒心，车子进出也十分方便。老刘说，以前自己住的是平房，1985年翻建楼房，以后又重新翻新，日子过得越来越好。

今年，村里还进行村庄环境整治，增设凉亭、绿化、荷花池等。记者采访当天，就有好几个老人在凉亭里闲聊，这些年村里发生了翻天覆地的变化，村民们都很满意如今的生活。

如今绿化风尚新

世世代代生活在东对河的宝岩人,见证了村里的变化。以前村庄环境很差,被外人戏称"垃圾堆",除了本村人很少有人愿意进村。近几年,村里通过科学规划,保留新建筑,整饰白化老式建筑,保护性整修破旧建筑,实现集中居住区和自然宅基建筑风貌的整体协调。对村庄道路实现黑化的基础上,将宅前屋后小路理通、理顺,打造村民休憩游览步行道系统。在村庄主要道路增设路灯、景观灯,建设多处生态停车位。同时,还推进基础设施改造建设,完善公共服务设施配套,营造村庄绿化景观,培育文明新风尚,提升治安管理水平。

宝岩村党总支书记李玉弟说,虞山尚湖旅游度假区建设东对河三星级康居乡村,实实在在提高了百姓居住的舒适度。如今的宝岩,风姿更迷人,光彩更夺目,成为人居天堂、旅游胜地。

"邻里守望"心连心

宝岩村投入大量资金建设城西派出所宝岩村警务室,为村民提供社区保障服务,同时还秉着依法调解、以德协商的原则为村民提供调解服务。宝岩村警务室共有8名警力,24小时不间断巡逻,以情报信息为导向,动态设立流动卡点,开展路面巡逻,配合空中视侦形成双重巡防模式。同时抽调精干警力开展便衣巡查。

警务室还通过推广智能摄录一体机,推进视频监控入户,有效织密视频监控网络,构建市公安局监控、村级监控和智能摄录一体机盲点

尚湖假日

监控三位一体多层次技防网络,加强地区治安防范能力。

  为广泛动员村民积极参与治安管理工作,宝岩村警务室开展网格化"邻里守望"群防群治工作,根据左邻右舍方便管理照应的原则,先后划定16个邻里守望互助组,每组选聘"邻里守望员"负责本组邻里守望工作,组建了邻里守望员队伍。7月20日,宝岩村网格化"邻里守望"工作启动,首批16名邻里守望员佩戴红袖标正式上岗。

  宝岩村警务室还设有调解室,帮助村民进行纠纷调解。平日里,社区民警主动进村入户,送居住证,发放社区民警名片,更新、张贴社区民警联系卡,提升警民联系度。民警们还在人口聚集区发放"警方提示单"等提高群众防范意识,同时每月开展警民恳谈等倾听群众心声,努力为群众解忧排难。

(原文刊登于2012年8月17日《常熟日报》)

一湖碧水勤呵护
——尚湖保洁员的日常生活

王炜

尚湖有着一汪碧水，凝聚了尚湖社区湖面保洁队的无数劳动和汗水，吴建文是其中一位保洁员。吴建文原来开一家小饭馆，2008年进入尚湖社区，开始从事湖面保洁工作。当时很多人都选择外出就业，到社区工作的只有11人，而现在则有35人。虽然每月工资不多，但吴建文还是坚持留在了这片熟悉的土地上。

尚湖水产养殖专业合作社的保洁点，沿岸停靠了7艘船，用于捕鱼、巡逻、捞湖面垃圾。每天早上，队员都在这里集合，开始一天的工作。这个保洁点只有一台电视机，工作地点不准打牌、喝酒，留给吴建文他们

湖田龙舟

娱乐的时间也很少。每次回来，只有倒头就睡。去年，保洁点才装上淋浴房，总算可以在睡前洗个澡。这样的生活，吴建文坚持了4年。

每年7月至9月，到尚湖旅游的人最多，也是湖面保洁员任务最重的时候，早上8时出发，一次巡逻要花3个多小时。"现在这段时间，一次能打捞150多公斤垃圾。"什么样的垃圾都有，塑料瓶、塑料袋、包装盒、吸管等。下午2时多，保洁员进行第二次垃圾清除。

吴建文和队友的工作没有休息日，就算是大年三十都要巡湖一次。不过那时来湖边玩的人少，任务也不像现在这么重。每天晚上，保洁点都会有人值夜班，这确实不是一件简单的工作，但吴建文坚持到了现在。

尚湖风景秀美，很多人都想在湖边垂钓。于是，保洁队也当上了"巡逻队"，制止市民湖边钓鱼。

每当劝止一名钓鱼爱好者，吴建文都会松一口气，湖里的鱼少了一份危险。但也遇到过麻烦，"上次在景秀园喝茶的一名游客，带着鱼竿到湖边钓鱼，劝他不听，还说村民为何有权管钓鱼"。没办法，吴建文只好联系巡警把该游客的鱼竿没收了。

尚湖是自来水取水口，为确保自来水水质，社区对1.2万亩水面进行生态养殖，科学合理投放鱼苗。每年年初投放7万多公斤的花白鲢鱼苗，让鱼摄食浮游植物、藻类。生态养殖有利于保护水质，使尚湖的水质一直保持在二级水标准。

每次巡逻，吴建文总能找到几个垂钓者，没收的鱼竿也不少。看着这些鱼竿，吴建文觉得很无奈，"市民要用自来水，我们在保护他们的生活用水，为何这项工作会这么难？"

（原文刊登于2012年8月18日《常熟日报》）

一切为了景区环境
——尚湖村民打造碧水蓝天

徐百练

碧波荡漾，鱼翔浅底，绿树成荫，燕鸥翩飞。尚湖风景，美不胜收。尚湖的美，建设者自然功不可没。但在尚湖多年的建设中，湖边居民为此牺牲了不小的个人利益，清清尚湖有他们一份功劳。

尚湖西北岸，宝岩村坐落于此，尚湖北入口穿村而过。1984年12月，常熟市人民政府为恢复尚湖自然生态环境，开发尚湖风景区，决定退田还湖。宝岩村党总支书记李玉弟说，由于紧邻尚湖的缘故，宝岩村始终配合尚湖风景区建设，尤其是从1998年起，按照市里统一部署，逐步搬迁村里的企业。

66岁的宝岩村村民俞良保曾是宝岩石料厂厂长，回忆往事，颇多感慨。他说，1960年前后，一批从上海回来的石匠在宝岩村开办宝岩石料厂。他从学校毕业之后，随即进入宝岩石料厂上班。那时宝岩石料厂效益不错，最多的时候，厂里有120多名工人。直到1998年前后，经营近40年的宝岩石料厂停办，一方面石料厂面临转制，另一方面更重要的原因，建设尚湖风景区要求附近工厂搬离。之后，俞良保打算开办一家自己的石料厂，那时村里空地很多，选一个稍许偏僻的地方建造占地几亩的小厂并不成问题，但他认识到，在此建厂必然破坏尚湖风景区的整体规划，影响景区整体环境。费尽周折，他终于在虞山北面的合丰村租下数亩地建起了石料厂。俞良保说，石料厂虽然建起来了，但是与办在自己村相比，成本增加不少。

李玉弟说，宝岩村还有很多村民像俞良保一样，为了建设尚湖，或多或少地舍弃个人利益。1998年前，宝岩村共有大小企业30多家，包括服装厂、玩具厂、塑料厂、啤酒厂、消毒液厂等。1998年后,根据常熟市建设尚湖风景区的统一部署,大部分企业已搬离或停办,如今村里企业已所剩无几。由于缺少企业支撑,宝岩村的村级收入远低于其他村。除此之外,以前在村里工厂就近上班的村民,现在大部分都要到更远的工厂上班,十分不便。

李玉弟回忆说,以前村里的每个生产队都有仓库房,占地二三亩左右,用来存放收获的粮食。随着耕地的减少,以及这些仓库房年代久远,显得破旧,与周边环境格格不入。2000年,这些仓库房被拆除,共计面积20亩。随后,宝岩村在这些空地上种植果树以及绿化树木,使之成为村中"绿岛",不仅为村民打造了小果园,也为尚湖增添一丝绿意。

尚湖景区建设让宝岩村发生翻天覆地的变化,村民的生活环境更加舒心。以前村庄环境较差,被外人戏称"垃圾堆"。近几年,村里通过科学规划,实现集中居住区和自然宅基建筑风貌的整体协调。村中建设了荷花池塘、凉亭等景观,环境得到极大改善。自1999年以来,宝岩村先后荣获省级卫生村、省级生态村、苏州市文明村等多项荣誉。今后宝岩村将依托虞山尚湖风景区的优势,发展旅游配套产业,让风景区惠及更多村民。

(原文刊登于2012年8月20日《常熟日报》)

水街景象

28年坚守换来绿水长流
——尚湖环境变迁带来民生变化的思考

王钱欣

深入尚湖,记者发现,尚湖的美丽,除了有政府大力生态修复与开发建设的作用,也离不开周边村民配合的功劳,是他们服从大局,牺牲个人利益,换来尚湖碧波荡漾。尚湖的开发建设最终反哺村民,他们用28年的坚守换来湖光山色间平和、恬静的田园生活。

规划保护生态环境

围湖造田让常熟人懂得了不能违背自然规律,也更加珍惜来之不易的清清湖水。1982年,虞山(含尚湖)景区成为国家级太湖名胜区重要组成部分。1984年,尚湖退田还湖,随后出台的《城市建设总体规划》和《虞山景区总体规划》,对景区核心区域和控制区域范围内的建设行为进行规范,沿湖各村的工业企业发展受到控制。

作为市区西入口,尚湖南岸的建华村具有得天独厚的区位优势,但发展却没有人们想的那么迅速。辖区内大片空地与其他村镇工厂林立形成鲜明对比。

受尚湖景区规划发展制约,村里的建设用地受到限制。建华村农贸市场因道路改造搬迁到西三环北侧,但由于该地块属景区控制区域,用的是"临时用地"。农贸市场尚且如此,工业企业受到的限制更大。同在西三环北侧有一块六七十亩土地,1987年,建华村在此办起砖窑厂,解决村民就业,成为村级经济主要来源。但因砖窑厂侵占大量土地资源,在生产过程中排放出有害气体,影响景区环境,砖窑厂在1999年被关停,成为当年全市首批关停的砖窑厂之一。之后,建华村在原址引入几家工业企业,其中一家板焊厂还是规模型企业。由于排放物影响景区环境,几家企业在2010年全部迁出。

正是这些限制为尚湖周边资源的保护、生态修复发挥了积极作用。然而,我们也应当看到,受当年行政区划分割的影响,以及规划和环保的限制,沿湖各村历年来只有控制和制约,没有明确的发展策划与产业引导,各村村级经济发展相对薄弱,由此带来区域经济及其基础设施、公共配套相对滞后,村容村貌、社会保障水平不均衡等情况。

保护发展齐头并进

尚湖不仅是游客的乐园,更是村民的家园。为了让尚湖周边区域的生态修复和开发建设走出概念阶段,2007年4月,常熟市委、市政府筹建尚湖旅游度假区;2008年7月,成立虞山尚湖旅游度假区;2010年5月又组建山湖办事处,实现虞山尚湖区域的统一规划、统一建设、统一管理、统一经营。

《尚湖综合保护规划》《虞山尚湖旅游度假区旅游总体规划》和《虞山尚湖旅游度假区战略策划和发展规划》等保护与规划、产业发展策划前后出台,将之前以控制为主转变成为保护与发展并重,进而明晰了沿湖各村发展模式,带动了各村经济发展和管理体制的转变。

在统一规划的前提下,度假区逐步对有条件的自然村落进行改造,按照生活与产业并重的思路,实施基础设施配套,尽力推动形成山居、湖庄型休闲度假村落。同时引导和鼓励村级经济、民营经济参与产业配套、项目开发,加强茶叶、杨梅和其他山珍、湖鲜的深度开发,提升产业档次,并通过命名民间文化传承人,搭建民间民俗展示平台,推动特色文化与旅游产业嫁接。

社区景区化开发,既让居民享受到了优质的基础配套,又满足了游客的需求。同时,原有耕地、林地成为景区景观的一部分,农宅也兼有了旅游住宿和餐饮服务的新功能,增加了村民的就业机会,拓宽了致富渠道。村民的亲身参与,更让他们看到自身资源的价值,唤起了认同感

刚放水的尚湖

和自豪感。

宝岩东对河村村民张四保9年前在尚湖边租下50亩地办起葡萄园。他说,以前村庄环境很差,被外人戏称"垃圾堆",除了本村人很少有人愿意进村。近几年,村里整饰白化老建筑,新建集中居住区,将宅前屋后的小路理通、理顺,在主要道路增设路灯、景观灯,增设停车位,新辟小游园。不仅如此,景区还在他的葡萄园门口修筑环湖路,这段时间,每到周末就有很多人来湖边休闲,其中不少还是举家开车来的外地游客。

张四保说,居住环境好了,村民的人均寿命也延长了,全村600多人中有4位百岁老人,年龄最大的101岁。现在的东对河屋前有绿水,屋后有青山,有近城的区位优势,又没有城市的喧嚣与拥挤,城里人和乡下人都很羡慕他们,很多城里人还巴不得能在湖边置地购房,这里已真正成了一块黄金地段。

(原文刊登于2012年8月27日《常熟日报》)

走进 品味 期待
——写在"走进尚湖"大型新闻行动落幕之际

陶 胜

一汪碧水，荡漾深情。2012年8月底，常熟日报"走进尚湖"大型新闻行动画上圆满句号。此次新闻行动历时两个多月，从前期策划主题，到记者辛勤采访，共分4个篇章，写出17篇稿件，约2.5万字。无论是尚湖的生态环境，还是人文传统以及民生足迹，本报记者都用自己的笔触，一一为读者呈现。一篇篇凝聚深情的报道，在读者中引起广泛共鸣，更得到了社会各界的一致好评。

尚湖拥有美丽的自然风光，并融入丰富的历史文化和人文景观，与虞山山水相映，共同构成常熟山、水、城一体的独特风韵。此次大型新闻行动由常熟日报社和虞山尚湖旅游度假区联合主办，历时两个半月，是本报继"走进虞山"新闻行动以来又一次大型新闻采访活动。其间，14名记者深入采访，全方位、多角度反映尚湖的过去和现在，探索旅游与民生、创新与传承的课题。"走进尚湖"大型新闻行动按主题共分为四大篇章，分别是生态篇、文化篇、旅游篇和民生篇。尚湖最吸引游客的就是生态环境。但尚湖良好的生态环境的形成并非一朝一夕。在生态篇中，记者通过对尚湖各个时间段生态环境变化的报道，突出尚湖发展过程中秉承的生态优先理念，揭示其示范作用。一个优秀的风景旅游区，除了出色的自然资源，必然有丰厚的文化底蕴为支撑。在文化篇里，记者通过对尚湖区域固有的文化传承、嫁接而来的历史或传统文化、"无中生有"孕育出的特色文化等报道，充分展现尚湖文化的丰富多彩和江南特色。旅游经济的繁荣是尚湖的主要发展方向。在旅游篇里，记者通过对尚湖旅游发展脉络的梳理，展示尚湖丰富的旅游资源，探寻

第二辑 走进尚湖

尚湖发展旅游经济的先进理念,挖掘尚湖丰实旅游资源的建设性意见和建议。尚湖周边区域现有本地人口和暂住人口超过5万人,尚湖和他们的生活有着怎样的关系?他们又给尚湖带来什么影响?在民生篇中,记者通过对这一区域居民生产生活的报道,探寻人与自然的关系,探讨社会管理创新与生态旅游发展之间的关系。值得注意的是,记者均将具备一定思考性的深度报道作为每个篇章的结尾,不仅体现出记者对于尚湖本真的情感探寻,更是对尚湖未来发展的思辨。

这组报道见报后,在全市引发广泛关注,不少读者纷纷来电来信参与尚湖未来发展的讨论,并提出意见建议。虞山尚湖旅游度假区也将此次系列报道作为今后提升发展尚湖的重要参考。走进尚湖,品味尚湖,期待尚湖,这是此次新闻行动的主旨,更是广大市民的心声。大型新

世界小姐游尚湖

尚湖中秋烟花

闻行动虽然已近尾声,但常熟日报人对虞山尚湖的关注并未结束。因为让尚湖更加秀美,是常熟人共同的愿景。

(原文刊登于2012年8月28日《常熟日报》)

山水印象
走进虞山尚湖

叁

名家笔下的虞山尚湖

大痴　童话　山水

杨老黑

梦里依稀梦常熟，只因虞山埋圣骨。

"大痴画格超凡俗，咫尺关河千里遥"，"诚为艺林飞仙，迥出尘埃之外者"，"大痴之笔，所以沉郁变化，几争造化神奇"，"才高出类……百代标程"，"遂为百代之师"。——中国山水画，唯黄大痴，谁敢称圣？

我痴迷大痴，朝夕耽玩，挥笔临写，百般揣摩，几欲废食。

黄大痴之画，气象万千，变化之极，然我最喜其天真烂漫也。

黄大痴有一颗童心，我也有一颗童心。黄大痴以童心写山水，我以大痴笔意写童话，山水中有童话，童话中有山水，其中意趣，唯大痴与我，何人能悟欤？

神情散淡，漫入书房，捧出精工歙砚，取出珍奇古墨，先磨一池浓墨。磨墨实为养神，不必急躁，微闭双眼，漫不经心，悠着劲儿来。可以顺时针转，也可以逆时针转，像老驴拉磨一样，转了一圈又一圈儿，只到墨色发亮，浓香扑鼻，兴致渐起，油然而生，展纸挥毫，踌躇满志，奋笔疾书。其实胸中并无山水，唯童趣盎然，随意而发也。

宣纸散发着山野气味，洁白无瑕，温润如玉，落笔存迹，岿然如山，不可移动。毛笔乃万物所化，狼毫刚劲，羊毫温顺，牛耳柔韧，鼠须狂怪……我最喜欢山中老兔，正如白居易所赞"江南石上有老兔，吃竹饮泉生紫毫，尖如锥兮利如刀"，提耳捉来，扑入纸张，犹如放兔归山，任其奔腾。

墨线者，魔杖也。可粗可细，伸展自如，灵活多变。赛似蚯蚓戏雨，蜗牛攀石，一路迹痕，蛇蜒不绝。若壮士伸铁，寒猿撼藤，渔翁挥叉，公孙舞剑，刀光剑影，耀眼炫目。若奔蛇走虺，游龙入海，鸟入密林，疾如风雨，迅如雷霆。若山崩地裂，洪水决堤，汪洋恣肆，铿锵有声，响彻万里。又若茅屋雨漏，蛇如草径，痕迹斑斑，断断续续，若隐若现。俄顷之间，墨线过处，山峦起伏，云烟横起，江河奔腾，楼台亭阁，屋舍俨然，汀渚芳洲，诸般胜景，尽在其中。

墨团者，魔鬼也。神出鬼没，变幻莫测，脾气粗暴，狂妄霸道，赛似乌云，随风而动，钻石缝，入微隙，浸荒野，吞平原，无处不在，无孔不入，弥漫升腾，填塞空间，黑气一团，张牙舞爪，令人恐怖。他还是个大无赖，使起性子来，赛似一块大黏糖粘在画面上，抠不掉，取不下，煞是无奈。必须驯服这个魔鬼，挥笔作鞭，猛抽狠揍，彻底征服他，让他呆在哪儿，就老老实实呆住；让他去哪儿，就乖乖听话儿。否则，你将永远为他所困扰所苦恼，一辈子做噩梦。至于能不能治服这个魔鬼，那就看你的道业了——诀窍在于学问，在于读书，在于读童话。

草木者，神巫也。水无草不葱，山无木不茂，草木的生命由老巫婆掌控住，必须把她请来，吃好的，喝好的，多说好话。她高兴了，扫把轻轻一挥，万物苏醒，草木争荣，青松翠柏，烟柳成行，山岭葳蕤，群峰蓊郁，蔚为大观。这个老巫婆就住在画家的心里，她需要用观察来涵养。无论你在哪儿，遇到树就要多看几眼，正面看不入眼，就从侧面看；侧面看不入眼，就从后面看；后面看不入眼，就从远处看。总之，你不能像凡人一样把它当作一棵树，而是把它视为一个巫婆，一个模样丑陋的老巫婆，你画得越丑，就越入画。如果你把它画成一个美女就糟透了，她在画面中左看右看都不是，比东施还难看。看树如此，看山看人看物，皆是一理。如此这般，年年月月日日，遨足大江南北，踏遍千山万水，访幽探微，饱游饫看，游心滋艺，养性怡情，心里就装了无数的巫婆，再看树就不是树了，看山不是山了，看人就不是人了，犹如庖丁解牛"未尝见全牛也……以神遇而不以目视，官知止而神欲行"。

墨点者，精灵也。机灵调皮，活泼爱动，个头虽小，本事很大。赛似一杯清茶，可以提神醒目，画面中要是没有他，就提不起精神来。又若百味调料，和谐画面，弥补不足。他有许多兄弟，个头大的，个头小的，浓的淡的，长的扁的，方的圆的，面貌不同，应有尽有。至于邀请何人出

湖山旖旎

场,皆以画面而定。有时候不需多,一点二点足矣,类如美人之痣,大小适宜,位置适中,恰到好处,陡然增色,否则成患矣。有时候要很多,千点万点不够,人头攒动,身影摇曳,扑朔迷离,苍苍茫茫,古朴雄健,浑厚华滋,不可名状。他奔跑起来,速度极快,飞动起来,犹如高山坠石,流星闪过。这时候你可得小心,时刻防止被他击中,不然脑袋准起一个大包,要疼上好几天呢。他也是有性格的,或好静或好动,或刚直或柔弱,或外露或内敛,或激昂或含蓄,气质内涵,皆随其主。总之,他是画面中不可或缺的精灵,他就是画的眼睛,那么的黑那么的亮,轻轻眨动一下,放射出闪电般的光芒,照亮灰暗的心境,驱散郁积的疲劳。

色彩者,丹青也。那是仙女的盛会,穿花衣的春姑娘来了,穿绿衣的夏姑娘来了,穿黄衣的秋姑娘来了,穿白衣的冬姑娘来了,赤、橙、黄、绿、青、蓝、紫,穿各色衣裳的仙子都来了。每人都有一双调色的妙手,每人都有神奇的魔法,手指轻弹,江山异色,四季变换,春暖花开,万山红遍。丹青高手，淋漓挥洒，忘我之时，呼风唤雨，众美群集，兴高采烈，载歌载舞，长袖当空，彩霞满天，雅俗共赏，百看不厌，余味无穷。

留白者，化境也。落笔处无笔，无笔处有笔也。画的空白处，更是无穷想象的空间，这里也是孩子们的世界，在这里可以哭，可以笑，可以打，可以闹，可以撒娇，可以打滚……一曲曲动人的童音，一双双明亮的大眼，一张张鲜艳的脸蛋，像花朵一样，让你忍不住驻足观望，流连忘返。冰心老人游园时，单朝孩子多处行，兴味盎然，童心不泯，称为佳话。

……

大痴老人，我来了。

我趁着《儿童文学》的一个盛会，冒着淅淅沥沥的南国春雨，四处打探，几经周折，终于来到虞山之麓小石洞，走进了你的门庭。

我唠唠叨叨说了这么多，都是我学画的真实感受啊！

大痴老人，你听烦了吗？

大痴笑了，知我者，老黑也。

何止山水，万物都需要一颗童心啊。

少小应识古常熟

崔道怡

小时候就曾经向往过去常熟,因读《史记》故事和《封神演义》,知道这里有虞山和尚湖,这里氤氲着中华古老文明的韵味,是纯净我国民众精神的圣地。

直到年过古稀,这才得以实现心愿,作为《儿童文学》编委,我是参与颁奖活动而来的。终于能够亲眼目睹常熟高贵而优美的容颜,心境也随之返老还童。

4月7日进城当晚,就因所住戴斯大酒店之豪华而惊叹:常熟果然好富庶,一个县隶属下的区,便建有如此高档的宾馆。我们此行,受到了高规格的接待。后来听说,这里居民的生活水准,高过外界许多地方;价值数百万元的奥迪轿车,每天都能卖出去五六辆。这一次全国性的儿童文学颁奖活动,就是受到了《常熟日报》的赞助。虽只逗留短短两天,我所闻所见之新奇景象,足可印证常熟经济领先的态势,综合实力一直居全国百强前列,是江苏首批实现全面小康的县级市。

我们印象最深的,主要在文化方面。其文化悠久面貌,最先见到的是石梅小学。为儿童文学"十金"作家和"擂台赛"胜出者颁奖的地方,设在该校礼堂。校舍坐落虞山南麓缓坡,紧邻梁代昭明太子读书台。教室依山而建,高低错落有致。绿树掩映,灰瓦白墙,长廊婉转,古亭屹然,花木葱茏,修竹扶疏,泉水淙淙,书声琅琅……我去过诸多学校,从没有见过石梅这般胜似古典园林的小学校园。而其前身游文书院,创办至今近三百年。仅此一端,便堪称历史文化名城的名片。

从石梅的卓尔亭仰望虞山,思绪悠悠回溯三千年前。周部落的首领古公亶父,想把王位传给小儿季历之子。他的两个哥哥泰伯和仲雍,体贴父意,主动避让,从陕西来到东南海边的常熟,"断发文身",与民同耕。当地民众拥戴泰伯为勾吴之主,泰伯无子,仲雍继立,殁后葬于常熟乌目山。因仲雍亦名虞仲,乌目改名虞山。仲雍墓,就在这郁郁葱葱虞山间,向后世默默地昭示着一种为人处世的品德:即便有条件有机遇,对权力地位也要谦而让之,避而远之。

8日,第20届常熟牡丹花会开幕,我们来到尚湖。湖在城西,与纵贯市区的虞山辉映,交织出"十里青山半入城,万亩碧波涌西门"的风情。传说三千年前,为避商纣暴政,姜太公曾到此隐居钓鱼,太公名尚字子牙,湖随其名。会场设在太公岛上,入场前便先见到了高高的石雕姜太公钓鱼像。老人巍然端坐,双膝上横一根钓竿。神情庄重,若有所思。按神话所描叙,姜子牙原是神,奉命下界辅佐文王。他钓鱼只垂线不用钩,专等愿者上钩,其实是在期待明主的关注。

愿者上钩,后被比喻为心甘情愿中别人所设圈套,这就离开了垂钓

尚湖诗意

者的原意,本没有钩,何来圈套?姜太公钓鱼,实为一种为人处世的性格和技能。智者认知自身能量,把握社会趋向,便会运用独特手段,投身时代前进洪流。身在江湖而心怀天下,姜尚吸引了明主仲雍的目光。仲雍垂询治国之道,他提出敬天、爱民、亲贤的宗旨。遵照仲雍的旨意,他奔赴渭水会见季历之子西伯侯,辅佐文王施行仁政,讨伐商纣,平定诸侯,成为周朝开国元勋。此说并非神话,有其史料为凭。

　　常熟牡丹色主嫣红。嫣红点染碧波万顷,耐人观赏又引人遐想。想来姜子牙钓鱼时,尚湖边还没有这象征富贵的牡丹,老人面对浩淼烟波,心里涌动着的是如何使天下人都能走上富强之路。赏罢牡丹,泛舟尚湖,我也不禁穿越时空,回想着一个个对国家卓有贡献的常熟人——被尊崇为南方夫子的言子游,被赞誉为第一清官的明代开封知府鱼侃,就读石梅小学的清朝两代帝师翁同龢,曾任北京大学校长而当年是石梅小学学生的吴树青,更有我国"两弹元勋"王淦昌……

　　物华天宝,地灵人杰,形容常熟,非常恰切。她得天独厚,山清水秀,花园城市,鱼米之乡。一方水土一方人,养育出了一代代圣贤、大师、学者、英杰。当代国人大都知晓的历史事件,演绎于京剧《沙家浜》。我们从尚湖来到沙家浜,时间已近傍晚,霞光铺展阳澄湖上,一丛丛芦苇排列开一扇扇金黄,把游人带回那血与火的年代:1939年秋,新四军江南抗日义勇军,就在这芦苇荡绿色的帐幔中,对日寇伪军开展有勇有谋的斗争。阿庆嫂、郭建光的英雄形象,深入人心。

　　战斗的历程和感人的业绩,而今都陈列在阳澄湖沙家浜革命历史纪念馆里,我们瞻仰之际正有烈士遗属前来祭奠,一束束洁白鲜花安放于镌刻红星的墓石。脚步轻轻,心头戚戚,我们承受着一次爱国主义的洗礼。而后,穿梭于芦苇荡,只见密密厚厚的芦苇,连接成一道道围屏,曲折迂回，莫测幽深。我们一面回味当年抗日战士的艰辛，一面领略如今作为旅游者的欢欣。红色旅游总包含有双重意味，既是在思情上接受革命传统的教育，又是将身心投向大自然去寻幽探秘。

血红落日缓缓沉降金光灿灿的阳澄湖，给我们留下一幅油画般的壮美记忆。临别得到纪念赠品，一套《姜子牙之尚湖》光碟。常熟本土作家、我国著名儿童文学家金曾豪根据史料与传说，把姜太公钓鱼的事迹，编撰成为长篇卡通故事。我想，情节里肯定会穿插进"仲雍让国"。并从而联想到当今世风，追名逐利，迷恋权势，谋求官职，以至有些孩子以"我爸是李刚"为依靠和荣誉。这已不是"孔融让梨"就能够劝解的，应该将"仲雍让国"也编选进中小学生德育课本。

少小应识古常熟。请你到常熟来，带着你的孩子来，来旅游，来感受这悠久历史和灿烂文化对我们特别是对孩子心灵的泽润。不要拖延如我，殷殷等候多年。

常熟应为旅游首选。因她是山川秀丽、物产丰饶的国际花园城市，更因她也是一处中华文明发祥地，周朝开国元勋姜尚就从这里迈开治国平天下的脚步……

（作者为著名作家、《人民文学》原副主编）

在天空和湖泊之间

毛云尔

那是四月的一个夜晚,春深似海。在火车的哐当声中,我离开了自己生活许久的那座小县城。沉沉夜色中,我不知道这辆在大地上行驶的火车,一路上穿过了怎样的村庄和城镇,我只知道,它载着我朝着南方,朝着那个我从未去过的地方进发……第二天醒来,眼前是一片陌生的天空和湖泊。

尚湖景区

这是江南水乡的天空。抬头望去，灰蒙蒙的。我的内心不免失落，这样的天空并不适合眺望。是的，它无法和高原的天空相比，在那里，天空澄澈而深邃，可以用尽世界上那些透明的东西来比喻它，譬如一片蓝色的水晶，譬如尚未醒来的一个梦，譬如轻轻说出的一句禅语。高原的天空，可以让你久久沉浸其中，可以让你忘记一切，甚至包括你自己。

　　江南水乡的天空却不是这样的。那灰蒙蒙的东西，是昨夜尚未散尽的炊烟，是河流里蒸腾而起的水汽，是那些飞翔着却最终要回到泥土怀抱的柳絮之类的种子。这样的天空自然不适宜眺望了。一个人，他的目光能在这样的天空里走多远呢？一个人，他能在这样的天空里把自己迷失吗？啊，绝对不会。相反，它总是时时提醒着你，让你回到你置身的大地，让你回到散发着尘土气息的生活之中去。

　　而我脚下这座湖泊，自然，也是属于江南的。一个皓首白发的垂钓者，以雕塑的形式伫立在湖岸边。他，便是姜尚，鼎鼎大名的姜子牙。湖泊就是因他而取名尚湖。当我远远看见他的时候，我奇怪自己为什么没有联想到几千年的烽烟和厮杀，没有联想起那些古怪离奇的神话传说，我想到的，竟然是一个趁着朝露抛下钓饵的男人，一个生活拮据而眉宇间有了淡淡忧愁的丈夫或者父亲。

　　可以说，不仅仅是我，在太多人的眼里，和头顶的天空一样，这脚下的湖泊，有着很浓的生活气息。有那么一刹那，我的脑海里浮现出无数的想法。我想，要是没有岸边那些喧闹的桃花就好了，湖水就会保持那份宁静；要是没有那些船只往来就好了，那么，丝绸一样的湖面就不会硬生生地被船桨所划破……这样的想法仅仅维持了一会儿工夫。很快，我就把自己这些想法一一颠覆了。是啊，一座湖泊，它生活的味道浓了，又有什么不好呢？

　　一座湖泊，本来就是为生活准备的。当我在高原上行走的时候，往往，有湖泊不期然与我相遇。这样的湖泊总是藏身在嶙峋的怪石和厚厚的灌木丛中。它们大多没有名字。它们就等待在我们前方的某个地方，想给我们一个惊喜。可是，毕竟那里太遥远也太偏僻了，很少有脚步在那里响起。一座湖泊就这样在等待中度过了上千年的寂寞岁月，还将寂寞地等待下去。这么说来，尚湖应该称得上是幸运的。我们不知道，究

竟是谁第一个来到尚湖的身边。但我们知道,从那以后,尚湖就成了人类聚居的地方。

此时此刻,当我置身在江南水乡的天空和这座叫尚湖的湖泊之间,我突然有了一种时空错位的感觉,越来越强烈。那感觉告诉我,曾经的我,就在这里出现并且生活过。顿时,我的心莫可名状地战栗起来。

于是,我揣想,那个趁着朝露抛下钓饵的男子莫非便是我吧?啊,那一天,我早早起来了,因为米缸里的米所剩不多,已经不够熬一碗粥了,妻子轻轻叹息,蚕蛾一样的眉毛微微蹙在一起了;因为一场倒春寒,孩子咳嗽得仿佛风中的一片叶子在缩缩发抖,极需新鲜的鱼汤滋补一下他虚弱的身体。在妻儿的目光中,我朝尚湖走去的身影也沐浴在早晨绚烂的朝霞里。一次又一次,尚湖从未让我失望过。那天早晨也是如此,仅仅一会儿工夫,便有鱼儿上钩了。那是一种怎样的满足呢?那是一种怎样的快乐呢?在这样的满足和快乐里,一个男子眉宇间的忧愁慢慢消失得一干二净了。

或者,我就是明朝那个叫柳如是的女子。我青春年少。我貌美如花。我柔情似水。我才华逼人。我就是人们口口相传的"秦淮八艳"啊。可是,这一切对我来说又有什么意义呢?无非就是一株花瓶里的花罢了。这样的一株花,被赞美着,被欣赏着。这样的一株花,离泥土那么遥远,离散发着尘土气息的生活那么遥远。我厌倦了这样的生存方式。我情愿赤手赤脚,走到湖中的淤泥里,挖一截莲藕,为一个心爱的男人做一道普通的家常小菜。我情愿扛着锄头,顶着烈日,把田畴中的韭菜和黄花,多锄几遍草,多浇几遍水。所以,那一天,我义无反顾地离开了秦淮河,来到了尚湖,来到了一个男人身边。这种飞蛾扑火式的勇敢和决绝,究竟有多少人理解和认同呢?其实,对我来说,这些都是无关紧要的事情。从此之后，我只留意自己亲手做的家常小菜，能否让那个男人情不自禁，喜上眉梢；只留意自己亲手栽种的黄花，去年谢了之后，今年是否又开得一片灿烂。

或者，我就是那只苍鹭。那只在天空和湖泊之间久久盘旋的苍鹭。我有着流线型的身体，有着在阳光下闪耀光泽的羽毛，我的翅膀扑扇着，从一丛芦苇起飞，然后，飞到另一丛芦苇里。早晨，我看见一个男人在湖边抛下钓饵，然后，钓起了一尾鱼。中午，我看见一位女子，阳光把她细嫩的皮肤晒得黝黑，可是，她竟然不管不顾，她的目光久久停留在那朵欲开未开的黄花上……我还看见了什么呢？啊，我看见了时光在流逝。我看见了在时光的流逝中，生活在继续：湖水涨了浅了，芦苇绿了黄了，一张熟悉的面孔消失了，一张新鲜的面孔随即出现了。我看见了这些，我却并不关心这些。我关心的仅仅是早晨在哪里起飞，傍晚又在湖中的哪一丛芦苇里找到栖身之所。因为我是一只苍鹭，归根结底，我关心的便是一只苍鹭的生活。

这就是江南水乡的天空。这就是我坐着火车千里迢迢奔赴而来的尚湖。原本，我以为，这里一定散发着孤独与忧伤的气息。原来，我大错特错了。眼前的一切，无不在告诉我们，这是一片生活的天空，这是一座生活的湖泊。在天空和湖泊之间徜徉，内心里最后便只剩下这样一个朴素想法，做一个栽种黄花的女子抑或岸边的垂钓者，那该是多么幸福的事情。因为，在这里，离寂寞孤独很远，离虚情假意很远，离如梦浮华很远……离真实的生活却是那么近。

游园惊梦

吴新星

  因为当天还要返程，我游尚湖，像是蜻蜓掠水，显得那样的急匆匆。也不曾轻舟泛波，看着同去的一行人欢欢喜喜鱼贯上了游船，我只有站在岸上干羡慕的份儿。张之路老师见此，笑着说："坐船上去了就下不来，周遭除了水还是水，还不如我们步行，可以'移步换景'。"可我想着坐在舟中，听桨声欸乃、水珠溅溅之声，还是有些遗憾。

  尚湖景区刚造不久，亭台建筑都是簇新的，少了些烟雨旧时味。景区中所植树木，好些还是嫩生生的，一圈圈的麻绳将它们紧紧裹起，像襁褓中需要呵护的婴孩。还有些娱乐设施，明亮而俗气的红黄之色，任是树荫再浓翠，也是遮掩不住的——总之，人为之痕太浓重，像个游乐园似的，我见了觉得不喜欢起来：这就是姜太公垂钓之处么？那古老的韵味哪儿去了？难道，真的仅仅是个"传说"？

  直到走在拂水堤，我心里的失望情绪才像呵在窗户上的雾气，于不知不觉中融散了。湖堤如虹，轻盈地卧在水面。岸边的浅水处，还留有去年的莲藕，枯瘦萧索，映水倒垂着，像一个个音符。它们在奏什么音乐呢？我的凡耳是无缘听的了，一如我无缘看到莲花正开，红红白白，千娇照水的景致。可是，我并不觉得惋惜。这已是一幅上好的带着禅意的《枯荷残梦图》了。

  远处，"孤帆如雪绕湖过，十里澄湖瑟瑟波"（庞树柏《夏晚过尚父湖》）。那船不是游船，该称作"画舫"：看起来非常小巧别致，船上有雕镂过的顶棚，还扬着一叶古诗词里才有的白帆，映着远岸上一带迷离的柳色，真堪入诗入画。船慢慢悠悠地撑过了；搅动起的水纹却一波一波粼粼地涌了过来。我站在湖堤上，真想弯下腰把这些细细的水纹一一掬起。掬水月在手，弄花香满衣。呵，此时若有月，我该舍不得将水重归于尚湖了吧？不知尚湖肯不肯，如果我盗它一捧水。

经过一座赭黄色的假山，又逗留了会儿。那假山与苏州园林中的"瘦漏生奇，玲珑安巧"假山不同，它的每一块假山石显得方方正正的，叠起来也是规规矩矩，丝毫不卖弄新巧。假山间，有一股活泉碎珠溅玉而下，顿时给它添上了一股灵动之气。假山石上，镌有风格拙朴的八个绿墨大字："拂水悬流，天河俱会。"正想仔细琢磨一番这八字的妙处，听得左泓老师在前面催道："小孩，走了。"（呵呵，我个子自然比不上左老师的一米九，因而成了"小孩"）

穿曲径，绕回廊，来到了一处花园。只见那花开得正好，朵朵有碗口大。花的颜色有粉红、墨紫、娇黄，还有白色的——纤尘不染，仿佛是天边降落下来的一朵云。花瓣有单瓣、复瓣、重瓣的，每一朵都雍容华贵，妩媚动人。真个把我看得眼花缭乱。看着看着，我忽然惊喜地猛悟："这是牡丹花吧？"除此，还有哪一种花能拥有这样艳丽的颜色和大气的风姿？想起皮日休的《牡丹》诗："落尽残红始吐芳，佳名唤作百花王。竞夸天下无双艳，独立人间第一香。"果然是没有吹嘘呀。罗隐的《牡丹花》诗说："若教解语应倾国，任是无情亦动人。"何必假设"若是"呢，它不解语，也已一样"倾国"了。

牡丹花称"国色"，香也是"天香"，白花是清香，紫色浓，粉色幽，花香翩跹如蝶，沁人心脾。我赏着"国色"，闻着"天香"，不觉恍如回到了梦境，好像这在哪儿见过一般。

正诧异间，忽然听得耳边有阵阵歌声传来。素喜昆曲的我，很容易地分辨出唱的是昆曲的调子。过去一瞧，果然不假。一生一旦就地取景，在一个亭子里唱。唱的是《惊梦》里的一支《山桃红》："则为你如花美眷，似水流年，是答儿闲寻遍。在幽闺自怜……"水磨腔濡濡地、缓缓地、幽幽地唱来，更显得缠绵悱恻，一如生旦的翩飞如花的水袖。那杜丽娘眼眶周围轻轻抹着淡淡的胭脂红，双眉翠色如洗，鬓发上，是"艳晶晶花簪八宝填"；穿的是一袭洁白的衣衫，领口和下摆上，绣着成双成对的缠枝牡丹花，花的颜色是雪青的，看上去十分秀雅可人；更看

昆曲雅韵

她的举措多娇媚：一招一式，纡徐舒缓，水袖也慢慢随着唱腔流转。那柳梦梅呢，穿着同样绣有牡丹的水红衣衫，唇红齿白，眸如点漆，十分俊秀，使人见之便想起诸如"貌若潘安""玉树临风"等一切美好的修饰词来。"姐——姐——"柳梦梅这样叫杜丽娘，第一字是"重音"，第二字用虚声，是那么痴情的呼唤呀！"姐姐，咱一片闲情，爱煞你哩！"两双洁白的水袖亲昵地挥洒缱绻，柳梦梅痴情地叫唤，杜丽娘羞涩地微微颔首，相看俨然，早难道好处相逢无一言？啊，你若观此，怎能不感动？至少，我曾经猝不及防地落下泪来。

"小孩，走了走了。"左老师又在催我。时间仓促，我不得不走了。临走，还是回头看了一眼。这一回头，却无意中瞟到那亭子的名字：牡丹亭。哎呀，是牡丹亭！这名字，多么应景，又多么让人感慨：我是在尚湖的牡丹亭呢，还是在汤显祖的牡丹亭？

尚湖，也有"湖山石""柳枝""梅树"这些《牡丹亭》里的经典意象，也有柳梦梅杜丽娘这样痴情的人——钱谦益和柳如是。他们的爱情，也是一个传奇。当时钱谦益六十岁，用李煜的话说是"风情渐老见春羞"的年纪，而柳如是才二十四岁，青春正好。虽然年龄相差悬殊，可是他们惺惺惜惺惺，互相仰慕对方的才华。最后，他们结成了秦晋之好，读书论诗，相对甚欢，用《牡丹亭》的话说就是"不枉了谈吐相称"。

明发堂——钱谦益柳如是纪念馆

钱谦益和柳如是,就居住在常熟虞山脚下的拂水山庄。

呀,尚湖的景致和《牡丹亭》类似,又有一对像柳梦梅杜丽娘那样痴情的人;其中的佳人柳如是乃"秦淮八艳"之一,拥有杜丽娘般"惊人艳,绝世佳"(语出《牡丹亭》)的美貌。这么说来,我所赏的,也真是汤显祖的《牡丹亭》了。

"原来姹紫嫣红开遍,似这般都付与断井颓垣。良辰美景奈何天,赏心乐事谁家院!朝飞暮卷,云霞翠轩;雨丝风片,烟波画船——锦屏人忒看的这韶光贱!"

杜丽娘的丫鬟春香感叹:"这园子委是观之不足也。"可是,时间不允许,我也只有像杜丽娘一样,"观之不足由他遣",随它了。

大众的尚湖

王巨成

四月,去常熟,这次专为传说中的尚湖而去。

二十多年前,我去过常熟,目标很明确,那是冲着常熟的服装和小商品去的,似乎身上有了点钱,而不在那里花一花,就枉做了改革开放的受益者。那时就有一位朋友问我,你去过尚湖吗?我回答说,我为什么要去尚湖?我看过扬州的瘦西湖,也看过杭州的西湖。我的真正意思是,尚湖再美,还能美过瘦西湖和西湖吗?

朋友露出一脸的遗憾,嘀咕了一句:"你们文人还这样势利呀?"

朋友的这句话让我很是耿耿于怀。他的话是不是说身为文人,更应该去看看尚湖?

现在,尚湖就正在我的面前,我挑剔地打量着她。

浩大!我的脑子里跳出了一个词汇。浩大的湖面,清波粼粼,远处的几座小岛似乎因了浩大,而显得很渺小。但在听了导游说:"尚湖有八百公顷湖水……"我又诧异了:真有这么大吗?尽管我觉得浩大,可是看上去绝对没有所谓的"八百公顷"(后来看了相关的资料,我知道尚湖确实有这么大)。当我乘上游船时,我明白了我为什么要产生疑问,是那些小岛欺骗了我的眼睛。那些小岛就在湖里,长满了芦苇或者灌木,碧绿碧绿的,长得就像一块块翡翠。因为它们,我在游船上时时感到要到岸边了,却不料拐了一个弯,面前又是一片宽阔的水面。

同船的其他游客,不时发出惊叹声。

我也哑然失笑。小岛给湖面平添了别样的情致,因而湖面一点也不显得空荡。

山水印象

走进虞山尚湖

　　眼睛再一次欺骗了我。当游船驶近某座小岛时,那"小岛"竟然变了魔幻似的,游船绕着它,行驶了好一会儿,才把它丢在身后。它分明是一座大岛,大得它的中间居然还藏着一片湖水!

　　原来,湖中有岛,岛中有湖,正是尚湖独特的景观。湖,因为有了岛而生动,而曲折有致;岛,因为有了湖而秀丽,而充满灵气。它们都是尚湖的主角,谁也不是谁的陪衬。

　　对一个生长于扬州的人来说,我不由得把尚湖与瘦西湖做了比较,同时也把她与曾游览过的杭州西湖做了对比。

　　相比于扬州瘦西湖的精致,尚湖未免显得有些粗放、朴实;相比于杭州的西湖大气,尚湖则又多了几分的精致。瘦西湖多了几分雕琢的痕迹,西湖过于华丽了一点,尚湖则是自然的,在自然中显现一种拙朴。

　　尚湖,在瘦西湖与西湖之间,以自己的美丽而存在。

　　我不得不在心里承认,我应该来尚湖,应该看看她——在一个日益繁华的都市里,竟有这样一个美妙的地方。

牡丹齐放迎宾客

更何况，尚湖还有牡丹。

我是一个爱花的人，也喜欢养一些花，但都是普通的，好种易活的花，最好是那种放在那里想起来便浇点水而照样长得生机勃勃的花，享受了花的清香和美丽，却无需过分地操心。如果有谁建议我养牡丹，那我只能婉拒了。不是我感冒牡丹，因为在我的印象中，牡丹一直是那种令人生敬畏感的花，令人觉得她娇贵得只有远远相看。牡丹是百花之王，是大富大贵的象征。看看用来形容她的那些词汇吧：国色天香，雍容华贵，富丽堂皇，是不是觉得她颇有立于圣坛的气势？真有了牡丹放在家里，我肯定要把她当花神一样看待。

对待神，芸芸众生还敢有享受的念想？

媒体报道过这样一个故事，一个有钱人对别人视他为"暴发户"很恼火。于是，他决定做一回"雅士"，开辟了一块地养上牡丹，美其名曰：牡丹亭。但有钱人可不愿意别人来看他的牡丹，便养了一条大狼狗，替他守护那些牡丹。

一条大狼狗，使有钱人不但没有做成"雅士"，而且还把他"暴发户"的嘴脸一下子推到了极致。

谁还愿意看有钱人的牡丹花？那可是要冒着生命危险的。

尚湖的牡丹就另当别论了。

这一天恰好逢尚湖牡丹花会开幕，并且有"尚湖牡丹花仙子"获奖选手颁奖仪式，很热闹，也很华丽。我生性喜欢安静，对这样的热闹和华丽，越发地加重了我对牡丹近乎固执的看法。

然而，尚湖的牡丹们终究让我的眼睛一亮。牡丹们竟可以以这样的面貌出现吗？她们开得浓浓烈烈，开得活泼张扬而奔放，也许因为身边还有郁金香等花，也许因为身在尚湖，也许因为那绿绿的树，青青的草，

177

她们的热烈又有所收敛，少了一些高贵，平添了几分的随和、亲切，甚至有了些乡野之美。

一拨一拨的游人，在她们身边摄影。一张一张的脸笑得如牡丹们热烈、奔放，那都是普通得不能再普通的脸，那些脸们似乎刚刚从田头、集市、车间、机器旁走来，来享受牡丹们的美丽，来享受生活的富足。

有一家五口人以牡丹花做背景，拍全家福。最大的是爷爷，八十岁左右，最小的是一个少年，十四五岁。他们对着数码相机，笑得特别灿烂。

询问中得知，这一家人来自乡下，儿子和儿媳妇在常熟打工，听说今天是牡丹花会开幕，便把老父亲、老母亲和儿子从乡下接来看看景。

在别人啧啧称赞声中，我忽然明白，来到尚湖的牡丹，都是已经走下圣坛的牡丹。因而尚湖的牡丹不仅是文人雅士的，更是属于大众的。牡丹原本就属于大众的，在中国的春节期间，她们的图案要走进贴在门框上的对联里，走进倒贴着的"福"字里。她们还走进新娘新郎结婚盖着的被面上，走进与一切喜庆有关的场合。

大众在平庸与琐碎，在奔波与辛劳之余，来尚湖享受一份牡丹的热烈与华丽，岂不是一件很舒心的事吗？

竟然还有牡丹花茶！

这是我第一次喝牡丹花茶，而且喝的是尚湖产的牡丹花茶，那份郁郁之香，感觉牡丹们已经开放在唇齿间，开放在心间了。我便越发地感到尚湖牡丹的亲切了。

如果说扬州的瘦西湖是仙子，杭州的西湖是公主，那么尚湖是出自民间的清纯女子。

尚湖也是属于大众的。

于是，我写了这篇文字，把尚湖留在心里。

（作者为著名儿童文学作家）

常熟乡邻情

高巧林

常熟是我的乡邻。

可是遗憾，我第一次去常熟是等待了三十来年后的事！其原因，除了隔着半个阳澄湖，更在于既往那些岁月里的闭塞与艰难。当然，事物都有两面性，如我迟迟去不成这乡邻，心里却在萌生别样的情愫：站在湖畔眺望常熟时的那份眷恋，捧着诗文吟诵常熟时的那份感动，枕着月色梦见常熟时的那份兴奋……

"天下常熟"，名副其实。念小学时，老师出了个谜语，要求打一地名，谜面是"年年丰收"。或许，正是从那时起，我把"常熟"两字记在了心里，带着祈盼丰年的美好心愿。也在那时，我会看到村里父辈"咿呀咿呀"摇着大木船去常熟。两三天后，大木船披着夕阳满载而归，拍打着水面的船舷边堆放着一袋袋谷物、一筐筐瓜果、一篓篓水产品。我一边喜滋滋看着这些，一边在心里念叨常熟乡邻的好。

口福之余，我还能从父辈嘴里拾得几句地域色彩极浓的常熟方话。譬如：把"常熟"念成吾乡方言中的"强局"音；把"鱼"念成吾乡方言中的"颜"音。更有趣的是，常熟人突兀遇到哪桩糟糕事后会脱口而出："那么好个哉！"真是有趣，字面上的意思竟然与实际表达的意思完全相反。

后来，是《沙家浜》这一出盛行一时的戏剧，把我的情感跟常熟扯得更加亲近。天天听着唱，月月看着演，那戏中的一句句台词、一段段唱腔、一幕幕场景、一个个人物，让人滚瓜烂熟而几欲痴狂。曲终幕谢后，我又会循着那出戏，一次次地想象着常熟的古城老街、青山绿水及其常熟的光荣传承、淳朴民风。

现在，我已经记不得第一次去常熟的确切时间，但怎么也不会忘记，当时，我是怎样地一下喜欢上了常熟这座城市的——

拂去历史尘埃，我读到的是一座3000多岁的文化名城。其文化底蕴之深，人文资源之浩，是地地道道的吴文化发祥地。那里有商末姜太公垂钓的神奇掌故，那里有始于宋代的方塔遗存，那里传承着诗画琴棋之风、雅曲戏文之艺，那里曾有一大批状元、进士，包括当过清朝同治、光绪两代帝师的翁同龢……

瞩目而今常熟，我见到的是一宗现代城市化进程中的成功范例：古典与现代完美结合，城市与乡村和谐共存，经济与文化并驾齐驱，堪称万千巧手绣出的精美倾心之作！

城宜居，山好游，水可乐，这是常熟的魅力！

大气而不张扬，繁荣而不喧嚣，华美而不浮躁，这是常熟的性格！

诚然，我与常熟是有点"相见恨晚"，但"恨晚"过后，恰是接二连三的补偿和成倍而至的收获。这么说吧，得益于当下四通八达、便捷舒适的交通条件，我是每年都会走乡邻似的去常熟走走看看的。或节假日携家人作自驾游，或得参会之便偕众友同游，寻幽览胜，优哉游哉，休闲之趣、养身之妙自不可言喻。

而每每最为吸引我的去处，便是古城西郊那十里虞山、万亩尚湖。

一山一水，刚柔并济，相得益彰；仁者乐山，智者乐水，妙哉！

试想，在百里平展展的秀水沃土间，突兀耸起一脉虞山，该是怎样的孤傲之形、灵异之神？人们为之惊奇叫绝：虞山是装点在常熟古城楼阁边的一颗碧玉，或者，是一条蛰伏于尚湖畔的苍龙。

早先，尚为"处女地"的尚湖还没有对游人开放，因此，我第一次去常熟时只游玩了虞山。虞山才二三百来米高，算不上险峻，而攀登之乐、眺景之趣却是丝毫不减的。沿着山道拾级而上，步子不紧不慢，气息清润畅快，俨然进了天然氧吧。半途驻足观望，但见斜躺在蓝天白云底下的山坡上长满了花草树林，掩映着一处处亭台楼阁，忽地，哪处传来几声清脆婉转的鸟鸣，可谓撩人心帜。而上山观赏的重头戏，自然是点缀在各处山坡间的人文景观，诸如高山洞、剑门、宝岩等等，不一而足。因

尚湖水街

为景点多,只能匆匆看上几眼。后来记起,倒是在哪处的一座茶亭里逗留了好久,围着小方桌坐下,沏一壶绿茶,啃一把葵花籽,与同游来一番闲谈神侃,不亦乐乎!兴之余,我突然想起刘禹锡的诗句:"山不在高,有仙则名。"何为仙?我等游人便是。

再说尚湖。虽然,尚湖只是常熟境内众多湖河水域中的一泓,但绝对是常熟水世界里的漂亮精灵,也是近些年来常熟人精心呵护的水中明珠。它的清澈与宁静,它的宽阔与迂回,它的风雅与时尚,都是令人流连忘返的。

今年4月,《儿童文学》杂志社在常熟开笔会,其间,我和一拨儿童文学作家朋友游了一趟尚湖。沐着灿烂的阳光,和着游人们的欢声笑语,加之乘坐电动旅游车而生的惬意,我的心情一下轻松得如湖风似的。而恰巧,中国(常熟)第20届牡丹花会正在尚湖畔隆重开幕,于是,我有幸平生第一次观赏到了牡丹花的海洋。红色的、粉色的、紫色的、黄色的、白色的,单瓣的、重瓣的,绣球形的、蟹爪形的,可谓五彩缤纷,千姿百态!看罢牡丹,旅游车朝着各个景点蜿蜒前行。路边绿色匆匆,眼前湖光晃悠,左闪右现的景致宛若出自水上"迷宫":时而是这水与那水的依依相连,时而是这岸与那岸的一衣带水,时而是湖中之岛,

第三辑 · 名家笔下的虞山尚湖

181

时而是岛中之湖，那扑朔迷离的格调情状差一点让人分不清，这是乘车陆上跑，还是泛舟水中行？幸亏，驾驶员兼当起导游，景点一到，总会停下车来讲解。导游词虽然只是蜻蜓点水而已，却足可引人入胜——太公岛、拂水山庄、荷香洲、水上森林，一景接着一景。最后，导游让我们转乘游艇。那可是刺激，飞快的游艇在水势森森的外湖里追越呼啦啦的清风，犁开雪白雪白的浪花，惊起芦苇滩头的一只只鸥鸟，掠过横跨于湖中央的十七个桥孔……

而这时，最是夺人眼球的，是环绕在湖光水色里的虞山——虞山多情而沉着，亲亲地偎依着尚湖。浪漫所至，尚湖里的每一滴清水、每一朵涟漪、每一座小岛、每一处佳木妙亭，越发神采飞扬、风情万种起来！

（作者为中国作协会员、《昆山日报》原总编辑）

闲话虞山门

郑行健

"十里青山半入城"这句诗,并非夸张。它对常熟"半入城"的界定是清晰的。虞山门,就是"青山半入城"的分界线。

元朝末年,盘踞苏州一带的农民起义领袖张士诚,将常熟四围的土城改建为砖砌的城墙。此后二百年,明朝嘉靖年间的知县王铁,为抗击倭寇将已颓废的旧墙重筑,历时百天又建新城。迄今,又有四百五十年了。这其中,城西的阜成门到虞山山顶的虞山门这一段城墙,历来是最壮观的。

民国期间,曾有上海的明月影片公司来到常熟寻找外景地。他们一眼就看中了虞山门的一段城墙,把它作为万里长城的模拟场景。在他们所拍摄的武侠电影《关东大侠》中,"天下第一关"——山海关,就是以这一带的城垣作为背景拍摄而成的。

到了20世纪五六十年代,虞山城墙就破败不堪了。这里有自然风化的缘故,也有人为造成的原因。我小的时候,就听大人们说,1958年大炼钢铁时,西门山脚下,高高低低的小高炉遍地开花,人们上山从城垣上拆下城砖,扛回来,正好砌炉大派用场。我还见到,中学生集体上山扛城砖。

那还是20世纪60年代初的事。当时赵园、曾园,都属常熟师范的校区。师范学校对学生是免费提供食宿的,因此食堂供应就成了学校的后勤重点。但那时是困难时期,市场供应紧缺。为了使学生的身体能够有一定的营养保证,校方就提出了自己盖猪棚养猪以改善生活。猪舍的选址倒不成问题,就在如今曾园的东邻,翁府前街南侧,现在是高专教工宿舍楼的那块地块。当时那里有个废颓的长方形池塘，估计也是小辋川的遗址。但砌猪棚的砖，却使教书先生们为难了。有人就想到了虞山城墙上的"废"城砖，提出了一个运砖方案：趁每天清晨学生上山锻炼时，下山回校时每人带一块城砖。

于是那段时间里，一条特殊的风景线产生了：每天清早，从半入城的顶点虞山门，沿着蜿蜒的山路下到白衣观音庵，现在的石梅园和书台公园之间，再往右转入读书里，上西门大街，进庙弄，走东面店弄，最终到翁府前街，一路上总有像蚂蚁搬家一样断断续续的青年男生，肩扛一块沉甸甸的灰白相间的城砖，跑得气喘吁吁。每块城砖都重达二十几斤，男生中身材矮小些的都吃不消，何况女生呢？哪些城砖的砌料很特别，据说是把糯米加水烧成糊状，再和石灰拌和，成为非常有黏性的灰浆。这种灰浆涂到城砖上后异常牢固，即使经过四五百年，仍牢牢地附着在砖上，形成一层厚厚的斑驳白色。因此砌成的那个猪舍也是很有特色的：外墙不加粉刷，也是白花花的夺人眼目。

不多几天，经全校男生上山早锻炼时的顺手牵羊，砌猪舍的砖备全

阜成门

了。但虞山顶上的城垣,却又矮了一截。

那时的虞山门哪有现在这么雄壮,很矮的。人们在山上从辛峰亭往维摩、祖师去,并不是从城门洞里过去的。而是在城门的靠北旁边,用坍塌的城砖城土堆成一个斜坡路,顺着斜坡路从城头上翻越过去的。城门洞早已不存在了,它上面的穹顶早就塌陷,仅形成一个豁口。坍塌的城头,黄土漠漠,荒草萋萋,看不到有城楼的影踪。从城墙的军事防御角度来看,当时虞山门的建筑是很有讲究的。这种城门设置成回字形中空小城的类型,称作瓮城。它是古代城市主要防御设施之一。有资料称:瓮城,又称月城、曲池,是古代城池中依附于城门,与城墙连为一体的附属建筑,多呈半圆形,少数呈方形或矩形。它又有"瓮中捉鳖"的意思:一旦敌人从外城门中攻入,但没料到里面还有一个内城门,而四周俱是壁立的城墙,此时四面城头上箭石俱下,那还不是瓮中捉鳖?当时虞山门的外城门朝南开,而不是如今的向西直开,其中的原因很可能是南面地势陡峻狭窄,攻城兵力无法展开,难攻而易守。

如今想来,我们这个虞山门,明清时称镇山门,倒真有与其他城门不同的地方。童年时我们到那儿玩的时候,最喜欢爬城头旁边的一个小山墩。那小山墩就紧靠城门旁的那条斜坡路边,与城头北侧的城墙相接。由于城墙已拆矮了一部分,小山墩反显得高出一截。那小山墩的顶上乱堆着一大堆像书桌大小的石块,粗看并无特别的地方。但我们经常去玩了,就发现了石堆下的秘密:那里有一个地道式的立体洞穴!

在石堆的浅层有一个向着城墙的水平方向的小洞,是用大石块四壁垒成的,仅可一人弯腰钻进。但钻到外面光线透不进来的距离时,这水平方向的小洞戛然而止,前面突然一个垂直向下的方形大洞,用火把一照,就见到是像一个用石块砌成的深深的大房间,而我们所在的小洞，就像开在高房内墙上方的一个小窗洞，根本下不去，只好从小洞退出来。然又发现这水平小洞的入口处垂直朝下还有一个隐蔽的小洞，由于这个朝下小洞的周围石块犬牙交错，反而有落脚攀手的地方可攀援而下。垂直下到洞底，却又有一个水平方向的三角形石砌洞，并且比上面的洞宽敞。打起用松枝扎成的火把，沿着与上面的平洞相同的方向而进，就到了方形大洞洞底。这样，就形成了一个立体的矩形地道，而从进入的距离估计，那个垂直的方形大洞，恰恰就在城墙肚里！

老辈人告诉我们，这个洞叫藏军洞。从有关资料看，像南京的古城墙瓮城中，确实有藏军洞的设施。但这虞山门凭借山体巧妙而筑的藏军洞，却是绝无仅有的。这个洞也许还有暗道通向别处？也许仅仅是储藏军火的？再无探索的可能。因为，在20世纪90年代重建新城墙时，这个小山墩已被彻底铲平了。

历史翻开新的一页。20世纪末建造的城墙和虞山门，以全新的面貌跨山腾越于云天下。新筑的城墙高7米，宽5.4米，设有炮垛和马道。虞山门城门洞宽5.5米，与上山的公路齐宽。城门上设重檐式城楼一座。站上城楼登高一望，真是"南窥五湖近，北览大江横"，气势恢弘，风景独览。

虞山十八景

肖丹 辑

常熟旧有"虞山十八景"之说,指书台积雪、破山清晓、辛峰夕阳(一说应为降龙古涧)、昆承双塔、桃源春霁、维摩旭日、剑门奇石、拂水晴岩、秦坡瀑布、藕渠渔乐、福港观潮、西城楼阁、普仁秋爽、星坛七桧、湖甸烟雨、湖桥串月、吾谷枫林、三峰松翠。它形成于明、清,正式得名当在光绪年间。明弘治十二年(1499)桑瑜《常熟县志》列常熟八景,其中有两湖钓艇、弦歌旧俗、逊让遗风等;明正德年间邑人屈翀霄《虞山杂咏》诗三十首列三十景,其中有昭明书台、东林塔影、桧列七星、拂水晴岩、致道观楼、桃涧泉声;清康熙十一年(1672)太仓大画家王鉴作《虞山十八景诗》,列十景,其中有大海回澜、桃源春涧、拂水层峦、昭明书台、西城楼阁、湖桥夜月、吾谷丹枫、云护龙涧。从屈、王诗画中,已见虞山十八景中的十一景;清道光年间邓琳《虞乡志略》中记陈式所作《虞山八景诗》,其中有书坛雅韵、拂水奇观、星坛仙桧、吾谷枫林。光绪四年(1878)花隐山列虞山七十二景,分"虞山大十八景"、"虞山小十八景"、"虞山续十八景"及"虞山十八古迹",其中"虞山大十八景"中的十五景与后来的"虞山十八景"景点相同,将"虞山大十八景"中的"慧日增辉"、"殿桥落照"、"普山新绿"改换成"辛峰夕照"。"普仁秋爽"、"藕渠渔乐"就是"虞山十八景"。据此可知,"虞山十八景"是在"虞山大十八景"基础上产生的,具体年代当在光绪中晚期。旧虞山十八景全部名录如下:

书台积雪、破山清晓、辛峰夕照、桃源春霁、维摩旭日、剑门奇石、拂水晴岩、秦坡瀑布、藕渠渔乐、福港观潮、西城楼阁、星坛七桧、湖甸

山水印象 走进虞山尚湖

西城楼阁

烟雨、普仁秋爽、湖桥串月、吾谷枫林、三峰松翠、昆承双塔。

新虞山十八景是1999年经群众评选和专家评出的。新十八景承沿旧"虞山十八景"的有六景：书台积雪、尚湖烟雨、拂水晴岩、剑门奇石、破山清晓、维摩旭日，其中"尚湖烟雨"对旧称"湖甸烟雨"稍有改动、改增十二景，大致分为三种类型：第一类为旧十八景中残存部分或新、旧景点的组成，如"方塔风铃"，取"昆承双塔"的"尚存一塔方塔"；"辛峰城楼"取旧景"辛峰夕照"与新景虞山门城楼的组合；第二类为旧"虞山十八景"中未列入的常熟著名历史遗迹和园林景观，如"双陵怀古"、"宝岩梅林"、"翁相府第"、"曾园荷香"、"燕谷洞天"、"聚沙塔影"、"红豆山庄"；第三类为反映常熟革命斗争及社会主义建设新貌的全新景点，如"芦荡朝霞"、"商城闹市"、"新港轮笛"。新虞山十八景全部名录如下：

书台积雪、尚湖烟雨、拂水晴岩、剑门奇石、破山清晓、维摩旭日、方塔风铃、双陵怀古、辛峰城楼、宝岩梅林、红豆山庄、芦荡朝霞、聚沙塔影、翁相府第、燕谷洞天、商城闹市、曾园荷香、新港轮笛。

虞山同治坟怀思

西 歧

喜欢独坐，也喜欢独行，更喜欢独思。在独坐、独行、独思的时间和空间里，常常可以收获纯净的风景、旷达的自由、诚美的意象。闭拢眼睛，聚敛心神，畅想传统文化中关于"慎独"、"无为"、"空灵"的思想，脸庞就洋溢起处子一般的素静与舒缓，恍如置身于千姿万态、生机勃勃、不尽伸展的无垠碧野间，人如芥尘一般小，心如宇宙一般大。

那一个周六的清晨，我躺在床上，莫名就有了踏访一次山峰寺的冲动。昂起头，看那东窗外的远方天际，鲜丽的云霞铺满了半边苍穹，五光十色，恣意交合，幻变万端，波澜壮阔。准是一个晴好的冬日。沏了一壶大红袍，在掌心里把握着，浮夸地吐纳十八里蓊郁山林沁渗出的层层叠叠的清新气息，迈着无思无虑、轻轻袅袅、欢喜雀跃的步履，独自进山去。

穿越了山峰寺挺拔巍峨的山门，趋近了山脚下林木掩映的岔道，突兀地，明丽的阳光和澄澈的空气在瞬间消失，山雾严严实实地围裹了我，一切都变得朦胧绰约、混沌梦幻，仿佛是在不经意中闯过了一道眼睛看不见的、诡异神奇的幕门，误入了某一个神秘莫测的或如桃花源、或如太虚境的新天地。浓郁的山雾中，能见度极低，俯首看不清自己的双膝，援手一抓是一拳碎湿的雾末。我从来没有访问过山峰寺，不知寺院的确切位置，脚下，一路是南进，一路是北向，不禁踌躇。雾霭山影里，不绝于耳的是林鸟的啾唱声，格外地悦耳，格外地宁馨。嗯，哪边的鸟儿唱得更热闹、更清亮、更动听，我便往哪边走。青鸟引我行，前面有仙境。便左行。

信步二十余步，乃见一山竹山门立于入山口，仰脸门楣，正中挂一匾，上书三字隐隐扑入眼帘："同治坟。"

同治坟？！大清国的同治皇帝死了，会葬在江苏虞山么？！怎么可能？！

虞山上的名人墓葬有百余处，比如："让国奔吴"的仲雍（周太王次子、周文王二伯父）、"道启东南"的言偃（"孔门十哲"之一，被尊为"南方夫子"）、"失节降清"又"暗里通明"的钱谦益（南明礼部尚书、东南文学领袖）、"两朝帝师"翁同龢、画坛"元四家"之首黄公望、"清六家"之一王石谷、《孽海花》作者曾朴、商相巫咸、抗清名将瞿式耜、一代奇女子柳如是……然，这里断不可能落葬同治帝，毕竟，就山川形势而言，这里犹算不得是万里挑一的顶级吉壤，况且，大清朝的京城在北京，远隔着千山与万水。

轻拭眼，重掐耳，细观瞧，依然还是"同治坟"！

如梦游一般呢，景象竟是这样的幽幻奥妙！

不是梦游，胜于梦游！

同治皇帝，名爱新觉罗·载淳（1856—1875），其父爱新觉罗·奕詝，其母叶赫那拉氏（慈禧太后），清朝第十位皇帝，1862—1875年在位（六岁即位，两宫听政；十七岁亲政，十九岁驾崩），是清朝皇帝中寿命最最短、命运最最悲的一个，死后归葬于清东陵惠陵。

明明知道此"同治"绝非彼"同治"，却忍不住仍要去联想仍要来混淆仍要作勾联。同治皇帝与虞山有着割不断的渊源——虞山人翁心存、翁同龢父子曾先后入值弘德殿为同治师傅，前后教读十几年之久，翁心存、翁同龢对家乡必魂牵梦绕，同治皇帝必由老师口中熟知虞山，也必定曾经有过关于虞山的想望，"苏常熟，天下足"，作为一国之君，有谁会不向往"天下足"？虞山下，元朝诞生了画坛巨擘、明代诞生了东南文学领袖、清季出现了父子状元，唯有一等一的钟灵毓秀之地，方可滋养一等一的风流才俊，这样的地方，有谁不将之视做"梦里故乡"？皇帝也是一样。单想不通，作为文学之乡、礼仪之邦的虞山常熟，何以会出现和存在"同治坟"这样一个地名？在那讲究为尊家讳的时代，任哪一位官家、哪一个大族的大佬在同治年间死了，厚葬于此，都断不敢直唤"同治坟"；若说"同治坟"之名源远流长，远在同治年之前就已存在，到了

虞山公园吾谷枫林

同治年,皇家官府、士民百姓,必再不敢唤"同治坟"为"同治坟"——早乖乖巧巧、自觉自愿地改做了其他的地名了;若说"同治坟"是在同治年之后才出现,是周边山民或者哪个豪门大族的集中墓葬区,就更莫名其妙了——出典在哪、所凭何来?

虽说此"同治"绝非彼"同治",然而,在我们这一方神奇的国土上,许多时候仍会彼此相混。

清风拂我面,不自觉浮起一句诗句:"清风不识字,无事乱翻书。"由这句诗句,禁不住就想到了"文字狱"三个字。虞山常熟,竟并没有因为"同治坟"地名的存在而招致任何惊悚的灾祸,真是一个社会奇迹。想到此,我禁不住耸了耸我瘦弱的肩膀——想一想,心也怦怦狂跳——史书里有关的血腥场景实在是太多太多!

弄不懂,严重弄不懂。

抬腿跨入山门,雾霭愈益浓密,四顾唯见升腾着、翻卷着、弥漫着、涌动着的山雾,压根就捉摸不透地面的高低与深浅。既然寸步难行,只好裹足不前。停步品赏了好一会的鸟儿鸣唱、山林空寂,才想返归,倏闻身侧"吱呀"一声门响,原来,是看山老人披着大袄往出小解,赶忙趋前探问:

"这里真有同治坟?""同治坟里葬着谁?""为什么叫同治坟?"

雾里看不清老人的容颜与表情。老人顿了好久,道:"同治坟?——这个、这个、这个同治坟,只不过是老辈子里传下来的一个地名而已,你问的,我可一个也回答不了,估计谁也回答不了。"

"那么,里面可有什么好看的风景么?"

老人呵呵大笑,声若洪钟:"哪有什么好看的风景?要真有什么好看的风景,怕报纸电视早就大张旗鼓地宣传了。里面有的只是寻寻常常的山坡、山谷、山路、山溪、山林,没什么特别的。"

甚是失望。

因了"同治坟"三个字的诱惑,勾起了我十二分的好奇。在以后的几天里,我遍翻了手头所有的地方志资料与山川地理资料,联系了所有我所认识的虞山林场人士,结果,居然真的如看山老人所说——没有一个人知道同治坟的来历。

一不小心,我遇上了一个不解之谜了。

这一个不解之谜,是如此的引人幽思。

上个星期天的午后,看天空清纯,风和日丽,终于再也按捺不住,决定重访同治坟。

入得山竹山门,左前是两方彼此呈藕断丝连状的池塘,两侧是茂密的竹林,前方是一片极宽极深的山坡。

两方池塘只蚕匾大小,山石为岸,袖珍玲珑,蓄了满池的碧水,十数竿茁壮的芦苇倨立池畔,细察之,其根深植于不足一指宽的石缝中。嗯——,根浅竿空的芦苇,随遇而安,自生自灭,看起来似乎渺小低贱,实则,其勇敢顽强的生命意识足堪令我们敬畏,且看那蓬勃的芦花,样子是何等的骄傲张扬!池塘没有名字,联想左近有地名唤做破龙涧和龙殿的,我且称它"龙子池"好了。

两片竹林一左一右,如守望在山口的护山精灵,静静地站在那里站岗放哨。千竿万竿的挺拔翠竹,云集星聚,郁郁葱葱。竹叶在轻风里相互碰擦,发出延绵不绝的呢喃音响。延绵不绝的呢喃音响中,不时有雀鸟腾跃飞翔的强音穿插。竹林从来就是雀鸟的天堂,由此起彼伏的雀鸟的鸣叫声中判断,我以为,这两片竹林中至少栖息着数千羽的各式雀鸟。世间最无忧的生灵,恐怕就数这些雀鸟了,人类或者可以从这些雀

鸟的身上，获取无穷的乐天精神。

那极宽极深的山坡，有数十亩的模样，自东而西，缓缓升高，观感甚是光洁平坦，俯视之，整片坡地竟就是一块巨石的一面，几无任何缝隙。徜徉其上，我的脑海不由就蹦出了"万人石"三个字，这片坡地，我疑心它是地心熔岩喷薄而出激流奔涌的见证，什么时候得寻一段暇余，去山间细细搜查一番，试试可否寻得见那一孔古老的火山喷口。呵，这一片得天独厚的整石山坡，若用来凿字刻画，记述不可忘记的历史，描摹光辉灿烂的文明，一定洋洋洒洒，气象万千。忽见坡面中央有两个勾联着的"心"形图案，系由碎石摆出，最奇的是，每一块碎石，形状相仿，大小相若，都是非常的圆整，闭目思想那一对恋爱中的人儿，不辞辛苦、认真仔细地寻来数百、数千块形状相仿、大小相若的石块，满怀虔诚、满怀憧憬地摆出这两个彼此勾联交融的心，一波波的甜蜜居然也浸透了我这个毫不相干的人，一定得祝福这一对浪漫的情侣依偎岁岁、幸福白头。

我这样东张西望、独行独思着，又见南首坡脚处地形有异——一土墩耸然鹤立，约有两丈高，趋近观之，却正是一座大坟。坟包形状，恰如一头昂首往北向着长江奔游的巨鲸，大有雄视天下、气吞山河的架势。转至土墩西首，赫然裸着一个盗洞，便攀登钻入。盗洞深近两米，洞顶垂下许多植物的根须，颇是阴森恐怖。洞壁西南侧，一排墓砖甚是整齐，一纵三横砌筑。盗洞的空间不大，无有棺椁的迹象，我怀疑墓中无有棺椁，盗贼是白白辛苦了一场。这是谁的疑冢？

一时好奇心起，我又攀上了坟包。坟包被围在竹园的一隅，为编得严严实实的竹篱笆围在里面。这可难不倒我，小时候顽皮，常常翻墙爬树。坟包顶部长了一丛野蔷薇、几竿竹、几株杂树。这一丛野蔷薇，一丛九枝，各攀杂树的间隙盘旋伸展，笼盖了整个坟包。看那野蔷薇的根部，根根都如女人的手腕般粗细，看来颇有一些年代了，有一股妖魅气漫溢着。

我正拟细细观赏、体会，耳边突然传来一声断喝："你这人有病！来我家的竹园做什么？！若是出笋的时节，至少要罚你五百元！出去，出去，请你快点出去！"我急中生智，谎称自己是市里文物管理委员会的工作人员，是专程前来考察同治坟的。他道："任你是什么委的，没有经过我的同意，就不得偷入我的竹园！"我笑了，道："那么，我是不是可以站在园外向你打听打听这同治坟、这盗洞的事？"他说："可以是可以，只是，就连我自己也什么都不知道，叫我怎样告诉你？"我盯问："真的什么也不知道么？"他道："真的，我真的什么也不知道，我骗你做什么？"我们这样聊着，慢慢就由陌生变得熟悉起来，末了，他告诉我，说他姓陶，欢迎我去他家做客，也欢迎春笋上市时去他家的竹园挖新笋，他又告诉我，他之所以严禁他人闯入园中，是因为给人踩多了会严重影响明年的出笋。看来，他是真的什么也不知道。

老陶看上去六七十岁了，与我聊着的时候手脚一刻也没曾停顿下来，我看着他，心里就想：别管曾经发生过什么，也别管曾经掩埋了什么，生活在这一方土地上的人们，只管辛勤劳作、只管幸福收获，这便是真真正正的百姓生活，里面充溢了自得、自在之乐。

下山的途中，遇了四位砍伐山柴下山的老妪，上前访问之，也是没有一个人能够帮我解开疑惑。说到那个有盗洞的大坟，其中一人道："那根本就不是一座坟，而是一座古炮台。"我细问之，她又无以作答。

此行，我得了四句诗行：

荒凉的旷野

无数顽强的生命延续了亿万年

宁静的河山

无数神奇的故事湮没了百千代。

（作者为著名传记作家、常熟作家协会理事）

虞山山湾里

西歧

一

那天,我在机关食堂用餐时闲扯,与几个同事夸口,说,等会领你们去赏识一下虞山福地最清纯的水、最古老的树、最险峻的石,可去?众人一脸狐疑,皆不以为意。我道,那水,堪与四川九寨沟的比颜色;那树,堪与漳州大榕树比茂盛;那石,堪与杭州飞来峰比奇兀。一伙人耳朵尝鲜,皆笑,"难道我们常熟人竟不如你江阴人更了解虞山?"以为我是吹牛不打草稿、睁眼净说瞎话,然而,最后还是禁不得我的蛊惑,随我上了山。

最清纯的水,是坠石涧下、山湾里前石塘水。那水,集合了天之蓝、海之蓝、山之蓝与梦之蓝的颜色,再高明的化学家也调配不出,再顶尖的画家、作家也描绘不来,只让人联想到九天之上云海尽头的瑶池云水。我道:"自从去年秋天偶遇了这一泓碧水,这半年多来,我已来了不下几十次了,她简直已经幻化成了我的梦中情人了,有事没事,时时都有会她一会的冲动,每一次来,我都充盈了纯净的愉悦。"

最古老的树,是坠石涧东下、清纯水北上龙殿院中的千年古银杏。那银杏,凝聚了天地之灵气、日月之精粹、水火之劲力、沃野之繁华,分蘖十二株,虬枝延九丈,晴夜起清岚,雨日泛银光,盘踞若云龙,昂首如翼亭,独木成森林。龙殿与龙殿古银杏的存在,依托于一个美丽而凄婉的传说:很久很久以前,虞山三峰半腰三峰寺脚下某耕读人家,姑嫂二人相偕赴山溪浣纱,于浅水之中的石栈之上,偶得了一枚分外肥硕、

虞山山湾里山门

分外白嫩之周身均匀长了火形褐斑的异香扑鼻的白枣,十二分的可爱,十二分的馋人,俩女子把玩良久,决定你一口我一口分而食之。可谁先咬第一口呢?平日里,这一对姑嫂,是互敬互爱,情厚谊笃,人见人夸,此刻,自然就辞让不休。辞让之间,为嫂的眼疾手快,突地探手,将那枣子塞进了小姑的嘴里,小姑猝不及防,稍一愣神,那枣竟如活物一般囫囫囵囵滑入了肚腹。"这般好果子,我竟独吞了!"小姑子歉疚不已,急得眼泪直流。嫂子捶腰大笑,"只一颗枣子,合该妹妹解馋,毋须自责,毋须自责。"孰料,这一颗果子下去,这小姑竟因此而得了身孕。日子一天天过去,小姑子的肚子一天天隆起,她以为是得了什么肿胀之类的毛病,就央嫂子延请医者来医,医者脉之,认是喜脉。姑嫂莫名,央医者再号,医者以砸他幌子为誓,维持原断。嫂子复疑,复请常熟城中妇科名医来诊,名医亦断其为喜脉。姑嫂大惊,乃将前因后果相告乃翁、乃婆,翁婆岂信?以为女儿红杏出墙,腹怀野种,大怒,遂寻帚扫棒打将女儿逐出了家门。这位不嫁而孕的女子,自此便流落到了左近山间,在旧名汤家岩的地方垦荒种菜,捉蕈拾枯,结庐养胎,孤独待产。那孩子的出世,据说也是不同寻常,他由母亲的腋窝中破皮而出。(我们小时候问母亲,我们是从母亲的哪个口子里钻出体内的,母亲总是微笑着指指腋窝。)可怜这女子,她自己还是个孩子,却要做妈妈了!她哪养得活他啊?!无奈之下,她不得不将儿子送去了虞山第一寺——白云三峰寺,送给了佛祖。送之前,她凑于一支松明之下,一笔一哽声、一字一汪泪,写下了这个孩子的孕生由来,并将字纸绑缚在褓褓中婴儿的脐间,寄望有朝一日,能还她女儿清白,也期望有朝一日,这孩子会来寻亲认娘。住持为婴儿沐浴,很快就发现了这张书纸,展读之,吁嘘不已,郑重嘱咐一旁小沙弥切毋将此秘泄出。这孩子绝顶聪明,有出口成诵、过目不忘之能,长到一十二岁时,已将藏

书阁中所有的经卷典籍背得滚瓜烂熟,乃拼命搜集未读之书来读,哪怕一张纸片、一幅图画也不放过。也是住持一时大意,某一日,他沐浴过后欲要换洗衣衫,却忘记了预备干净鞋袜,便不假思索,命那孩儿去取,于是,那张沾染了他母亲千滴眼泪、万缕委屈的书纸,于不经意中落到了那孩儿的眼里。也是天数,这孩儿读到最后一字,便不由自主地手足抖擞、血脉贲张、头痛欲裂,刹那间,狂风起,惊雷动,豪雨来,天摇地动中,那小孩儿席地劈空十八滚,已化就了一条通体素白、神力通灵的小龙,腾空而起,迎风穿雨,直向汤家岩而去,顷刻间,因了小白龙石破天惊的蜕变之力,三峰寺5048间殿台楼亭,有七成墙颓屋倾分崩离析。汤家岩,草木稀瘦,裸石峥嵘,寥无人烟,只有一座新土覆盖的孤坟高高耸立,坟前一无字白木墓碑,面三峰方向而立。原来,那吞枣而孕之姑娘,一直在这汤家岩边思儿等儿,须臾不离,一等等了一十二年,因久思得病,刚于三天前溘然而逝。其嫂遵其嘱,筑墓立碑于此。白龙知是母墓,悲苦难抑,乃腾越翻滚,长鸣不已。一时间,山为之震撼,日为之伤蚀。哀悯之间,恸哭之时,白龙自剔半身鳞衣,自断一手一足,于母墓之上,以其剔下的鳞片,为母建造了一座金碧辉煌的庄严宫殿,于宫墙院内的正中位置,以其断下的一手一足,栽植了象征自身形象的分蘖十二枝龙形银杏,之后九九八十一天,白龙蛰伏院中,昼夜饮泣悼母。龙泪汩汩,汇成洪流,注入岩下坠石涧,奔腾而下,山下平川,受龙泪冲刷,遂变迁成河。而后,白龙浸

龙殿院中龙形银杏虬枝延九丈

泪东去，三里一回头，五里一折身，最后潜入了东方大海。斯河今犹在，河名古今皆称"白龙港"。白龙港流域广有"七十二个瞭娘湾"之说，祖祖辈辈都笃信，那湾就是当年白龙折身辞娘回头处。

最奇兀的石，是三峰之左、秦坡之右、坠石涧顶福瑞石。那石，半伸崖外，欲坠不坠，惊心动魄，遗世独立，九牛之重大、印信之规整、触崩之险绝。贴地探此石，隙缝四面皆透光；转颈顾八方，左近一无更高峰；凝眉思来处，搜天觅地难求解。有风的日子，贴地的这一条石缝，会发出丝竹一般的音响，风力和风向不同，曲目与曲调亦不同。据说，在当年，古琴大师严天池常来此处，昼夜盘桓，听风辨雨，对答鹤鹿，研问天籁。你我倘细心，于这左近地方，当还可以发现一些严天池留下的脚印，还有他在创作琴谱时候用柏枝松条于石面上划下的那些音乐符号。福瑞石之下，是一线壁立丈许的涧壑，穿越涧壑，高山流水，轻重缓急，顺其意趣，有瀑数十帘，极有看头。

那一伙人，本是怀着权上我一次当的想法而来，来了以后，却一个个都流连忘返，不绝感叹。末了，有人就建议：

"西歧，你何不笔下生风，将这些美景化做美文，好让更多的人来此游赏。"

二

其实，在我的心下，老早就动了来写一写这虞山最清纯的水、最古老的树、最奇兀的石的心思了，可是，一直不敢开笔，我知道，凭我这一支枯涩滞拙的笔，根本就无力描摹她们的俊秀神韵，一旦写了，一定会歪曲和亵渎了她们，我只将她们长时间地念念不忘，时时去慕想一番、得闲去晤恋片刻。

今日，和风拂面，春日融融，是最适意的人间四月天。午后，我耐不得相思之苦，择闲又去了这个地方。虞山北路两侧的樱花正是花谢的时候，宽阔平坦的柏油马路上覆盖了薄薄一层落英，若隐若现的风姑娘路过，衣袂飘飘，拂起满眼的绯红。心情是分外地好。

在往访"三最"之前，先去旁边山村转转如何？看时间颇是充裕，

我突作如是想。

于是,认准方位,就拐入了一条掩映在绿树丛中的曲曲弯弯、半伏着青青杂草的小径。

小径的深处,是一畦不大的果园,园中栽着一些桃树、李树、柿子树、杨梅树和板栗树,树下是一片半谢的菜花。空气好清新,扑鼻是嫩爽的春香。一只又一只的小白蝶在这花那花间上下蹁跹,左右旋舞;一只又一只小麻雀在这树那树间上下腾跃,一面腾跃,一面频频转着脖子叽叽喳喳闲话。人生少悠闲,何似这雀蝶?

一面观赏野景,一面胡乱遐想,数声紧凑响亮又霸道凶恶的狗吠声突兀间就惊扰了我。抬望眼,一黑一白两条草狗,做出张牙舞爪的前扑态势,在恐吓我,极不友善。友善的是三只玉树临风的公鸡,它们站成一个不规则的"品"字,咯咯有声地嘲笑着,侧目看定了那一对黑白宝货,不眨一下眼睛。哦,眼前是一户绿树掩映中的粉墙黛瓦的山居人家。

不新不旧三间两层小楼,正对远山近水,占尽地理风水、绝色野景。大门洞开着,八仙桌上搁着一盘象棋残局、两把紫砂茶壶,杳无人影。喊一声:"有人么?"无人应答,唯空谷回音在回荡我的叫喊。看一下门楣门牌:"山湾里13号。"

且在门外徘徊,在那此起彼伏的鸟儿的鸣唱声里闲庭漫步。

门外是一片青砖铺就的场地,不大,约三十平方米。砖场的前面,就是紧挨着我那"梦中情人"的另一汪池塘。砖场的边沿,种植了许多的花卉,我所认识的有芍药、玫瑰、月季,还有益母草、十大功劳、黄杨。连接砖场与那一汪池塘的短路是一条碎石小道,小道的两侧,各置放了一遛光洁的条石长凳,凳面一尘不染,经常有人憩息的样子。小道的上面,搭了一个葡萄架。四月里的葡萄藤,枝条已开始换皮,叶骨朵已开始

由睡莲构成的"如意"图案

萌叶,叶儿从毛虎虎的小绒球一般的叶蕾里探身来到这个世界,浑身流溢出一股十足的幼稚劲和好奇劲。水栈十分简陋,又十分精致,几块规整的方石漫不经心地搭叠起来,自然,实用,无有匠心,颇有匠意。河水清澈无浊,岸树倒影,一如岸树,绝无扭曲。浸于水下的水栈石,没长一丝苔丝,却蜒着两颗螺蛳。泥岸边的浅水中,游弋着簇簇团团的小鱼儿,细看,均缝衣针大小,一簇,一团,怕都在百尾以上。哟,快看,水栈右侧的水面上,那是什么?!是一柄偌大的"如意",——那图案由一长串嫩绿、浅粉和湖蓝的叶子连缀而成,原来是一株茁壮成长着的睡莲。

世外桃源唯有书中、梦里有么?

未必。

不经意中,又遇了这一个佳境。

或许,未必是佳境。

智者乐水,仁者乐山,莫求大同。

三

坐在葡萄架下看山看水看花看草看雀看云,忘了时间的存在。不知什么时候,这家的主人已归了家。

这家的主人姓王名洪庆,82岁了,身子硬朗,豁达乐观,朴实好客,其忠厚和善可亲的样子就如我的父亲。他说:

"我本要骑车去大市桥的,听说你要来我家,我就出空功夫陪你。"

"骑车?骑自行车么?从这里到大市桥怕有三四公里路呢?"我惊奇于如此高龄犹能骑车走远路。

"这有什么稀奇?我从小就是一个木匠,二三十岁的时候,常年都在苏州城里做工,天天早出晚归,早晚都是自行车来回,一个单程花3

个多钟头。那个时候,在种麦季节,一清早还要剪两大篓山芋苗,或者踏三四筐南瓜秧去卖。我们虞山脚下育出的山芋苗,株株能结小南瓜大的红心山芋,这种山芋,皮脆、肉嫩、汁多、味甜,特受苏州人欢喜。那年头,我每年都要换八九次车胎!现在的小年轻,都变得懒,变得不肯吃苦了,其实,小年轻,理当要吃点苦的,老话说得好,不吃苦中苦,难为人上人,你说是不是?"

我出生于江阴的乡间,年少时分,自以为也吃过不少的苦,但较之于眼前的这一位老人,那就压根算不得是什么苦。我只有钦佩的份。"去大市桥有什么事吗?我怕耽误了你正事。"

他笑了,道:"有啥正事呢,就是去街上与几个老朋友喝几口小酒,带些晚饭的小菜回来。这辈子,我超喜欢喝酒,儿子也一样,每晚都要喝几盅,不过,儿子只喝黄酒,我只喝烧酒。"我注意到,老伯用了一个眼下小年轻们最爱用的这一个"超"字。

我道:"幸福生活乐陶陶,好羡慕老伯。"又问:"门前这个池塘叫什么名字?"

他道:"没有名字,从来就没有。"

我问:"为什么会连个名字也没有呢?"

他道:"因为原本并没有河,这里原本只是一处乱葬冈。门前这条河,是十几年前管理区挖土卖泥形成的。"

我又问:"那再前面的那条河呢?那水色看一眼就让人喜欢的河?"

他道:"也没有名字,那是更早之前炸山卖石形成的,大家都叫它石塘。"

我道:"这样美丽的一对姐妹河,竟都没有正式的名字,心里很不是滋味。"

他笑了，道："是有点可惜，看得出来，你是肚里有点墨水的，你来帮她们起个名字怎么样？"

我一愣，道："我哪敢哪。"心说，如真让我取名，我就取"琴韵湖"与"虞影湖"。因为，常熟"七溪流水皆通海，十里青山半入城"，旧称是"琴川"；因为，孔门唯一南方弟子言偃，早在三千年前，就在此地实验礼乐教化，这里是中国古琴艺术的发源地。

我又问："据说，最近这两年，这两个池塘中都曾经出现过桃花水母？"

他问："桃花水母是什么东西？"

关于桃花水母，我也说不清，只知道一点皮毛，就道："是一种古老的水中浮游生物，形状如一柄不停收放着的小伞，也像一只倒扣着的飘动的小碗，颜色是桃花色的，大小约一分硬币，非常非常的稀少，非常非常的好看。"

他道："从来没有见到过呢，你是听谁说的？"又道："我年纪大了，眼睛不大好使了，这几年，小辈们都不准我上河滩了，他们怕我溺水。这水里真的有桃花水母？这桃花水母真的有那么好看么？"说毕，呵呵呵地笑。

我道："是听你们虞山林场财政局的邓志英局长说的。"

他道："是领导说的，那就一定是真的了，以后倒是要多注意注意。"

我道："我把手机号码抄给你，你如发现，可要记得立即电话通知我，让我也开开眼界。"

他笑了，说："我看你这个人，有点傻。"又道："你可知道我们这里原本不叫山湾里么？"

"那——老地名是？"

"老地名叫赵王坟，也叫龙井湾，我小

虞山山湾里一隅山路

的时候,常常与一帮小伙伴去骑赵王坟上的石羊、石马,还去爬牌坊下的那四根老高老高的雕花大柱。"

"石羊、石马、牌坊、牌楼?!石羊、石马还在吗?牌坊、牌楼还在吗?坟茔还在吗?雕花大柱上都刻了些什么?"

"都没有了,早没有了,那石羊、石马、石人、石牌坊,都是上好的青石做的,'大跃进'的时候,都让人砸了、烧了石灰了。坟,也挖开了,没挖到棺木,只挖到了不少的旧铜钱、金钥匙、金饭碗。雕花大柱上雕的是什么?我想想,我想想,想起了一些了,但我就是说不出那是什么。你别笑话我,我没念过一天书,没有念过书的人都一样,肚子里知道那是啥样子,嘴巴上却怎么也说不上来。"脸上一派腼腆。

"赵王坟离这里有多远?可不可以领我去看一看?"龙井湾我理解,龙殿就在偏南两三百步处,赵王坟?是哪个赵王呢?

他道:"远倒是不远,就在后面有三间平房的地方,只是,现在的地形全变了,我也已经吃不准准确的方位了。"

"那么,赵王坟里埋的是哪一个赵王呢?"

"呵,谁知道是哪一个赵王呢?都是老辈子传下来的名称,谁也说不清楚。哦,对了,也许那家的殷老太知道一点,她今年93岁了,比我知道的可能会多些。喏,她家就是那一家。"他引我出门,给我指了路。临别,又嘱:"有什么还要问我的,只管过来啊。"

于是,我又去了殷老太家。

93岁的老太太居然还能借助一根手杖和一张竹椅自己行走。

我问她赵王坟的事,她道:"你不要相信赵皇(王)坟里真的就埋着什么赵皇(王)。皇帝都住在京城里,哪会住在我们赵王坟?我们的赵王坟,是王姓人家的王,不是皇帝的皇,我觉得啊,赵王坟赵王坟,就是赵家和王家合用的坟地。要说有名气的坟,我们这里到处都流传着蒋坟的故事,说蒋老爷出殡,一个时辰里抬出了七十二副棺材,埋到了东西南北七十二个地方,谁也不知道真身葬在什么地方。蒋老爷只是个财主老爷,就已经这么讲究,赵王是王,哪能让人知道埋在哪里呢?!除了蒋坟,在我们的村西北,还有一座翁家祖坟,是丞相大人翁同龢的老爷爷的坟。"老太太虽然王皇不分,思路是格外的清晰,表达是格外的流畅。

  关于赵王坟和蒋坟,于我的脑海中,是一点印象也没有,只知道常熟蒋家是一个大户人家,历史上出了一个大名鼎鼎的蒋阁老,浙江海宁陈阁老的女儿嫁给了江苏常熟蒋阁老的儿子,人称蒋二奶奶(野史上说,这蒋二奶奶实质上是康熙皇帝的亲女儿,而乾隆皇帝则是海宁陈阁老的亲儿子,两人在两家同时分娩时被阴谋掉了包)。回到家,我赶紧查了一遍《常熟市志》和《虞山林场志》,结果,志书上并无一字关于"赵王坟"和"蒋坟"的记载。

  故事在湮没,旧迹在湮没,老地名也在湮没,写下这一段文字,或者可以让知道的人出来说说,若没一个人知道,也可以存一个悬疑、留一丝遥远的回响在世间。

三峰翁咸封墓

西歧

俗话"活着住城郭，闲暇读史册，死去葬山冈"，道尽了一代又一代普通百姓朴素的人生追求。

江南少山，自上海往西，过宝山、过昆山、过弇山，处处山名，却一路无山，直至抵近常熟城池，才见一抹黛色峰影耸起西城内外，于是，虞山便成了沪西第一山，也成了无数草民百姓、诸多名绅高士永远的休眠之地。

翁咸封的坟墓，还有他家的老祠堂，就坐落在虞山三峰之麓。

翁咸封何许人也？假若你去常熟城里打听，很有可能是百问百不知，当然，如果碰巧，你遇到的是一位关注邑中文史的人，他也可能讲出一些关于这个人物的子丑寅卯，然而，我可以断定，这种碰巧的事，概率小之又小。

那日，应翁同龢纪念馆馆长王忠良先生之约，参与纪念翁同龢诞辰180周年的一个活动，他约我写一篇相关的文章。对于翁同龢之政治评价，史学界是褒贬参揉，俯仰共见，以我的学养、学识，自忖难以置喙，于是，灵机一动，想来写一写很少有人来写的这一位翁咸封。

品行在翁氏旧宅之綵

翁咸封墓文保碑

衣堂、思永堂、晋阳书屋、柏古轩、双桂轩、知止斋、玉兰轩、后堂楼，看精美绝伦之砖雕、木雕、彩绘，览劫后余生之翁相爷之书函、书画、书法，望高门、高槛、高檐之明清经典民居建筑，我想到的，竟首先是翁同龢的祖父翁咸封。我以为，翁氏一脉之所以能够辉煌灿烂，翁家之所以能够成为前无古人、后无来者的江南第一家，其最重要的奠基人就是翁咸封。道光二年进士，上书房总师傅，同治皇帝侍读，工部、户部尚书，体仁阁大学士翁心存是其儿子；道光二十年进士，安徽巡抚翁同书是其长孙；陕西、湖北巡抚，湖广总督翁同爵是其第三孙；咸丰六年状元，同治、光绪帝师，刑部、工部、户部尚书，协办大学士，军机大臣兼总理各国事务大臣翁同龢是其最小的孙子；同治二年恩科状元，翰林院修撰翁曾源和余杭"杨乃武小白菜案"最后一审实际主审官，浙江布政使翁曾桂是其曾孙；光绪进士，直隶提法使翁斌孙是其玄孙；近现代国立同济大学第十任校长翁之龙，沪上著名律师、著名书法家翁宗庆，著名社会活动家、美籍华人收藏家和书画鉴赏家，曾任华美协进社（China Institute in America）社长的翁兴庆（万戈），中国金属学会理事长、国家"973计划项目"首席科学家、国家科技部首席科学家、俄罗斯工程院院士、中国工程院院士翁宇庆，是其第四代孙。

"一双宰相，两辈帝师，三位公卿，四代翰林，五人进士，代有高才"，上下三千年，几人堪与翁咸封媲美？

初闻"翁咸封"之名，不是在翁氏的家乡常熟，而是在400公里以外的连云港。连云港的朋友对我说："连云港与常熟有着深刻的渊源，连云港的历史之所以这样清晰、连云港的文化教育事业之所以这样发达，很大程度上说，都是受恩于你们常熟人翁咸封老先生。在旧时，连云港的士子，几乎全以翁咸封门徒自居。"他说这话的时候，使劲地握我的手，还拼命地摇，仿佛我是常熟市的现任市长，足以代表常熟，弄得我满脸绯红。我受不起，赶忙解释："不好意思，不好意思，我非常熟人也，我只是客居常熟而已，我的籍贯是江阴。"他笑了，道："你定居常熟已二十几年了，已算常熟人了，真羡慕你能成为常熟人。"笑谈之中，我知他一年前曾组织了一帮知识界趣味相投的人士专程来常熟叩谒过翁咸封墓，更知他对常熟的历史文化了如指掌，对常熟"山、水、城"融会

一体的城市风光是十二万分的喜爱。

　　说来真是惭愧,"翁咸封"之名于我而言,真的是闻所未闻。于是,回来以后,第一件事,便是去寻访翁咸封墓。曾去过翁心存墓、翁同龢墓,也曾在不经意中路过翁同爵墓,翁心存墓、翁同龢墓在西门外鹁鸰峰下,翁同爵墓在兴福寺上破龙涧左。总以为翁咸封墓只在鹁鸰峰或破龙涧的附近,料不到,这恰恰是犯了"经验主义"的错误。几经周折,我终于在瑞(坠)石涧右、"虞山山湾里"门亭的侧前找到了它。

　　走访附近的山民,云:"翁咸封墓曾于20世纪60年代初被盗、70年代被毁。你现在所看到的,才于1982年恢复的,已没有了牌坊、石兽与月湖。三年困难时期,人们饿得要死要活,就有脑子活络的朋友,动起了山间这些富家墓冢的脑筋。挖开翁咸封的墓,砸开他的棺木,却见翁咸封衣冠楚楚、肉身未烂。因民间风传翁咸封是吞金而亡(实为误传,吞金而亡者是翁曾桂),盗墓者便剖开了他的肚子,还用剪刀剪开了他的肠胃。结果,却是一无所得。盗墓者来回折腾,费尽了九牛二虎之力,最后竟落了个空手而回,便愤愤地骂了'穷鬼'两字悻悻逃去。"

　　查典籍史料,究其实,翁咸封死前的确就是一个穷光蛋,即便是其孙大名鼎鼎的翁同龢,晚年也是一个穷光蛋。翁同龢因支持康梁变法获罪,从开缺回籍到年高病亡,其生计主要是靠张謇、汪鸣銮、张元济等几位门生故旧接济。他们的墓中,哪来什么奇珍异宝?今日人们游访的辟做翁同龢纪念馆的翁氏旧宅,为翁心存购置,翁同龢只是在18岁之前在这里生活过10年,翁同龢在"着即革职、永不叙用、交地方官严加管束"以后,亦未在故居"綵衣堂""争得""一席之地",他先于城中典屋寄居,后迁去了位于其父翁心存墓前的新的翁氏家祠,再后,在此修造了"瓶隐庐",直至灯灭烟熄。

就想，在这尘世间，物质财富算得了什么呢？为了物质财富而倾轧钻营，到头来，总不过是黄土一抔。还是多来点"柏拉图"的好。

由连云港朋友的倾心推崇看、由子孙后代的出息出色看，无疑，翁咸封留下的精神财富当是异常丰厚的。

翁咸封（1750—1810），嘉庆癸卯科举人，48岁时为嘉庆朝起用，派遣至海州（今江苏省连云港市）充任学正（大约相当于现代的教育局长，官衔也许犹不如现时的教育局长）直至谢世。官职低微，履历简单。

可是，就是这样一个官职低微、履历简单的人，却在其人过世之后，人民始终感恩戴德、念念不忘，誓要将他入祀海州名宦祠。因为地方百姓的不懈吁请，也因为他的事迹感动了江苏学政衙门、江苏巡抚衙门、两江总督衙门，在经过了中央礼部屡次驳回、地方官民再次奏请的5年的周折与反复之后，道光皇帝终于额外"施恩"——因其"官卑而绩显"，"州民数请弥坚，能德信人"，"特诏"破格入祀了"海州名宦祠"——按清王朝规定，"学正"这样的小官，是绝无资格入祀"名宦祠"的。

合上眼帘摹想那一幕，总想抒发一番"多么优秀的官员！多么优秀的百姓！"之类的由衷感叹，如果我来做官，应当也要做到这个份上。

那么，翁咸封短短12年的海州学正生涯，绩显何处？

其一，全身心扑入了办学事业，将家乡常熟炽热的读书风尚带到了海州，并在海州生根发芽、开花结果。翁咸封之前，海州地界几乎没一所像样的书院，是他苦口婆心，力排众议，排除万难，不遗余力地创立了石室书院、怀仁书院、怀文书院，在海州城南设立了义学，于州域多处地方倡建了私家藏书楼。由于当时海州经济极为落后，他数番修书家乡亲朋，募金募书，甚至募集建造书院的砖瓦、木料、木工和瓦工。真是难以想象，如此笨重的建材、如此遥远的路程，一群、再一群操着吴侬软语的工匠、教书匠，喊着号子、背着牵绳，经长江，过运河，餐风宿露数十天，到达海州东门外的甲子河畔，他们的脸庞晒黑吹老了，他们的衣衫汗渍斑驳、积灰寸厚。

其二，以文弱书生之躯，身先士卒，忘死履险，驱剿盗匪，抗洪救灾，积劳成疾，累死任中。海州地界，旧为黄河夺淮入海之苦地，又是倭

寇活动猖獗之凶地,翁咸封于任中,仅亲率属员驻扎灾区赈灾救灾便达8次之多。有一次,他掉进了水里,卷入了漩涡,被浪涛裹挟而下数华里,险些罹难。58岁那一年,他风中雨中于灾区奔波一月余,不幸身染时疾,导致一病不起,两年后抛下一个老妻两个幼子,撒手西去。

其三,任劳任怨,自加压力,亲历亲为,积极抢救、保护和保存海州历史文化。在他的倡导与领导下,编纂完成了具有地方文化基石意义的《嘉庆海州直隶州志》,指导并参与了编纂海州地方望族江氏家族的《江氏族谱》,募金修建了海州文庙。《嘉庆海州直隶州志》体例允当、内容翔实、笔触客观,搜罗记述了大量地方史迹、史实,直到现在,仍是连云港地方史,乃至整个苏北发展史研究者案头不可或缺的必备工具书。《江氏族谱》不仅记载了江氏族人的世代延续,而且记录了大量可供研究的重大历史事件,比如明代的"裁海"与"复海"事件,一向被誉为"苏北第一谱",现在更被学术界公认为"国宝级"的文献、文物。

其四,清介自持的清廉品格,帮困救危的菩萨心肠,坚拒一切有涉公务活动的馈赠,一身正气,两袖清风,节衣缩食,全家常年过着"豆麦杂麸皮"、"馇粥拌野菜"的生活,将积蓄用于资助地方文化事业和帮困事业。他死后,其孀妻携子回到原籍,"陋屋雨漏"、"糖麸不继"、"寒夜少衣",长子19岁的翁心存就只好挑起全家的生活重担,以打双份工维持生计,白日里去李府坐馆当私塾老师,天黑后去赵氏脉望馆(常熟著名藏书楼,以明刻钞校本《古今杂剧》闻名海内外)抄书、校书。

其五,"固我学养,强我学识,匡扶社稷"的理想信念,"方正积善,豪侠果敢,诚信勤勉"的处世规范。"读万卷书,行万里路","具清操","履洁行","绝隐恶","绵世泽莫如为善,振家声还是读书"。

翁咸封的综上种种,放之今日,犹不过时。

清明时分，我又一次来到翁咸封墓前。翁咸封墓的北侧，是翁氏家族的老祠堂，老屋犹在。张望屋内，里面堆满了老窗、老门、老板、老柱、老梁，蛛网串串。这祠堂，在新中国成立前后的十余年里，曾做过三峰小学的校舍，现在是文管委的一处古建旧材仓库。

想：愿更多的人来此凭吊，愿更多的人既知翁同龢也知翁咸封，愿更多的官员既去祭扫革命烈士墓又来祭扫古今好官墓，愿常熟的学子与家长，既去文庙烧香也来翁咸封墓缅怀。

不灭的是精神财富，瞧，翁咸封死了200年后，西歧又来笔颂翁咸封。

三峰茶舍

西 歧

那个地方，在三峰寺脚下，没去弄清楚具体的坐落，山、水、村、树、人，一色的谐美，如梦里、想里才能够邂逅的所在。

村庄藏在山林里，村中有不绝的各式香气溢出，都是天成的。村外是一大片又一大片的茶树园，虽已过了中秋，茶树已经经历了许多次的秋霜洗礼，颜色依旧深得养眼。茶树园里三三两两的白眼果树亭亭玉立，枝枝杈杈挂满了累累白亮的果实，如闪烁的星星。村口柿子树的枝条经不得一枚枚大如番茄的果子的牵累，摇摇欲坠，随时要坠击到路人脸面上的样子。柿子树下躺着三五条草狗，歪着头，彼此对眨着眼睛。草狗的旁边，一群草鸡在嬉戏觅食。草狗见有生人过，一骨碌撑起身，退缩着、追随着例行吼叫三五声，也不等主人喝止，便照旧蹲下身子，侧过头继续彼此脉脉对望，这过程中，惊飞了一旁密林里的几只灰喜鹊。

尽是二层、三层和四层的小楼，不是粉墙黛瓦，琉璃瓦与瓷面砖显耀了建筑的现代与居民的富足。小楼皆倚高而筑，门面的泻水坡上，晒着一筛筛的煮青豆、熏青豆、带秸芝麻，一些人家，也晾着一大片的紫红色的山芋，每一只山芋，都个头硕大，半只完全可以顶一整天的饥的模样，另一些人家，晒着的则是毛栗子的毛茸茸的壳，毛栗子壳做的饭菜，那香、那脆，仅较松花果差些。院内院外、阳台巷路，遍植花草树木，放眼枝叶间，到处是橘子、柿子、枣子、石榴，繁星满天的映象，还有丝瓜与扁豆。这个时节，桂花谢了一半，每株桂花树的身下，都落了一地的飞黄，仿佛画了一个又一个金黄色的圆圈。凤仙花、鸡冠花和夜饭花，在这个地方，可以视而不见。

我们的目的地，在村子最西北的一隅，是去那家山间茶舍品茶。坐定四望，这是一片屋后坡地、泉上高台，坡地上立着数株已过百年寿的栗子树，透过密林的隙缝往西看，是渐爬渐高的山坡，山坡的尽头，是三峰寺的一角飞檐，一些诵佛的声音漏过来，和头顶上树叶间漏下来的阳光和在了一起，沉淀到了人的心底里；北，树了一长溜的竹篱笆，是临崖树立。竹篱笆下面落差大约四五米处，是一汪半亩许的清泉，月亮形。下到泉间的路在东侧，一小半是土坡，一大半是石阶。泉上时有妇人来浣洗。泉北，是几畦菜地，菜地后面，是清幽无极的山林，山林后面，隐隐约约又是一村；恰有微风，恰是东风，东风缕缕，软软挨来，缕缕暖香，皆入胸怀，闻香而望，原来是栽了上百株桂花的一座桂花林。绕过桂花林，是一片起伏的菜地，这菜地上的菜苗绿得撩痒，瞧那茄棵，哪里是蔬菜，简直就是树木——一人高的茄棵上垂挂了十几根流光溢彩的茄子，仿佛紫玉雕就。今年，我也种了一畦茄子，半月前，我家的茄苗自然枯萎了，就起了，重耕了，撒上了一把细菜籽。这里的，依旧葱绿健壮，意气风发。

这一家茶舍，规模不大，在这坡地高台的栗子树间，铺了七彩的马路砖，其上放了十数张茶桌，搭了三五架凉棚。茶客来了不少，大约大都是熟客，但凡新到的，多数都去先来的那里一一招呼。茶是本山碧螺春，特等的，若要浓点、再浓点，主人并不吝啬，一律都收20元一盏。不少茶客都取了一册书在手，不少鸟儿栖息于左近。这里远离街市，倘想在此便餐，却要先告诉一声，告诉晚了，没得吃。每份素菜，不分品种，都是10元，贵的是林地土鸡、长江白虾和尚湖白丝鱼。我们4人，点了林地土鸡、长江白虾、尚湖白丝鱼和数道素菜，另加数瓶啤酒，买单买了250元。主人说，我们少赚点，你们高兴；你们高兴，你们多来，我们也高兴。

忍不住问领我前来的忠良阿哥："这么好的一个地方，为什么今天才带我来？"忠良阿哥呵呵笑："我就是要挑最惬意的季节，冷不丁给你个惊奇。"我又说："这么美的环境，你总得先透露一二才是。"他道："预先透露给你，会影响效果。"哈，知我者，忠良阿哥也。

想起一则关于"惊喜"的故事：

美国有一位年轻男子，看了关于钱塘江涌潮的影像专题，便准备了

金桂下品茶小憩

一整套高档的影像设备,于某一年的八月十八来到了观潮点。大潮如约而来,远方出现一条白线,白线越来越近,听到了潮声,潮声越来越大、越来越雄浑,一眨眼,大潮已杀到,他想找一个最佳的角度,可是,还没等他找到,大潮已奔腾而至,眨眼又奔腾而去,江面唯余满眼的黄浊的浑水,一切皆归于常态。他莫名疑惑,这就是钱江潮吗?这就是媒体宣称的八年一遇的钱江潮吗?

当一场惊心动魄可以预期时,那还怎么能够震撼心灵?

忠良阿哥知道内里的道理,他是想让我更激动些,更感动些,写出来的文字更激情些。

数日后,我引流水斯逝、苏青衣、小青、纤云散几位去了那个茶舍,行前,只说跟我去个新地方。果然,诸位都赞不绝口,尤其是那位满胀着诗人气质的流水斯逝女士,更是陶醉得手舞足蹈。我的"请将预期丢弃"的实验,收到了良好的效果。

有人要问,那茶舍在哪村哪号?不告诉你,自己找去吧。

自己找到,感觉才好。

自己去找,或许一时难以找到,亦或许一找就找着了。一找就找到,很可能是似是而非。因为在虞山的四围,处处是这样的风景,虞山四围,有数百家类似的茶舍。

虞山赵王坟考证

西歧

去年的4月,去古称虞山别峰的顶山踏春,写下了《虞山山湾里》一文。山湾里旧称赵王坟,却没能寻见赵王坟的踪迹。于是,就在文中写下了"故事在湮没,旧迹在湮没,老地名也在湮没,写下这一段文字,或者可以让知道的人出来说说,若没一个人知道,也可以存一个悬疑、留一丝遥远的回响在世间"这样一段文字。

虞山山巅

作协主席俞小红知我近来醉心于挖掘和写作邑中历史人文景观,搜集历史人物事迹,托诗人周向东送来了《新中国常熟考古资料集成》一书。收到书,我赶紧翻阅,翻阅数页,自然又忆起了赵王坟的悬疑,于是就看到了清乾隆年间出土于虞山白云别峰赵王坟、刻于宋淳熙九年(1182)的《赵不渗墓志铭》。

墓碑青石材质,纵71厘米,横44厘米,厚5.5厘米,计刻字883字,载墓主上下六代世系,志文载:墓主系宋太宗赵光义次子商王赵元份之五世裔孙,高祖赵允让封安懿王,曾祖赵宗佑封钦王,父亲赵士阐封安化郡王、谥忠壮王,其本身,自幼失父丧母,独自眷顾四个弟弟读书习礼,年长,授职成忠郎,待诸弟成家,弃官选择姑苏北外常熟开元乡筑室而居,习史会友,躬耕垄上,以俸禄救苦济难,惠泽乡里。淳熙五年,朝廷授他膏腴之邦平江府都监之职,辞让不赴。淳熙八年,因疾而卒,卒后葬于顶山山麓,以王侯规格葬之。他虽出身富贵,却绝无骄娇两气,乐善好施,平和待人,民间口碑极佳。

说起这方《赵不渗墓志铭》,颇为传奇:

据《虞山杂志》载,在明代万历年间,有山民在山间劳作,不经意中挖到一条很深的砖砌隧道,乃燃起松明,大着胆子蹑步而入,也不知走了有多长的时间,忽摸入一处石室,但见里面金瓮排列,满眼金光,一旁珠宝玉石林林总总,便想先拿一些回家,哪料,就在此时,他的手脚竟突然麻木,一点也不能动弹,待调息到又能动作,又想伸手,却又突然麻木,如此数次,一无办法,末了,只得仍旧将隧道口封好,做上标记,掩上伪装,悻悻回家。回家与家人说知,一家子欣喜不已,便又数次再行进洞,可怪事依旧。世上没有不透风的墙,时间一长,风声就漏了出来,此事便被辞官在家的御史钱岱所知。钱岱知之,甚是心惊,乃疾赴地方官衙告急，建议地方从速采取有力措施予以保全，官衙就以试图盗墓的罪名重重责罚了那家山民，消息传出，一时舆论哗然。清乾隆年间，虞山突发特大山洪，山石流泻，隧道遂崩塌，墓碑便滑泻而出，墓志石就为赵姓各族公议移入城中九万圩天官坊赵家祠堂。之后，此石又佚失无踪，直至1983年位于九万圩的市人民医院改扩建，才于挖土作业中重现于世，入藏常熟市碑刻博物馆。

清末国学大师王国维，曾辗转搜索到《赵不淰墓志铭》拓片，特别写作了《〈宋赵不淰墓志〉跋》一文，收于《观堂别集》一书的卷二中。

关于赵王坟，据常熟老报人汪清萍《常熟指南》一书中称：赵王坟之旧时墓制，在民国年间尚保存完整，其"石兽池沼，规模极宏，罗城内外，墓石雕刻甚精，沪上鉴古家某某、某某曾慕名而来……墓下有泉，俗称'赵泉'，为煮茗上品"。联系山湾里13号主人王老先生的回忆："我小的时候，常常与一帮小伙伴去骑赵王坟上的石羊、石马，还去爬牌坊下的四根雕花大柱。""那石羊、石马、石人、石牌坊，都是上好的青石做的，'大跃进'的时候，都让管理区的头们派人砸了、烧了石灰。坟，也挖开了，没挖到棺木，只挖到了不少的旧铜钱、金钥匙、金饭碗。"可以初步肯定，赵王坟就毁于"大跃进"时期。

倘徉于虞影湖（此名我在《虞山山湾里》一文中杜撰，村里人称此湖为石塘）山坡，我亲眼看到了一块包浆厚重的刻着"赵界"字样的界碑。

虞山别峰一带风水佳绝，古墓葬众多，据不完全调查，宋墓有：朝请大夫福建运判邱砺墓、龙图阁直学士虞衡墓、平江府都监赵不淰墓、中散大夫邱璋墓；明墓有：大理寺卿章格墓、参议赵承谦墓、叙州知府赵隆美墓；清墓有：太常寺少卿杨泗孙墓、太平教谕陆仁虎墓、蒲江知县张应曾墓、海州学正翁咸封墓、翰林邵齐烈墓、赠大学士翁汝谦墓。这些古墓，或在"大跃进"时期遭毁损，或在"文革"期间被灭失，几乎无一幸免。因翁咸封为翁同龢的祖父，其墓于1982年"修复"重立。

落寞联珠洞

西 歧

一

闻知联珠洞久矣,一直思量着抽闲一访,更有许多次曾于山谷山径山溪间寻寻觅觅,终因不辨方向不识路径遗憾而归。

某日,于不经意中,在外国语学校左近,倏见"联珠路"路牌,便催步踏上,躅行半日,绕过几座村舍几处茶园几方竹林,至山脚,前路却为竹篱、铁网阻挡,此路不通。左拐拐三里不见上山路,右绕绕五里林深不知何处。回头再探,错落山坡间,山居依旧、炊烟依旧、狗吠依旧、繁花依旧、竹林茶园依旧,我亦迷路依旧,唯有莞尔。

有资料称:"联珠洞,位于兴福寺后山一里许半山腰。"就认准方位按图索骥细细爬梳,自山脚而山腰渐次徘徊搜索。可是,见到的只是一片肃穆的墓园和安谧的竹林,还有山坡上铺满金黄落叶的千树万树。墓园广大,苍松翠柏间,诸墓密密麻麻,布排规整,一律都修葺得气派考究:碑材高档,加工精致,碑面刻画,一丝不苟,红黑漆字,新鲜醒目,"先考""先妣",名讳凿凿。墓园由山坡一直向山腰延伸,不知终点在何方。独自走在里面,寂静冷森。竹林之内,落叶寸厚,踩踏有声,曲径杂现,似路非路,只得"信马由缰",随心所欲。竹林纵深,竹篱道道,分界重重,踮足望坡峰,可望不可即。声声鸟鸣入耳,此起彼伏,汇聚起一片天籁。总是愈行愈疑:"寺前路与联珠路,于虞山北路上,至少相隔了七八里","兴福寺后山一里许?是投影间距还是山路长度?"直教人云中雾中,难得要领,疑到极点,只好半道折返。

忍不住，就去向同事打听，可是，可是，可是这些土生土长于虞山脚下的同事，竟亦无一人去过联珠洞，N次方的不可思议。或者，1260公顷虞山山林，名迹胜景，星罗棋布，数不胜数，一些孤景，尤其是不收门票、不烧香火的孤景，也就应了"猪多肉贱"这一句俚语俗话了，难免就被冷落在了一边。

想起去年的六、七月间，曾与宁雨轩两人开车上山，泊车于小石洞上方之山间公路，在虞山西北岭青龙岗一带搜寻巫咸冈，搜寻了半日也是一无所得，只好怀揣着深深的不舍悻悻下山。两个都是高度近视的人。高度近视者的悲哀，此亦一例。

闻知联珠洞久矣，只因为在印象当中，此洞是一个经典的红色据点，联珠泉水是江南佳酿王四糯米桂花酒的水源。应当不会太过冷落，应当值得一顾。1928年7月8日，中共常熟县第一次党员代表大会在此举行，同年8月，这里又召开了锡（无锡）、澄（江阴）、虞（常熟）军事武装与秋收暴动部署、协调会。1929年10月20日，中共常熟县第二次党员代表大会在此举行，"正式选举成立了中共常熟县委"。1937年11月19日，日军进占常熟城，第二天，派兵进山搜捕残余守军，时驻联珠洞之国军第44师官兵奉命撤退，却有3名士卒于撤离途中偷偷溜回了阵地，利用事先偷藏的枪支弹药严阵以待，于是，持续战斗数小时，毙敌十数名，最后终因寡不敌众全部战死于联珠洞中。此3名士卒姓甚名谁、籍贯何处、埋骨何处，从来无人知晓。问世间谁是真正的英雄，此等无名氏也！日后若赴此间，莫忘默哀致敬。

既然不辨方向不识路径，就权将萌思潜伏于心底。来日方长，终有夙愿得偿的一天来临。

茶香僻道

二

  且说前天午后,同事秀秀忽敲我肩:"上山走走?""带你逛下联珠洞?"心头不由狂喜,赶忙取了一纸一笔一相机,吆五喝六叫了帅哥强强、美女悦悦一路伴行。由临时办公地原市七中出发,驱车泊于兴福寺前,轻步欢语,拾级登山,不问不闻,唯是紧跟,径自趋近了桂香园。"这到底是去哪哇?"我正兀自狐疑,只听秀秀道:"现在向北拐,大约六七里,便到了。"

  还有六七里?那么远?!呵,秀秀领大家绕了偌大一个圈子了,一定是!"山中才一里",真有"天上方一日"之妙。山里任一个点都是一个圆心,山外任一个点都在圆周之上。看看迈一步可以跨越,走走跑半天未必到达。也许,走一些弯路,并非一定是坏事。走弯路,长记性,而且催生直达冲动。

  足下是一条狭长、起伏、曲折、人迹罕至的古老山路,尺半宽,路面尽用本山碎石、块石与条石铺就。石缝间或立或卧着许多山草,一些山草,开着、谢着细碎的花朵,散布着若有若无的芬芳。这样的小径,最宜两人牵手并行了。若与恋人去走山,这里绝佳。道路的两旁,倚路而植的是两行手腕粗、胸椎高的茶树,枝条上透着屡经风霜雪雨的沧桑,看上去很有些年头。这茶树,不是什么嫁接的优质高产品种,是土生土长的本山家茶,据说,这是虞山上最古的茶树,这种茶特别苦,特别醇,也特别耐喝,特别解渴。我由茶树之上采得了一把茶果,剥开,里面尽是已经熟透了的成双的茶籽,娇小、浑圆、晶亮、咖啡色。或许,曾经,此路是条山间要道,兴福禅寺的旧时僧人,经常会走这条细碎小径,去向联珠洞内面壁修行,联珠洞左近的善男信女,也经常会走这条茶香僻道,去向兴福禅寺中进香祈福。当然,这道上,也断不会少了沐春追梦、踏雪探梅的公子小姐。长长的这条山路,何人开辟?何人筑就?形成这条山路,耗用了多少时日?花费了多少银两?引人遐想。这是一条可以尽情怀古的原始山道。

又拐了一个弯,秀秀立停,挥臂指道:"喏,看到那一排房子了吗?联珠洞就在那房子左前的上山路口。"

于是,加快步伐,直扑过去。

首先映入眼帘的当然是洞口了,洞口装了一副杂木竹门,半开半掩着,杂木和竹条落满了霉斑与尘埃,一副败朽朽、脏兮兮的样子。门内门外,枯枝杂陈,败叶一地,洞门挂了一张残损的蛛网。洞口右侧外壁的石面,中央部位恍有刻字,已颜色褪尽、漫漶不清,细观,乃近代杰出政治家、国民党元老、红军总司令朱德之恩师李根源老先生之汉隶题额"联珠洞"三字,字体滋润而遒劲,十分耐看,"珠"字上方的石上,赫然寄生着一颗坚果状的毛虫蛋。

一切的一切,皆显示着联珠洞正处在不顾不问中。它已走向了零落,走向了败损,走向了湮没。同事们面无表情瞄一眼,竟自绕过此洞,继续去向了高处。

与想象中的景象形成了巨大的落差,然而,任怎样破落荒凉,任怎样不堪入目,也不能"过门而不入",当然得入洞。

没人陪伴,似乎反是好事,正可以尽个人之兴趣,慢慢观摩,细细体会。

联珠洞与科幻世界里的UFO相类

洞室并不阴暗,原来此洞洞顶也有洞,还是一个洞中有洞套洞。阳光自洞顶之洞灌入,使得整洞的构造与光影,就与科幻世界里的UFO相类似。犹在洞口,就有许多"滴答"、"叮咚"、"淅沥"、

"文革"期间的"移风易俗"式民居

"唧切"、"啪啦"各种不同的滴水之声入耳,错落交合,如弹如奏,如吟如歌,遁声望去,洞顶之洞的北半缘滴水成帘,水帘在暗与亮、冷与暖的交织中生出些许淡白岚烟,梦幻缥缈,超凡入圣。环顾洞室地面,却是触目叫苦:四处乱石、遍地残叶、枯枝、塑料袋、废报纸、食品盒,还有一口破水缸、两只碎酒瓮、一副乞儿宿夜的木板床、几堆寒夜取暖篝火留下的灰烬,还有一个香案,供奉着不知何方神圣的香案。香案上是一滩半干半湿、灰不溜秋的香灰。好想好想停留几个小时,来做一番洞穴的整理清洁工作,可是,拾了几抱残枝、搬了十几块乱石以后,却发现,这"工程"其实是极其的"浩大",绝非一个偶访的游人一时半刻可以完成。且不去计较这些有损游兴的物事,继续去观察、发现和观赏:洞高两米许,宽十余米,深十五六米,可以容纳数十人。洞壁微有凹凸,苔衣绵连,构成千姿百态的云纹。洞顶之洞,直径半米,圆得规整,让人联想起中秋之月、古井密藏。洞内空间,酷肖药王葫芦,嘴在入口处,底在深幽处。整洞亦洞亦屋亦堡,洞者,洞天之洞;屋者,远祖之屋;堡者,御侮之堡。全部洞室,自然分做前厅、中厅、承珠台、阅经室、又一楼、天泉潭与妆镜潭七个部分。

妆镜潭位于洞口左前侧,系一椭圆形积水潭,水清见底,波澜不兴,其上山崖,巧构成廊房,遮覆镜潭,阻其山野落叶跌落于潭;前厅位于洞口右前侧,地势平坦,可以安放八仙桌和弈棋枰;承珠台在妆镜潭之后,前厅之左,承珠台与前厅、中厅由一截直角形半人高石墙分隔,洞顶之洞滴下的山泉,尽落承珠台,承珠台鲜碧一片,乃是蓬蓬勃勃的几方青苔;紧挨承珠台的前厅一角,便是天泉潭,承珠台承接的山泉,渗过石墙,汇于此潭,又因洞顶之洞东北侧顶壁略微低些,下滴之水便有少部沿着顶壁向下蔓延,蔓延至天泉潭上方时,顶壁却突然爬高,于是，蔓延过来的水滴便无处可往，便直落此潭，洞中清脆的主旋律——"叮咚"之声主要源于此景；承珠台与前厅的后面，即是中厅，中厅平伏而畅扬，可以歌舞宴饮；中厅偏左底部，兀卧一巨石，巨石之后，又成一室，因巨石酷似木鱼，又有水滴不紧不慢滴于上，我便将此室名之"阅经室"；木鱼石之侧、阅经室之右，下部为三尺高山体，上部竟又是一座洞中之洞、室中之室，是又一楼也。（作者注：这些名称，皆非现成名称，为作者作此文时临时杜撰。）

　　如此景观，紧凑巧妙，鬼斧神工，玩享半日，诚不愿辞别。

　　出洞，登临洞上，溯联珠源流。泉，源出于半丈外山缝，"清泉石上流"，流入洞顶之洞。联珠洞为联珠洞的起始之端。

　　忽思及洞之何来？联想起虞山之上老石洞、小石洞、石屋洞诸洞，皆在半山腰，惜没有专业人士上心，来测一测这些洞是否皆在同一海拔高度上。如若皆在同一海拔高度上，那么，似乎可以断定，这些洞皆为海浪冲刷山体形成。万年之前，长江入海口在镇江一带，虞山孤立于茫茫大海之中。如这些洞的确是为海浪冲刷山体形成，其科研意义就非同小可——当年的海平面竟是如此之高，这可引出多少科学课题，比如，良渚文化缘何中断。

　　游这联珠洞，居然游出了痴人说梦来。读者毋笑我。我以为，这恰是旅游之所以深蕴魅力的所在之一。

三

　　在茶香僻道上看到的那一排房子，坐落在联珠洞侧下那一片不足一亩地的山腰平坡上，远望的时候，画面颇是舒心生动，"白云生处有人家"，给人以"世外桃源"的静美视觉，可是，此刻近观，心情却发生了一百八十度的逆转：建筑简陋、门户紧闭、檐头低矮、墙体斑驳、窗牖腐朽、屋顶一半是黄洋瓦一半是小青瓦，窥探室内，蛛网成阵，积灰成垢，破衣旧袜零落，断腿桌椅斜卧，竟是一座无人居住的废弃空屋。这感觉，就如看到有人在砸一件宋窑名瓷，心脏一下子就从背心揪出了胸腔，痛苦痛悲痛失魂魄，也如于宽阔平坦的高速公路上突遇了一排并排

珠联璧合

而行的老得掉牙的手扶拖拉机,它们声嘶力竭地吼叫,机件"哐啷哐啷"碰擦,一路摇晃,一路颠簸,一路哮喘,一路爬行,让你无法退避,也无法超越,只有万般无奈地跟在它们的后边,令人不爽到极点。

我以为,这里的确是宜于建几间屋宇的,但绝不能是这一种20世纪70年代的"移风易俗式",与其留着这些"移风易俗式",莫如搭一座廉价的竹木茶亭,或者莫如是一片莺飞草长的空地。"移风易俗式"在此,大煞风景,大坏风水。

事实上,这里古来是有建筑的,"移风易俗式"右侧的空地上,现在是一畦栽了五株桃树的小果园,旧时却是一座袖珍型的尼姑庵,檐翼飞天,菩提掩映,修竹摇曳,檀香飘逸,庵名就叫"联珠庵"。联珠庵虽小,却是联珠洞的标志性建筑,曾经闻名遐迩。

朋友黑雪告诉我,其实,"移风易俗式"里也有美丽故事:不多几年前,这座"移风易俗式",曾经是一对老态龙钟的山民夫妇的家,他们用天泉潭水酿酒、烹茶、浇园,每年种很多很多的油菜、蚕豆、黄瓜和青菜,养几十只公鸡母鸡,还养一条唤做小黑的草狗,更种无数株黑绿的本山茶树。他们家的墙上,挂了七八把灭火磕耙,随时预备应对森林火险,粮食则由儿女不定期捎来,有时也有好心的老游客送来一些,黑雪本人就曾背了十余斤粮食"吭哧、吭哧"上来。据传,这一对夫妇,并非元配,两人就在联珠洞外偶然邂逅,座谈闲聊几个钟头后就贴胸相拥,三天后便罔顾各自儿女的强烈反对,相约"私奔",于这"移风易俗式"的废弃野屋内,山草为铺,眠作了一处,合做了一家,此时,两人皆已过了七十了。一对白发皓首,远离尘嚣,彼此扶持,憩息于幽溟山居,共对翠谷清泉,聆听空谷鸟语,仰望星海圆月,平视启明云霞,俯瞰灿烂夕照,煤油灯的光芒里,我的眼中只有你,你的眼中只有我。不禁羡慕起

私奔老人种植的瓜果

这一对老者的勇气来,更妒忌他们的福气。

　　山风山雾里,丽春丽冬里,一双神仙在歌唱,在舞蹈。

　　试阖一双眼,多少人物相形见绌。

　　勇气是种子,福气是果实。

　　人间处处有传奇。

　　"移风易俗式"里的浪漫故事,还在延续么?独自面对着这一座破落的空屋,我的心中装满了莫名的落寞。

四

　　上来的时候,绕了一个大圈子——正因为绕了这么一个大圈子,才踏足了那一条古意深深的茶香僻道。回顾曾经走过的那些坎坷、那些曲折,甚或陌路死巷、断桥绝路,其实无错,其实无怨。

　　可是,这会下山,一定得寻捷径了。捷径何在?傍涧而行可也。高山流水,奔夺而去,摧枯拉朽,直下平原,最是简捷。古人逐水而居,我且顺流而下。

　　傍涧而行,忽见涧边一方山石之上,有一纸平铺于上,纸面朝天,极目两行自由体大字:"好山好水好地方,常熟名胜为何荒废?——野田散人沈。"哈,英雄所见略同呀!赶紧用相机抓拍下来。

　　我终究相信,这里断不会永久荒废:

　　至少至少,联珠洞为"虞山第一石屋";

　　至少至少,联珠洞是常熟的"嘉兴南湖"。

　　下山路依偎着联珠涧蜿蜒而下,林木森森,涧水淙淙,松风瑟瑟,鸟语啾啾,花香阵阵。

　　道路并不崎岖,并不险恶。

　　天宽地广,曲径通幽,独行其间,身轻如燕。

　　想蹦跳尽管蹦跳,想吼叫只管吼叫,想舞蹈就来舞蹈,想飞翔或可

飞翔。

老夫聊发少年狂,不必藏心间,毋需借纸笔。

边观边思,边嬉边行,无拘无束,自由自在,如空中一只雀鸟,似林间一尾松鼠。

突兀间,闯入了一片墓园。

哦,原来是兴福公墓。前次前来探寻联珠洞,我已闯了进来,只惜行到中途,未能穿越而上,失败与成功之间,往往仅有咫尺距离。墓园建在山脚山坡上,松竹环绕,花木扶疏,环境整洁清幽,构筑美观精致,与山上联珠洞的满目破败一地狼藉,恰成鲜明的对照。

轻轻摇了摇头。

出墓园前门,镶嵌了"联珠门"三字的联珠洞门楼,高耸于对面。走过去,大门紧锁。大铁锁锈迹累累,似乎已有数百年未曾打开。目光漫过高高的围墙,里面屋宇,粉墙黛瓦,钩心斗角,若隐若现于森森古木中。院中飘出的阵阵诵经声,令我恍然大悟:联珠门,原来就是千年古刹兴福禅寺的后门哪!

顺着道路的走向向左拐了一道弯,这地方熟透了,是地震台和原食品公司种禽场的地盘。20多年前,刚调来常熟不久,就曾因公来过种禽场,哪里知道联珠洞就在其右后不远处的山腰上啊?!

五

下得山来,不由自主就写下了"落寞联珠洞"五字,继而写下了上面四节文字。今日修饰文字,至"洞口右侧外壁,中央部位恍有刻字,已颜色褪尽、漫漶不清,细观,乃近代书法家李根源之题额'联珠洞'三字。

李根源似乎名气很不响,不知何许人也"处,感觉这笔下得很有点草率。李根源其名,我是闻所未闻,岂可凭想象乱写?!

于是,就来网络查找资料,"中国通用旅游网"上如是说:"联珠洞,在兴福寺西北面的深崖陡壁间。洞顶有孔,直径半米,山泉从孔中滴洒而下,好像无数珍珠连贯坠落,储在洞内石潭间。洞门有近代书法家李根源题'联珠洞'三字。""百度百科网"相关网页如是说:"李根源,祖籍山东,云南腾冲人,近代名士,国民党元老,同盟会首批36名盟员之一,光绪二十四年秀才,公派留学日本,先后毕业于振武学堂与士官学校,与李烈钧、赵恒惕、唐继尧、孙传芳皆同学,1909年为云南讲武堂监督兼步兵科教官,不久升做总办(相当于现在的校长),红军总司令朱德、共和国元帅叶剑英是其高足(当年,在李根源任云南陆军讲武堂总办时,从四川长途跋涉来了个青年学子,向设在滇南蒙自的校部投考。可当时讲武堂规定,只收云南籍学员,省外人士一概不取。四川青年十分沮丧。这时,正好碰上李根源出来,他见状沉思良久后,最后"遂其愿,坚其志",亲自拍板,破例接纳了这位青年。这位外省学子便是朱德)。武昌起义后,与蔡锷等发动新军响应,成立大汉军政府,任军政总长兼参议院院长,继任云南陆军第二师师长兼国民军总统,后参加'二次革命'、反对袁世凯称帝、'护法斗争'等活动,袁死,黎元洪继任总统后,先后署任北洋政府陕西省省长、农商总长、代总理之职,1923年,因反对曹锟贿选,退出政坛,隐息苏州。新中国成立后,历任西南军政委员会委员、西南行政委员会委员、全国政协委员。1965年病逝于北京,朱德亲自为其主持了追悼会,骨灰安葬于苏州近郊藏书小王山。"

一说是并不十分著名的近代书法家,一说是风云一时的显要政治家,两者同一人乎?

显然是同一人。李根源联珠洞留字,缘于应时任国民党中宣委主委、立法院副院长邵元冲之请,陪同其游访常熟。1934年5月24日,邵、李一行悄悄来到常熟,本不想惊动地方,谁知在北赵弄一客栈住下的当日,为几个街坊小混混盯上。小混混们见他们衣着光鲜,外埠口音,便以为他们是外来的富商,就想敲他们一记竹杠,榨点油水花花。邵元冲、李根源受到无端滋扰,无奈之下,只好亮出身份,报警公安局查办。地

方接警,见是两位大员,不敢怠慢,于是,一面忙不迭卑躬屈膝,一面忙不迭"决不手软"。要不是几位贵客后来反过来为那几个小地痞求情,小地痞们怕还真的会因此而掉了脑袋。有了这样一段插曲,于是也就有了他们游访常熟的官方记载:邵、李一行,24日游了近山的言子墓、辛峰亭、小山台、读书台,25日乘坐轿子,游了兴福寺、联珠洞、龙殿、赵王坟、翁咸封墓,26日游了翁氏阡陌、柳如是墓,荡舟尚湖后归去。李根源之前曾数次访问过常熟,他与常熟诗、书、画三绝的著名篆刻家赵古泥友谊深厚,回苏后,应赵古泥之请,题写了联珠洞题额寄来了常熟。

这个邵元冲是个十足的倒霉蛋。此行两年后的12月,他作为蒋介石的随员视事西安,12日发生了西安事变,当日,他和陈诚共居华清池五间厅一室,晚上枪声四起,俩人一起翻墙逃跑,谁料那不长眼的子弹独独打中了邵元冲,就此白白送掉了性命。

关注一番李根源隐居姑苏期间的生平事迹,颇值得咀嚼体味,尽管当代苏州人中已甚少有人知道"李根源"这个人名,但我还是想用"一生何求"这四个字来表达对他的崇敬。

营葬抗日罹难将士　老根老底九十岁左右的老苏州,必不会忘记抗战初期那一件轰动全城的爱国义举,那既是李根源个人的骄傲,也是全苏州人的骄傲:1932年,驻淞沪十九路军与第五军并肩英勇抵抗突袭之日军,伤亡惨重,当时寓居吴中的李根源,怒发冲冠,热血奔涌,联合苏州城内巨绅张一麐,组织人力物力赶赴沪上救死扶伤,慷慨捐出私有山地献建"英雄冢",营葬阵亡将士遗骸78具。营葬之日,他与张一麐老人披麻戴孝、亲自执绋,吴人闻风而来送葬者逾万人,"霜冷灵岩路,披麻送国殇。万人争负土,烈骨满山香"。五年后,"八一三"保卫战爆发,又

穹窿小王山石刻

高唱《大刀进行曲》，牵头殓葬死难将士1200余具，而后，更欲组建"老子军"率队开赴抗日前线。徐悲鸿感其事迹可歌可泣，创作了名画《国殇图》，图中李根源先生之形象栩栩如生。组建"老子军"一事，甚至连文化汉奸胡兰成也悚然动容，写入了他的回忆录《今生今世》中。

致力保护继承吴中文化 李根源寓居苏州14年，踏遍吴郡，搜寻、抢救、记录此间人文、历史、山水与文化资源，所到之处包括灵岩、天平、邓尉、穹窿、天池、尧峰、阳山诸山，考访名人墓葬包括金圣叹、毕沅、申时行、吴梅村、赵宧光、王鏊、唐寅、吴王僚、吴王夫差诸人，摹拓了一大批的珍贵碑拓，撰著了《吴郡西山访古录》五卷，还积极参与了《吴县志》的编纂考订工作。其"对当地山山水水、名胜古迹的了解，比当地人还详细、真切、准确"。

营构穹窿松海文化新景 于隐居地穹窿小王山疏泉凿井，栽松排竹，广集名人手迹，勒石记之，建成小隆中、万松亭、听松亭、湖山堂、卧狮窝、听泉石、灵池、梨云涧、孝经台、吹绿峰等"松海"十景。现在，我们若去小王山岩壁之下游鉴，可以一举赏识到章太炎、于右任、吴昌硕、沈钧儒、张大千、冯玉祥、李烈钧、郑孝胥、周瘦鹃、范烟桥、章士钊、黎元洪、陈石遗、郑伟业、李学诗、赵古泥、金松岑等200余名名士的手迹刻石。

了解到了这一些，我的脑海便冒出了这样一句话：一个误入了军界、政界的杰出爱国文人。

窃以为，对于李根源，以"近代书法家"这种称谓来引介他，实在是非常非常欠妥。楚图南称他是"有为有守切时望，亦文亦武胜匹俦"的"乡贤典范"，缪云台说他是"吾滇近代乡先贤中最值得敬佩之一人"。

读书要细致、为文更要细致，草完此节，我作如是想。

山水印象
走进虞山尚湖

肆

附录：常熟掌故

明清虞山胜景

海虞胜景,清人有"虞山十八景"之说,即维摩旭日、辛峰夕照、桃源春霁、普仁秋爽、书台积雪、福港观潮、昆承双塔、星坛七桧、拂水晴岩、剑门奇石、湖甸烟雨、破山清晓、西城楼阁、吾谷枫林、湖桥串月、三峰松翠、秦坡瀑布、藕渠渔乐。但说法并非只此一家。明弘治十二年(1499),桑瑜修《常熟县志》中,列有常熟八景:虞山叠翠、琴水排青、四野农歌、两湖钓艇、弦歌旧俗、逊让遗风、西郊秋报、东郭春迎。

王廉州(王鉴)有《虞山十景图》,十景是:大海回澜、桃源春涧、拂水层峦、昭明书台、西城楼阁、湖桥夜月、维摩宝树、吾谷丹枫、云护龙涧、藤溪积雪。

清道光间邓琳作《虞乡志略》,记有陈式的《虞山八景诗》,其题为七水横琴、双湖澄镜、雪井仙踪、书坛(台)雅韵、破山胜迹、拂水奇观、星坛仙桧、吾谷丹枫。

附:虞山十八景

一、**辛峰夕照** 辛峰亭在城区西北山巅。居高临下,俯视尚湖,波光万道,与落霞相辉映,蔚为奇观。

二、**书台积雪** 读书台在城区石梅迤北山麓。依山筑亭,叠石成台,具林泉石木之胜。积雪初霁,吟眺其间,更增幽趣。"书台积雪"又称"书台怀古"。

三、**西城楼阁** 常熟西城垣跨山而筑,山麓原多寺观。从郊外远望,但见雉堞参差,楼阁隐现。

四、**普仁秋爽** 曾有普仁寺在北城外山腰,今与虞山公园有磴道相通。屋舍不多，唯以位居高处，秋日登临，足爽心目。

五、桃源春霁 桃源涧在北门外里许。春雨春霁，瀑布奔腾。从前涧旁有桃花林，落花片片，随流而下，似桃源胜景，故名桃源涧。

六、维摩旭日 原维摩寺在石屋涧上。内有望江楼，小阁三楹，坐眺其间，北望长江，南览尚湖，历历在目。

七、拂水晴岩 拂水岩在原报国寺前。长寿桥跨越其上。绝壁临空，涧泉飞泻。东南风起，飞卷流泉，霏霏如雨，人立桥上，衣袂生寒。

八、剑门奇石 剑门在拂水岩东侧。断崖削壁，笔立数仞。崖隙仰视，令人目眩。传世地为吴王阖闾试剑处，故名剑门。

九、破山清晓 兴福寺又名破山寺，在虞山北麓。有唐朝诗人常建题诗，写清晓景色，历历如绘，极为著名。

十、湖甸烟雨 湖甸在西门外尚湖之滨。蟹篱茅舍，如天然图画。泛舟尚湖，每当烟雨迷蒙之际，遥望湖甸，仿佛一幅泼墨山水。

十一、湖桥串月 尚湖西北口原有石桥一座，名湖桥。桥有三半圆拱门，月圆时候，桥身方向和月亮运行轨道刚相垂直。当月亮升至一定高度，桥拱和月影相套结合，投影湖中，别有一种奇观。现在尚湖荷香洲重建此桥。

十二、秦坡瀑布 秦坡涧在小云栖寺北2里许。涧多巨石，互成犄角。雨后瀑布倾泻，激成奇景。

十三、藕渠渔乐 藕渠是城东南3公里处的一个小集市，居民除农业生产外，以地近昆承湖，多以捕鱼为副业。

十四、福港观潮 福山港在城北13公里处。港外即长江，江面辽阔。

十五、三峰松翠 原三峰寺后有万松林，多百余年古树，万壑松涛，令人心旷神怡。

十六、昆承双塔 旧时从昆承湖边遥望城市，看到巍然并峙的崇教宝塔和聚奎塔，塔后有一抹青山，风景清丽。1864年小东门外聚奎塔倾圮，仅存城内方塔一座。

十七、星坛七桧 西城山麓原星宿殿前有平坛七座，昔年用以象征斗宿。每坛植有古桧一棵，今坛已废，桧亦非当年古物。

十八、吾谷枫林 离西城一公里许，在虞山南麓，旧有吾谷，明天启年间，学者孙西山（名艾）在此植枫树万棵。每当秋季，满山红叶，煞是美观。1880年后，枫林斩伐殆尽，现今连吾谷遗址亦难找寻了。

虞山公园今昔

昔日常熟之虞山公园，即西门城内之逍遥游。随着岁月推移，渐渐衰落而不存。北门城内之公园创建于民国20年（1931），起而代之，又称新公园。后更名为人民公园，近年又改为虞山公园。公园地处林壑幽美之虞山北麓，园分前、中、后三部。前部有景点倚晴楼、栗里茶室和卷云石；中部以水面为中心，是全园景色精华，亭、榭、曲桥四布，富有江南园林特色；后部山林景区以自然山石为主，带有浓厚的山野韵味。

现将园中主要景点和设施概述如下：

一、倚晴楼 为近年新建景点，楼分两层，古建筑形式，四周点缀假山、水池、花卉、盆景，小巧精致，环境幽雅，辟为倚晴园。

二、环翠茶室 原饮绿居茶室旧址，自环翠小筑改建公园饮食部后，另行新建，在儿童乐园内，原匾额移置于此，至今尚存。此屋前有赵孟頫（松雪）所书"沁雪"两字的湖石一座。

三、公园饮食部 原环翠小筑旧址，本为茶室，现辟为饮食部，早上有面点，中午供应饭菜。

四、公园茶室 原栗里茶室旧址，经扩充新建，窗明桌净，轩敞爽明，为邑人极好游憩之处。栗里之名，取陶渊明故居遗风之义。

五、卷云湖石 在公园茶室前。此石从燕园移来，上有燕谷老人（张鸿）题字："瓠神胎，出灵氛，一舒一卷，为天下云。"前些年，又从西门内丁姓园中，移来高大之黄杨树一株，植于石后，以篱护之，惜为搬移所伤，不久枯死。现另移一株较小者代之。

六、九曲桥、池心亭 建园时所筑，至今已多次修葺。桥作九曲，亭在池心。亭上曾悬朱剑芒书"在水中央"匾额一方，十年浩劫时，朱因此增一大罪状，匾亦毁去。

七、水榭　在池心亭北，隔水相望。

八、藤棚、茅亭　在池心亭南，隔水相对。建园时，拟在此处筑一船厅，未果。改作紫藤棚架，两端为双茅亭，饶有野趣。

九、土山、石亭　过茅亭（往船尾处），有挖池时堆土成山，拟作真山，垒作人洞，未完成，上有方亭一座。

十、松风亭、听松泉　在园之西北角旧城墙旁，亭为六角形之半，附近多松树，松涛可听，旁有泉即名听松泉，建园时即有。

十一、喷水池　位于听松泉之下池中，承其山水，为九曲桥池水之上游，池上有喷水设备。

十二、王石谷亭　新中国成立后增建，亭作长方形，在松风亭之上，拾级可登。亭内壁间，原嵌有《石谷骑牛环山图》石刻，现已将石刻取下保存。

十三、忠王碑亭　新中国成立后增建，在环翠茶室前面路上。亭本为安放太平天国报恩牌坊碑之用。此碑原在南门外天朝牌楼地处，几经迁移，后设亭植于公园之中，供人瞻仰。十年浩劫中，石碑已移至文管会保存。

十四、儿童乐园　新中国成立后增设，为儿童游戏之所。

十五、新亭　1935年，公园"环翠小筑"西北面曾建六角亭一座，由张映南（鸿）题额。时东北各省已告沦陷，因名"新亭"，跋语并引晋人"风景不殊，举目有河山之异"句，以志感慨。常熟沦陷，亭亦被毁。

十六、竹叶玛瑙台　虞山公园内原有竹叶玛瑙石台两座。石质桌面呈赭色，极似玛瑙，中有深色竹叶纹，厚二寸许；红木桌架，刻竹节纹。非十来人不能移动。过去为严姓所有，据称系明代昆山顾鼎臣家旧物，顾为首相时，有人自东北运来赠送给他的。在当时的交通情况下，数千里外运此笨重石块，所费可以想见。

常熟园林今昔

常熟园林，明代为盛，而以东皋草堂、小辋川、拂水山庄最为著名，然则林泉花木，早已化为蔓草荒烟。后拥有巨资者，竞相建筑，供个人享乐，但亦仅留遗迹。兹据旧志及私家记载，简述如下：

东皋草堂 明瞿汝说所构，其子式耜拓广之。旧志载在水北门外扈成村，今有地名"花园上"者，界于水北门大东门之间。当时园址甚广，中有"浣溪草堂"、"贯清堂"、"镜中来"诸胜，全园共有36景。清同治间，赵之恺修复，孙子湘题额曰"东皋老屋"。

小辋川 明万历间侍御史钱岱所构，在西城九万纡，城水一带，缭绕回环，有水门可容游船出入，内有"蓝山别墅"、"水木清华堂"、"临湖阁"、"风景濠梁轩"、"聚远楼"等名胜，系仿唐王友丞的蓝田辋川之胜而筑。又南有"空心亭"，凌空结构，下铺镂空雕刻地板，以透水面凉气，为夏日避暑之所，今多已无遗址可寻，仅环秀的"山满楼"、"四照轩"，轩后的假山，及"舞袖"、"独秀"等石，尚有一些遗迹。

拂水山庄 在西门外拂水岩下，为明崇祯时钱牧斋别业。中有"耦耕堂"、"明法堂"、"朝阳榭"、"留水馆"、"秋水阁"、"小苏堤"、"玉蕊轩"等诸胜。牧斋并自题山庄八景："锦峰晴晓"、"香山晚翠"、"春流观瀑"、"秋原耦耕"、"水阁云岚"、"月堤杨柳"、"梅圃溪堂"、"酒楼花信"，一时传诵。今其地称花园滨，尚存石桥废址，及河东君柳如是墓。

半野新庄 半野新庄市在旱北门大街（椐树弄对面），建宁知府（明嘉靖年间）张文麟建造。以后卖给严讷为宅，后严又卖给钱牧斋，以后钱再卖给原主张鹿樵。张鹿樵再买回后加以整修。当年柳如是初访半野堂即此处。后面有绛云楼，毁于火。现为中医院院址，名士风流，已成陈迹。

逍遥游　在城西虞山之麓，明嘉靖间，为严讷读书处。辛亥革命后，辟为湖山树艺园，有"四面厅"、"五石瓠斋"、"芥舟"等布置，极为幽邃，吉安吴昌硕题额："逍遥游。"1920年改为虞山公园，堂构重新，后为私人住宅。前有石牌坊，曰："虞山福地。"

映雪山居　在山麓石梅地处道弄内，明代孙森所筑。有藏书室，曰"博雅堂"。子朝昌加拓，点缀亭榭花木，具有胜致。后归陆氏，遗址犹存。

半亩园　在旱北门外报慈桥，吴讷所筑，后归赵氏。清同治间，赵次候复于园之东建"旧山楼"，为藏书之所。楼前有白皮松、红豆树两株，今存。

水吾园　在西门内九万圩，清代吴竣基所构。池塘一片，水清如镜，外通城河，内架石梁，长廊蜿蜒，又名水园。园内亭榭花木，点缀清雅。后为阳湖赵惠夫所得，故改名为"赵园"，俗称"赵吾园"。有"天放楼"为藏书之所。辛亥革命后，由常州盛氏施舍给天宁寺，改名"宁静莲社"，又名"祇园"。

燕园　在城内辛峰巷，清台湾知府蒋元枢所筑，后经蒋因培重加修建。有"一瓴阁"、"十愿楼"、"诗景"、"梅屋"诸胜。假山系晋陵戈裕良所叠，玲珑剔透，别绕丘壑。园虽小，而曲折得宜。后归《续孽海花》著作者张隐南所居。

虚郭居　俗称"曾家花园"，在城西九万圩。曾氏先有"明瑟山庄"，在山塘泾岸，系曾退庵所建，有山庄十六景图咏。其子君表又辟园，筑有"莲花世界"、"君子长生馆"、"琼玉楼"等胜景，池石花木，极一时之胜。《孽海花》、《鲁男子》作者曾孟朴晚年居此著书。

之园　俗称"翁家花园"，在城西荷香馆，清翁增桂所筑。池水与城壕相通，颇有楼亭水榭花木之胜。抗日战争时，化为丘壑。今为市第一人民医院。

澄碧山庄　在水北门外菱塘堰，绿水澄碧，青山屏带，得天然画图之胜。中浚双潭，曰："天镜。"有"菱溪草堂"、"观稼室"、"止斋"、

"小沧浪"、"涵虚室"、"潭水山房"、"水花阁"。东楼五楹，名"希任斋"，为藏书之所。回廊中，嵌有《吉金图》石刻，金鹤冲记（现存方塔碑刻博物馆）。山庄后遭日军摧毁，景色全非。

壶隐园 在西仓前，为吴竣基所构，有"不碍云山阁"等景。后归丁氏，临池筑"湘素楼"，藏书三楹。今为市中宿舍。

咫园 上元宗湘文先生，咸丰时迁居常熟城中冲天庙前，就隙地约三亩，辟为咫园。丁丑之乱，毁于火。此园占地不多，颇有亭馆树石之胜。园在大厅"念修堂"之左，入门长廊引入。向南花厅三间，曰："颐情馆。"赵㧑叔题额，金石字画，罗陈满室。其上曰"心远楼"；西有书斋，曰"旋空楼"，屋高敞为藏书之所。前有小池，临池为船室，曰："喜春榭。"赵君坚题额其上，假山旁有亭，曰："观鱼。"此园自成至坏不及70年。

翁同龢题联三峰寺

三峰清凉寺为常熟四大丛林之一，阅尽兴废，其松演堂毁于太平天国时期。同治年间重建，上梁前夕，翁同龢与赵次侯应药龛和尚之邀，宿庙。翌晨登山观日出，药龛乘间请作题以志纪念，翁以楷书作联报之。联曰："丈室重开，且莫论有宋元明，见在已经沧海劫；汉公一去，犹喜得老师翁赵，相逢同看大江云。"

綵衣堂

相传为明代建筑,在城内翁家巷。系翁心存于清嘉庆、道光间向一仲姓者购得。堂名"綵衣",以寓"綵衣娱亲"之意。"綵衣堂"匾额,由江苏巡抚陈銮(芝楣)书写,迄今此匾仍悬于大厅正中。

堂居全宅第三进,大三开间九架梁,为一方形大厅。梁、柱、枋、檐、额等处,都施以彩绘。有"喜上眉梢"、"狮子滚绣球"、"松鹤延寿"、"莲池鸳鸯"、"鹿鹤同登"等式样,就色调、花纹、布图、技法等各方面来考量,有很高的艺术价值,它是苏南地区一座突出的彩绘古建筑物,而且保存得比较完整。现辟为翁同龢纪念馆。

汲古阁大石盆

《萧冲友日记》中有记载说:"公校一年级课堂前,有海棠式大石盆一只,十年前,从东湖南毛子晋宅废址翻得,运往石梅,自虹桥起岸,六十人竟三日之力,始得安置,此为家大人所目击者。"

石盆呈海棠式,敞口敛足,腹微鼓。长100厘米,宽190厘米,高55厘米,正面浮雕莲花团,足刻如意头,用焦山石制成,造型古朴,用以植荷,兼作太平水缸者。其运城时间,按日记纪年推算,当在光绪三十五年，时汲古阁已早成废址矣。己酉正月，宣统尚未改元，故仍书光绪三十五年。萧氏世居虹桥下塘，冲友父名嗣宗，字阮生，石盆起岸在虹桥，记称目击，自属可信。公校萧氏尝执教也，其地向称"游文书院"。光绪二十八年，改"常昭学堂"。今为石梅小学之校园。

逍遥游

逍遥游在虞山南麓石梅与李王宫之间，昔日榛莽塞径行人裹足。20世纪20年代，李紫纡（名笏，号西山）等发起辟为公园，栽花植树，复构屋数楹，为游人憩息之所，取名"逍遥游"，匾额由吴昌硕以石鼓文书写，其后并题有"此地为严氏别业，从《庄子》首篇名其堂，俾来此者具九万里之想也"等语。李西山作楹联："夕阳阁楼，烟雨湖甸，眼前风景不殊，乌目山人新粉本；西城壮观，南华胜境，额上题名如故，白头相国旧书堂。"联语既写眼前风景西城楼阁、湖甸烟雨，又述故园史实，因园东有旧屋，为影娥道院园址，明大学士严讷之读书处，又名一角园（今石梅小学后面的操场即其遗址，现仅存"山辉川媚"、"松风水月"石刻和明篆"两湖如镜，万树连云；文学仰止，遗爱维癳"的石筑"集贤亭"一座），有五石瓟斋及芥舟等遗迹。故以"白头相国旧书堂"对"乌目山人新粉本"，乌目山人即名画家王石谷之别号。

逍遥游后又称虞山公园，仿照上海大世界游艺场形式，设有戏院、茶室、旅社、菜馆、商场、店铺，各色俱全，应有尽有。该地处虞山山麓，风景优美，竹石花木，点缀得宜，因而游人毕集，盛极一时。有人在当时吴双热主编的《饭后钟》续刊上，写《虞山公园十景》一文，反映了当时的盛况。

一、西楼红带夕阳明，茶味津津，人语盈盈。注：西楼，茶肆名，因其在石梅之西，故称西楼。

二、曼妙声容演讲厅,燕燕莺莺,袅袅婷婷。注:有戏台悬匾题"演讲厅",字由赵古泥书,旁有李西山撰联:"楼历劫为墟,犹喜弦歌出邻舍;山无泉不韵,故将丝竹补清音。"1926年,袁润生在逍遥游建戏园时,恐士绅反对,因名演讲厅,名义上作开会场所,第二年夏始招名班演出。北伐军到我邑后,常借作群众大会会场。名演员小达子、盖叫天等都曾来此表演过。

三、作乐陶情四面厅,闲品香茗,消受观听。注:四面厅上匾额"逍遥游"三字即吴昌硕书,厅上悬李西山联语:"何必桃源,就此间小住十年,便消无量福;常来茗话,尽我辈大家一乐,莫负太平时。"厅后有苏东坡羡诗石刻,亦游客饮茗处,居高临下,极视听之娱。更上至半山处,有虞山雅集亭。四面厅前即演讲厅。

四、品茶最好是船厅,几净窗明,泉冽茶馨。注:船厅仿船之形式,有俞金门作四言联语:"如有爽气,若登春台。"

五、大礼堂中杂艺陈,坐坐行行,看看听听。注:大礼堂为严讷读书处,改作小剧场,演出杂技曲艺等。

六、弦歌集摄友中音,法曲仙音,顾曲知音。注:公园内有中音俱乐部,为京剧票友组织。

七、崇楼下榻夜迎宾,一榻横陈,一室生春。注:旅馆设在楼上,为烟、赌、娼之渊薮。

八、大春楼上款嘉宾,肴楂纷陈,风味清真。注:茶馆牌号大春楼。

九、商场列肆闹盈盈,电炬通明,光色缤纷。注:旅馆楼下为商场,卖糖烟水果,各色点心。

十、疏疏密密见园林,竹石森森,花木深深。

昭明读书台

石梅有昭明太子（南朝梁武帝之子萧统，早卒，谥曰"昭明"）读书台。台上石亭系明弘治间常熟知县杨子器所建，嘉靖十五年（1536）宛邱沈氏复增修之，有昭明像摹勒于石。里人邓韨跋文于像下，左侧石刻为嘉靖间里人、国子监祭酒陈寰篆额，里人副都御史陈察撰书《重建昭明图书太记》，亭正中壁嵌石刻"读书台"三字，系清乾隆八年（1743）苏州知府觉罗雅尔哈善所书。

读书台附近有焦尾泉、仓圣祠、巫咸祠，并有数百年之古树。焦尾泉及泉后焦尾轩，都有叶圣陶的篆书题字。

聚沙塔

宋绍兴（1131—1162）年间创建，清乾隆三十二年（1767）重建。位于常熟梅李镇东端。塔东南百余步，有法云禅寺聚沙百福塔碑，由昭文县知县康基田撰，方春熙书。原塔底层对径4.12米，塔内为方室。因年久失修，目前塔残高22.58米，塔身东北斜倾1米许。塔顶塌落，已成空壁筒体。近年在塔园开辟公园，称"聚沙园"。园内有"中共常熟县委重建、常熟人民抗日武装诞生纪念碑"。

常熟的基督教

　　基督教传入常熟是在清朝末年。光绪六年（1880），先有卫理公会在城内成立，由中国牧师南汇人李子义主持传教，租用小东门东仓街民房作为布道场所。光绪二十八年，孙直斋赠送旱北门大街一块地皮，由信徒捐款，并经卫理公会华东年议会协助（现今的景道堂房屋，则系抗战前翻建，因抗战停工，后至抗战胜利后始竣工）。同年，圣公会江苏教区派葛介眉来县传道，先后在殷家弄口、新县前、阁老坊等地设立布道所。光绪三十四年，美国传教士卫尔逊来县，购买县东街民屋改建为基督堂，两年后又购七弦河基地建住宅，1922年圣巴多罗买堂。又有浸礼会在东唐市，长老会在塘坊桥、王市，真耶稣会在城内，相继设立教堂。

　　1912年，圣公会开办粹英小学（后辛峰小学）。1913年，卫理公会购买槐柳巷基地，建筑房屋，创立北明慧小学（即今五爱小学）。1922年，圣公会又在七弦河建校舍，开办诚一中学。1924年，卫理公会又在南门外丁家角购地创办东吴小学。1921年，教会在城内开设福仁医院（院址在白粮仓滨底）。

熏腊名店马咏斋

常熟熏腊名店马咏斋的创办人马咏梅是古里村人，早年因失业，生活无着，遂日携竹篮，出入茶楼酒肆，兜售自制熟食，赖以为生。因熟食风味独特，色、香、味俱佳，器皿亦清洁，大受顾客欢迎。人们把他烧制的熟食品，冠以"马"字，称"马鸡"、"马肉"、"马蛋"。马咏梅经常早出晚归，常年往返于城乡之间，步行十几里，十分辛苦。在铁琴铜剑楼主瞿启甲的帮助下，清光绪三十四年（1908），马咏梅到常熟城里北市心设店，由于烹调技艺精湛，深得上层消费者的青睐，生意兴隆，发展迅速，于宣统二年（1910）迁入寺前街新址，形成前店后坊的规模，瞿启甲为店起名"马咏斋"。马咏斋的名气日响，在熟食业中首屈一指。民国20年（1931）盛极一时，受它的影响，连杜三珍、陆稿荐等名店，当时都不得不向马咏斋靠拢，增加花色品种。民国27年，马咏斋店主马骥良在上海浙江中路开设分店（1956年迁南京西路）。

现在的马咏斋，门面虽只两间，但外貌飞檐楼阁，古色古香，内部设施现代化，更符卫生要求。自1984年起，一直是苏州市级文明单位和先进集体，还是常熟市和苏州市的第一批食品卫生和计量"双信单位"。

马咏斋的特色食品有酱鸡（"马鸡"）、酱肉（"马肉"）、酱蛋（"马蛋"）；所制肉松，选料匀净，油而不腻，尤为出色；熏鱼、鸡鸭肫、排骨、爐鸡等都味美可口，极受人们欢迎；野鸡脯、爐山鸟、凤爪等风味独特，是下酒之佳肴。

243

王四酒家的爊锅

王四,本县兴福人,最初在兴福寺的头山门开设一爿小酒肆,仅备老白酒和豆腐干,顾客都是附近的农民,并不惹人注意。但因地处便利,环境清幽,茆屋藤棚,饶有静趣。春秋佳日,城中仕女竞作郊游,也乐于在此憩息小饮,营业日振。为了迎合顾客心理,他就增添了油鸡、山鸟、松树蕈油、黄笋烧豆腐、腌毛豆、南腿蚕豆子、春笋拌鸡丝、鸡油菜苋、爊螺蛳等时鲜食品,山肴野蔌,别有一番滋味。从此积年累月,住建扩展,变成一家粗具规模的酒家。佳肴细点,各色俱全,游客来到虞山,都要过门大嚼,从此王四酒家更驰名遐迩。

他藏有蜜汁的油爊锅,所爊鸡豚,香嫩鲜肥,有独得之妙,尤为老饕所赏识。

百年老店山景园

原开设在书院弄的山景园,为本地饮食业中的巨擘。它擅烹清汤脱肺,所用的主要原料是青鱼杂(鱼肚内的肺脏),味极腥,作清汤而丝毫没有腥味,唯山景园有此手段。除这以外,它所制的煨鸡尤负盛名。煨鸡的制法:用肥壮母鸡,宰杀后,不去毛,把肥肉丁、火腿丁、干贝屑、蘑菇、香蕈和香料等各种上好调味品，纳入鸡肚；鸡毛上遍涂潮润的泥土，把它置在炭火上或灶膛中徐徐烘烤，烤熟后，用刀背猛力一拍，泥土自然脱落，鸡毛也随之而下，整只洁白肥嫩、热气腾腾的母鸡呈现在眼前，放出一股异香扑鼻的美味，诗人垂涎欲滴。据说，煨鸡原先是乞丐所发明的，称作"叫化鸡"，后来经名厨加料烹调，改为"教化鸡"，从此脍炙人口，推为独步。它还擅制"西瓜鸡"，非常可口，为人们所乐道。《中国名菜谱（江苏风味）》中收入了山景园创制的名菜，除"叫化鸡"、"清汤脱肺"外，还有"芙蓉蟹斗"、"白汁西露笋"、"出骨刀鱼球"、"出骨生脱鸭"、"冰葫芦"、"八宝南枣"等。

宋氏姊妹品尝王四名菜

　　1947年10月19日中午12点，宋庆龄、宋美龄姊妹俩在孔令侃等人陪同下由沪抵常。宋庆龄头戴宽边白色草帽，身穿白色衬衫，黑色绒线马甲，外罩浅灰外套，下身穿深灰西装裤，黑色革履，宋美龄亦穿同样服装，唯绒线马甲为红色。她们先在兴福寺及密林之间漫步畅游，后又选择于林中弯背杨树下的草坪上举行野餐。

　　这里树木苍翠，绿草如茵，野花盛放，群鸟飞翔。山涧潺潺流水，清澈透明，煞是喜人。王四酒家一盆盆名菜佳肴端上来，有美味可口的油鸡，有被称为"素中之王"的松树蕈，有煨鸡，还有山鸟、醉虾、冰葫芦等菜肴。饮料是用"舜过泉"泉水自制的桂花白酒，香甜而醇厚。

　　宋氏姊妹俩品尝名菜，觉得果然名不虚传，赞不绝口，连声道："好、好、好，想不到小地方有这么好吃的菜。"她们边吃边眺赏秋林山色，一直吃到下午2点50分才离开。

仲雍墓坊楹联

　　常熟城内北门大街边的虞山山麓，有吴文化始祖仲雍之墓。墓道第二道石牌坊两柱上，镌有"道中清权垂百世；行侔夷惠表千秋"楹联一副。上联是说仲雍的道德达到了清廉淡泊、不贪名位的崇高境界，因此垂名百世。下联中的"侔"，意为相等、等同；"惠"，指春秋鲁国人柳下惠，孔子说他能"降志辱身"，即能忍辱负重；"夷"，指夷逸，他不愿做官，被孔子赞为贤人，孔子曾说过："虞仲、夷逸，隐居放言，身中清，废中权。"故下联之意是说仲雍的品行与夷逸、柳下惠一样，既能放弃高位，又能甘受委屈，因而能名扬千秋。上下两联总的含义都是赞颂仲雍顺从父意、仁慈让过的德行。

　　仲雍墓坊上还有一联："一时逊国难为弟，千载名山还属虞。"上联："一时"解为同时，"逊国"解为让国，"难为弟"，指季历。下联意思很明白：千载以来，天下"名山"之美称还应属于虞山。这是用虞山以"名山"显扬于千载，来表彰虞山赖以得名的仲雍之盛得高行。

方塔公园三宝

　　崇教兴福寺塔院，原为一大丛林，规模宏大，寺前有香花桥、兴福街，后因寺宇历遭兵乱，化为瓦砾，仅方塔巍然独存。1977年辟为公园，缀以花木亭台，成为人民游憩之处。人谓方塔公园有三宝：一是方塔，始建于南宋建炎四年（1130），塔为正方形，9层，高约62米，砖木结构。据说这种方形宝塔，全国仅有几座，故为一宝，现列入省级文物保护单位。二是古井，在塔之东北，亦建于南宋，井筒很大，上有巨大青石井栏。三是银杏，在南宋古井之北，树干高大，胸径2.07米，高约20米，树龄约800年。

近年来，方塔之北新辟建了碑刻博物馆，收藏宋、元、明、清碑刻及名人书法石刻200多方，为方塔公园增添了许多新的无价之宝。

空心潭

兴福寺内空心潭基地原属苏姓墓产，寺僧因向苏氏请求将潭划归寺中，并引常建诗句"潭影空人心"为证，指出潭基在前代实为寺产。几经磋商未能解决，旋经言调甫等调解，苏氏裔孙梯云力排族众成见，将此潭和附近土地捐入寺中。今日林泉之胜，获睹完整，虽属寺僧经营之力，而苏氏以私归公，亦足称道。空心亭中题句有所谓"布金郑重汾阳土，难得山中有让泉"，所指的就是这一事实。

琴川七弦

横贯古城的小河原有七条，状似古琴七弦，称为琴川七弦，发源于石梅涧南的焦尾溪，分流注入运河。

近代通行的说法，一弦在学宫后兴贤桥北，二弦在草圣祠后东太平巷南，三弦在县东街南金童子巷北，四弦在言子宅后坊桥北章家角南，五弦在白粮仓前灵宫殿后，六弦在白粮仓后，七弦在孝义桥南仓滨底。据明弘治"桑志"载，一弦在跨塘桥下，二弦在镇桥下，三弦在县桥下，四弦在慧日寺前，五弦在黄柏桥下，六弦在仓滨桥下，七弦在小洋子桥下。由于年代久远，川流湮塞，难以确指，历代各家志书也莫衷一是。

言子墓

言子名偃，字子游，春秋时人，孔子的南方学生。他的墓在虞山东岭，与仲雍墓相邻。墓地范围较大，墓道前后建有三座石坊。第一座石坊在北门大街旁，正中匾额镌刻"言子墓道"四字，两旁石柱上镌楹联一副："旧庐墨井文孙守，高垅虞峰古树森。"由此过影娥川上文学桥，拾级而上，经第二道石坊。石坊中间正面镌刻"道启东南"四字，背面为"灵萃勾吴"四字。再向上过飨堂，至墓前有第三道石坊，题额"南方夫子"四字。过坊即言子墓，居高临下，颇有气势。现为省级文物保护单位。

据言氏家谱载，西汉武帝时，言子17世孙言成大始修祖墓，后渐荒芜，至南宋端平年间县令王某明令对墓保护，自此以后，历代均有修葺。

齐女墓

春秋时期,诸侯各国间战争频繁。周敬王时,地处长江下游的吴国,定都姑苏后日渐强大,一时称霸东南,威慑四邻。吴王阖闾还准备北侵齐国。齐景公迫于军事形势,只得送女儿孟姜到吴国作为人质。吴王就替太子终累(夫差之兄)做主娶了孟姜。孟姜到吴国后,忧思故国,加上丈夫早死,郁郁得病。临死时请求葬在虞山之巅。她死后,就按其遗言葬在虞山上。梁简文帝作的《招真治碑记》中有"远望仲雍而高坟萧瑟,旁临齐女则哀垅苍茫"之句,此句告诉我们,齐女孟姜之墓就在仲雍墓附近,按方位正好在辛峰亭,原名"极目亭",就迎合了齐女临终遗言,有极目远望齐国之意。

周章墓

仲雍墓附近有周章墓。周章系仲雍曾孙,周武王灭商后,大封诸侯,到江南来寻访泰伯仲雍后裔,即封周章为吴国国君。周章墓长期湮没无闻,清同治中,两江总督到常熟,问及周章墓,无人知晓。新中国成立后,常熟文管会曾几次修墓,列为市级文物保护单位。现有墓堆、罗城、拜台、墓门、墓道。罗城内有清乾隆二十九年(1764)周章后裔周士烈、祖烈立的青石碑，镌刻"古吴王周章陵墓"七字，两旁小字已风化剥蚀。

瞿式耜墓

瞿式耜生于1590年，卒于1650年，字起田，明万历四十四年进士。崇祯十七年（1644），以右佥都御使巡抚广西。桂王由榔立，以为大学士，兼吏、兵两部尚书。及桂王奔全州，式耜留守桂林抗击清兵，屡获胜仗。既而清兵大至，城破被执，利诱威迫，誓死不屈，永历四年（1650）闰十一月十七日慷慨就义于桂林风洞山仙鹤岭下。孙昌文，年十七，念其祖在远方，潜结死友，代父往省，冒锋刃，涉波涛，几死者再，然后得达。式耜殉节后，裹骨归，又几落虎口，事见所著《粤行纪事》一书中。后人瞿菊亭演文忠殉节，及昌文归骨事，著《鹤归来传奇》二卷行世。瞿式耜墓在虞山拂水岩西牛窝潭。目前有石坊、月池、墓道、拜台、罗城和罗城文，主穴后石碑，镌刻"瞿公忠宣之墓"。坊联为严栻集道隐（金堡）追和《浩气吟》句："三更白月黄埃地，一寸丹心紫极天。"背面联为："古涧风回千壑响，寒潭影落万松枝。"墓周围广植松柏，气势颇壮。日伪时被毁，新中国成立后屡次修缮，1966年遭破坏，1979年由省里拨款修复。现为省文物保护单位。

钱牧斋墓

钱谦益生于1582年,卒于1664年,字受之,号牧斋,明万历进士,历官礼部侍郎,工诗文,誉满江南。钱又好藏书,收藏善本之富,一时无两。书藏绛云楼,后毁于火。钱墓在虞山拂水岩下刘神滨底,环山公园之南,与其父母之墓在一起,有坟堆、拜台、罗城。墓碑上刻"东涧老人之墓"。上首镌小字"集东坡先生书",下首镌刻小字"尚湖渔者题"。题词下有印章两方,一方为"吾意独怜才",另一方为"尚湖渔者"。

柳如是墓

柳如是生于1618年,卒于1664年,原名杨爱,适钱牧斋,工诗文。明亡,曾秘密支援抗清志士,并劝钱牧斋殉节,表现了她的高贵品格。牧斋死,她以身殉。据传柳如是死后,钱氏族人悯她生前遗志,将棺木悬在墓穴中,以示不履清朝的土地。在封建王朝,以一沦落青楼的女子,而能保持气节,实属难得。柳墓在虞山拂水岩下刘神滨底,与钱牧斋墓相距约50米。

王石谷墓

王翚生于1632年,卒于1717年,字石谷,号耕烟散人、清晖主人、石谷子、乌目山人等。幼时即好画山水,常以芦荻画壁,为太仓王鉴赏识,收为弟子,后又师王时敏,临摹宋元名画,吸取名家技法,曾受康熙之命,主绘《南巡图》,辞不受封。返里后潜心绘画,晚年的山水画,在简练中求苍浑,为鉴赏者所重,有"画圣"之称,与当时的画家王时敏、王鉴、王原祁并称"四王"。合吴历、恽寿平,也称"清六家"。王翚的弟子甚多,人称"虞山画派"。墓在西门外山前塘畔。

四高僧墓

四高僧为唐代怀述、常达,五代梁之彦俩,宋代晤恩,四僧以佛学深邃和操行高洁,被尊为高僧。圆寂后葬于兴福寺路街南侧。旧有墓门、围墙,内建石塔四座,四周广植松柏。墓门上镌刻楹联,上联为"异代并成罗汉果",下联为"空山时落曼陀花"。"文化大革命"时期被夷为平地。1979年修复。

严天池墓

严澂生于1547年,卒于1625年,字道澈,号天池,明严文靖公(讷)子。万历间以父荫官邵武知府,誓言不带邵武一文钱回家。办案清正,减苛税,兴水利,拒收礼物,当地惯例有"茶果银"严不能却,后辞官返里,即用来修治苏州齐门到常熟南门之间损坏的桥梁。严精古琴,曾结琴川琴社,集天下琴师讲论,成《松弦馆琴谱》,演奏风格清、微、淡、远,海内推为正声,虞山琴派遂名扬天下。严天池墓在琴南乡朱泾村下斜桥。

王铁墓

王铁字德威,号苍野,浙江东阳人,明嘉靖二十九年进士。授常熟县知县。时倭寇屡犯江防,掠及常熟,危害地方,人民苦之。王倡议修筑县城守御。嘉靖三十二年(1553),倭寇入侵,王率兵迎击,射杀寇首,倭退。次年,倭再度入侵,又带兵在三丈浦大败倭寇。嘉靖三十四年,倭掠邻县后将经常熟尚湖入江,王率兵追击,于让塘误中埋伏,受创死难。邑人请留葬虞山。墓在山前烧香浜处。城内西门大街原有王公祠,内立有《筑城记》碑。

言子故居墨井

言子故居在东言子巷,故居中有墨井一口,是宅中仅存的言子遗迹,井旁有湖石一块,上刻隶书"墨井"两字。

冯班墓

冯班(1602—1671),清代著名诗人、诗论家,字定远,晚号钝吟老人。明末诸生。少时与其兄舒齐名,人称"海虞二冯"。

冯班为钱谦益及门弟子,在东涧老人之后,成为"虞山诗派"的传人之一。他学有根柢,而且淹雅善论。他的诗论在中国文学批评史上有一定地位。他也善书法,有研究,《钝吟杂录》中有书法专论。生平事迹,《清史稿·文苑》有传。此外,《国朝诗人征略》、《国朝书人辑略》都有记述。

清代著名诗人、诗论家赵执信(秋谷)以为冯班"论诗于已有合",且足为当时"针砭",对冯班极为服膺,在山东家中具衣楚焚香向冯班著作顶礼膜拜。赵又南游虞山谒冯班墓,在墓前投"私淑门人"名刺而焚化,以表示其倾倒之诚。

冯班墓在虞山之麓,仲雍墓道前侧,景道堂之后。曾被定为省级文物保护单位。现在仅有"高山仰止"石坊尚在,两侧有对联"不忘奕世师门,仰承祖志;幸得此邦学道,肃拜先型"。是赵执信之孙赵额任昭文知县时所作。

翁同龢墓

翁同龢生于1830年,卒于1904年,清咸丰六年殿试第一,同治、光绪两朝,值弘德殿为帝师,官至协办大学士、户部尚书。戊戌变法伊始,因翁为光绪帝师傅,被目为帝党,即被慈禧太后罢职。归里后,幽居山前瓶庐祠堂,专事研究书法。翁字纵横跌宕,力透纸背,有颜真卿风格,名重一时。殁后葬于虞山鹁鸽峰下。新中国成立后,翁墓迭经修葺,墓四周松柏参天,墓碑、石坊保存完好,属省级文物保护单位。

聚福塔

福山镇的殿山上,旧有聚福塔一座。到了20年代已破坏不堪,行将倒坍。吴双热在他编辑的《饭后钟》续刊第一卷第九号(1927年5月14日出版)上,写了一首《劝修聚福塔》的诗:"七级浮屠势欲坍,福山不福岁成灾。为民聚福先修塔,造点无量功德来。"但聚福塔毕竟没有修好,到1978年就完全坍掉。现在的殿山上已看不到丝毫痕迹了。

破山寺诗碑

　　破山寺诗,人人皆知,为唐常建所撰,早由米襄阳法书勒石,嵌在寺中大殿右壁。民国初年,在曲径中又获一碑,刻苏州知府童某题诗,其诗为:"唐时旧寺今犹在,闻有高僧号破山。绿竹生孙随处是,白云出岫不知还。游冶到头成后悔,繁华弹指失前欢。吴中子弟痴迷久,现宰官身说法难。"此诗揭出破山寺名的由来,别具一说,亦颇有意义。

铜官山石船

　　坐落在福山西边的铜官山,是常熟北部江边著名的"七峰"之一,高虽仅43米,却是七峰中最高的,山上松柏苍翠,风景优美。在南山坡的山腰里有巨石高2米许,宽约5米,呈长方形,两头狭窄如船形,故称为石船。船底平坦,内壁光滑,船首朝东,微微上翘。石船上镌刻《铜官山石船诗》一首:"闻道岩阿有石船,登临始信不虚传。帆凭老树风前挂,缆藉闲藤雨后牵。亘古未经江口浪,至今犹宿岭头烟。缘何不泛桃花渡,停泊山溪几百年。"系明代严澈于万历二十年(1592)所书并留名。因年久风化,已磨蚀不清。

虞山尚湖旅游度假区苏州市级以上集体荣誉
（1982—2012）

序号	获奖（牌）等级	获奖（牌）时间	获奖（牌）单位	获奖（牌）名称	授奖（牌）单位
1	国家级	1982	虞山尚湖景区	国家重点风景名胜区	中华人民共和国建设部
2	国家级	1989.03	虞山国家森林公园	国家森林公园	国家林业部
3	国家级	1990.10	虞山林场	全国国营林场先进单位	国家林业部
4	国家级	1993.12	虞山林场	全国国营林场100佳单位	国家林业部
5	国家级	1994.12	虞山林场	全国林业行业思想政治工作优秀单位	国家林业部
6	国家级	1997.01	虞山林场	1996年科技进步二等奖（毛竹基腐病综合防治技术研究）	国家林业部
7	国家级	1997.07	虞山林场	全国国有林场十大标兵单位	国家林业部
8	国家级	1998.03	虞山林场	全国农林系统先进基层工会	中国农林工会全国委员会
9	国家级	2000.02	虞山林场	优秀书稿奖（《中国林业五十年1949—1999》）	国家林业局
10	国家级	2001.01	虞山尚湖景区	国家AAAA级旅游区（点）	中华人民共和国国家旅游局
11	国家级	2005.05	尚湖景区	国家湿地公园	中华人民共和国建设部
12	国家级	2005.12	虞山林场	2005年全国企业文化建设工作先进单位	中国企业文化促进会
13	国家级	2006.03	虞山林场	全国绿化模范单位	全国绿化委员会
14	国家级	2006.10	虞山林场	2006年全国企业文化建设工作优秀单位	中国企业文化促进会
15	国家级	2007.01	虞山林场	2006年度中国企业改革示范单位	中国发展研究院等
16	国家级	2007.02	虞山林场	2004—2006年度全国森林防火工作先进单位	国家森林防火指挥部、国家林业局
17	国家级	2007.04	尚湖景区	中国县域旅游品牌百强景区	品牌中国旅游总评榜组委会

续表

序号	获奖(牌)等级	获奖(牌)时间	获奖(牌)单位	获奖(牌)名称	授奖(牌)单位
18	国家级	2007.08	尚湖景区	中国自驾车旅游品牌百强景区	首届中国品牌节组委会 中国自驾车旅游品牌评选组委会
19	国家级	2007.09	虞山林场	全国企业文化创新建设先进单位	中国企业文化促进会
20	国家级	2007.12	虞山林场	全国林业系统先进集体	国家人事部、林业局
21	国家级	2008.01	虞山林场党委	2007年度全国改革创新示范单位	中国发展研究院
22	国家级	2008.04	尚湖景区	2008中国最佳旅游品牌景区	品牌中国旅游总评榜组委会
23	国家级	2008.11	虞山林场	全国企业文化建设荣誉单位	中国企业文化促进会
24	国家级	2008.12	虞山尚湖旅游度假区	"中国品牌城市——常熟"特殊贡献奖	中国品牌城市评介组织委员会
25	国家级	2009.10	虞山林场	企业文化建设百佳贡献单位	中国企业文化促进会
26	国家级	2010.05	虞山尚湖旅游度假区	中国青年创作基地	中国电影家协会、青年电影工作者委员会
27	国家级	2010.05	虞山尚湖旅游度假区	中国江南影视基地	中国电影家协会、江苏省电影协会
28	国家级	2010.10	虞山尚湖旅游度假区	国际休闲湖泊创建单位	国际休闲产业协会
29	国家级	2010.10	尚湖景区	中国十大魅力休闲旅游湖泊称号暨最佳生态休闲奖	央视国际网络有限公司
30	国家级	2011.01	虞山尚湖旅游度假区	国际最佳休闲示范区	国际休闲产业协会
31	国家级	2011.10	尚湖景区	中国休闲湖泊	国际休闲产业协会
32	国家级	2012.03	虞山尚湖景区	2011年最佳合作景区	中国旅游合作联盟
33	国家级	2012.04	虞山尚湖景区	中国物候观测网常熟尚湖牡丹观测站	中国科学院地理科学与资源研究所
34	国家级	2012.04	宝岩生态观光园	生态科普基地	中国科学探险协会户外活动与培训中心
35	国家级	2012.04	虞山尚湖景区	中国古琴保护基地	中国民族器乐学会、中国古琴协会
36	国家级	2012.09	虞山国家森林公园	中国森林公园发展三十周年最具影响力森林公园	国家林业局森林公园管理办公室
37	省级	1983.11	虞山林场	1982年国外松育苗工作先进单位	江苏省农林厅
38	省级	1986.11	虞山林场	全民义务植树五周年绿化先进单位	江苏省人民政府
39	省级	1986.11	尚湖绿化指挥部	全民义务植树五周年绿化先进单位	江苏省人民政府

续表

序号	获奖(牌)等级	获奖(牌)时间	获奖(牌)单位	获奖(牌)名称	授奖(牌)单位
40	省级	1988.07	虞山林场	1988年农业科技进步三等奖（灰喜鹊人控全天候放飞治虫）	江苏省农林厅
41	省级	1991.12	虞山林场	全民义务植树运动十周年绿化先进单位	江苏省绿化委员会
42	省级	1992.06	虞山林场林业科	1992年农业科技进步三等奖（低产林分内林茶复合经营）	江苏省农林厅
43	省级	1992.07	虞山林场	江苏省1990年度场圃管理先进集体	江苏省财政厅、省农林厅
44	省级	1994.09	虞山林场	江苏省国营林业场圃先进单位	江苏省农林厅
45	省级	1998.02	虞山林场	1995—1997年全省乡镇企业安全生产综合治理先进集体	江苏省乡镇工业局、劳动厅
46	省级	1998.09	虞山林场	江苏省青少年科技教育示范基地	江苏省教委、关工委等
47	省级	1999.05	虞山宝岩生态园	江苏省城市水土保持试点	江苏省水利厅
48	省级	2000.01	虞山林场	江苏省安全生产先进单位	江苏省乡镇企业管理局
49	省级	2001.11	虞山林场	1996—2000年度江苏省森林防火工作先进单位	江苏省护林防火指挥部
50	省级	2003.09	虞山林场	2002—2003年度江苏省老龄工作先进单位	江苏省老龄委
51	省级	2003.12	虞山林场	江苏省档案工作目标管理一级单位	江苏省档案局
52	省级	2004.04	虞山林场	江苏省"农村改厕普及乡（镇）"	江苏省爱委会
53	省级	2004.06	虞山林场	江苏无公害食品质量建设指南有功单位	江苏食品质量安全高层论坛
54	省级	2004	常熟尚湖风景区	最受游客喜爱的景点	江苏著名旅游景点暨精品线路大型推荐活动评选办公室
55	省级	2005.01	虞山林场	2001—2004年全省森林防火工作先进单位	江苏省护林防火指挥部
56	省级	2005.01	虞山林场	2004年林业产业"十强企业"	江苏省发改委、省林业局
57	省级	2005.01	虞山林场	2004年度绿色江苏建设先进单位	江苏省林业局
58	省级	2005.12	虞山林场	2003—2004年度江苏省文明单位	江苏省文明办
59	省级	2005.12	虞山林场	江苏省爱国卫生先进集体	江苏省爱委会
60	省级	2006	虞山宝岩生态园	江苏省科普教育基地	江苏省科技厅、教育厅、科协
61	省级	2006.11	虞山林场	江苏省护林防火先进单位	江苏省护林防火指挥部

续表

序号	获奖(牌)等级	获奖(牌)时间	获奖(牌)单位	获奖(牌)名称	授奖(牌)单位
62	省级	2006.12	虞山林场	2005—2006年江苏省无线电管理先进单位	江苏省无线电管理委员会
63	省级	2007.03	尚湖景区	江苏省巾帼文明岗	江苏省妇女联合会、江苏省城镇妇女"巾帼建功"活动领导小组
64	省级	2008.01	虞山林场	2005—2006年度江苏省文明单位	江苏省文明办
65	省级	2008.01	虞山林场	江苏省林业产业先进集体	江苏省林业局
66	省级	2008.12	虞山林场	江苏省档案工作目标管理三星级单位	江苏省档案局
67	省级	2009.01	虞山林场	2005—2009年度江苏省森林防火工作先进单位	江苏省护林防火指挥部
68	省级	2009.05	虞山林场	省级地质公园	江苏省国土资源厅
69	省级	2009.10	虞山国家森林公园	第二届江苏旅游商品博览会土特类优质产品奖——虞山茶叶	江苏省旅游局
70	省级	2009	虞山尚湖旅游度假区	江苏省教研实习基地	南京旅游职业学院
71	省级	2010.01	虞山林场	2009年度绿色江苏建设先进国有林场	江苏省林业局
72	省级	2010.12	虞山尚湖旅游度假区	2007—2009年度江苏省文明单位	江苏省文明办
73	省级	2011.01	虞山尚湖旅游度假区	江苏省首批省级生态旅游示范区	江苏省旅游局、省环保厅
74	省级	2011.12	虞山尚湖旅游度假区	长三角城市群茶香文化体验之旅示范点	上海市旅游局、江苏省旅游局、浙江省旅游局、安徽省旅游局
75	省级	2012.01	虞山尚湖旅游度假区	20个最受欢迎的长三角城市群茶香文化体验之旅示范点	上海市旅游局、江苏省旅游局、浙江省旅游局、安徽省旅游局
76	省级	2012.01	虞山林场	2011年度绿色江苏建设先进国有林场	江苏省林业局
77	苏州级	1988.06	虞山林场	苏州市环境保护先进集体	苏州市人民政府
78	苏州级	1990.11	虞山林场	1989年度苏州市森林防火工作先进集体	苏州市护林防火指挥部
79	苏州级	1993.12	虞山林场	1992年度苏州市护林防火工作一等奖	苏州市护林防火指挥部
80	苏州级	1994.02	虞山林场	1992—1993年度苏州市文明单位	苏州市委、市政府
81	苏州级	1995.01	常熟市护林防火指挥部	1993—1994年度苏州市护林防火先进单位	苏州市护林防火指挥部
82	苏州级	1996.01	常熟市护林防火指挥部	1994—1995年度苏州市护林防火先进集体	苏州市护林防火指挥部

续表

序号	获奖（牌）等级	获奖（牌）时间	获奖（牌）单位	获奖（牌）名称	授奖（牌）单位
83	苏州级	1996.07	虞山林场	1994—1995年度苏州市文明单位	苏州市委、市政府
84	苏州级	1996.07	虞山林场	苏州市拥军优属先进单位	苏州市政府、苏州军分区
85	苏州级	1997.12	虞山林场	1996—1997年苏州市护林防火工作先进单位	苏州市护林防火指挥部
86	苏州级	1998.09	虞山林场	1996—1997年度苏州市文明单位	苏州市委、市政府
87	苏州级	1998.11	虞山林场	1997—1998年苏州市护林防火工作先进单位	苏州市护林防火指挥部
88	苏州级	1999.10	虞山林场	1998—1999年苏州市护林防火工作先进单位	苏州市护林防火指挥部
89	苏州级	2000.02	虞山林场	苏州市一级先进机关档案管理单位	苏州市档案局
90	苏州级	2001	虞山宝岩生态园	苏州市科普教育基地	苏州市科委、科协、教委
91	苏州级	2003.02	尚湖风景区	1998—2002年度环境保护工作先进集体	苏州市人民政府
92	苏州级	2004.01	虞山林场	2003年度苏州市无线电管理先进台站	苏州市无线电管理委员会
93	苏州级	2004.08	虞山林场	2002—2003年度苏州市文明单位	苏州市文明办
94	苏州级	2004.12	虞山林场	苏州市创建"无毒社区"先进单位	苏州市禁毒委员会
95	苏州级	2004.12	尚湖景区	苏州市文明示范窗口	苏州市旅游局
96	苏州级	2004	尚湖景区	2004—2006年度苏州市旅游行业创建文明行业先进单位	苏州市精神文明建设指导委员会办公室、苏州市旅游局
97	苏州级	2005.02	虞山林场调解委员会	2004年度"防激化"先进集体	苏州市司法局
98	苏州级	2005.02	虞山国家森林公园	2004年度苏州市旅游行业规范服务达标单位	苏州市旅游局
99	苏州级	2005.02	虞山林场旅游公司	2004年苏州市旅游诚信单位	苏州市旅游协会、消费者协会
100	苏州级	2005.02	尚湖景区	苏州市旅游诚信单位	苏州市旅游协会、消费者协会
101	苏州级	2005.04	虞山林场	2003—2004年度爱国卫生先进集体	苏州市爱委会、人事局
102	苏州级	2005.05	虞山林场商会	苏州市商会先进单位	苏州市工商联
103	苏州级	2005.10	虞山林场	2003—2004年度苏州禁止使用黏土实心砖达标乡镇	苏州市墙体材料改革领导小组
104	苏州级	2005.12	虞山林场	2005年度苏州市"无毒社区"	苏州市人民政府

续表

序号	获奖(牌)等级	获奖(牌)时间	获奖(牌)单位	获奖(牌)名称	授奖(牌)单位
105	苏州级	2006.02	虞山林场	2005年度苏州市无线电管理先进台站	苏州市无线电管理委员会
106	苏州级	2006.02	虞山风景区管理处	2005年度全市旅游行业先进集体	苏州市政府
107	苏州级	2006.03	尚湖景区	苏州市巾帼文明示范岗	苏州市"巾帼建功"活动领导小组
108	苏州级	2006.10	虞山林场	2004—2005年度苏州市文明单位	苏州市文明办
109	苏州级	2006.11	虞山林场关工委	苏州市关心下一代工作先进集体	苏州市关工委、苏州市文明办
110	苏州级	2006.12	虞山林场	2006年苏州市"无毒社区"	苏州市禁毒委员会
111	苏州级	2006.12	虞山林场	苏州市护林防火先进集体	苏州市人事局、农林局
112	苏州级	2007.01	虞山林场	2005—2006年度苏州市统计工作先进集体	苏州市人事局、统计局
113	苏州级	2007.01	宝岩生态观光园	全国农业旅游示范点	苏州市旅游局
114	苏州级	2007.01	虞山国家森林公园	2006年苏州市旅游行业先进集体	苏州市人民政府
115	苏州级	2007.01	虞山林场统计室	2005—2006年度苏州市统计工作先进集体	苏州市统计局
116	苏州级	2007.01	虞山风景区管理处	苏州市旅游行业先进集体	苏州市人民政府
117	苏州级	2007.02	虞山风景区服务所	苏州市"零投诉"企业	苏州市消保委
118	苏州级	2007.03	虞山风景区管理处西城楼阁门卫组	苏州市"巾帼文明岗"	苏州市"巾帼建功"活动领导小组
119	苏州级	2007.03	虞山林场	2005—2006年度苏州市爱国卫生先进集体	苏州市爱委会
120	苏州级	2007.10	虞山林场	2006—2007年度苏州市森林防火工作先进集体	苏州市森林防火指挥部
121	苏州级	2008.01	虞山林场	2007年度苏州市"无毒社区"	苏州市禁毒委员会
122	苏州级	2008.01	常熟市虞山风景区管理处	2007年度苏州市建设健康城市先进单位	苏州市建设健康城市领导小组
123	苏州级	2008.02	常熟市公园绿化养护公司	苏州市"石湖杯"园林绿化十佳优秀公共绿地养护工程	苏州市绿化委员会
124	苏州级	2008.02	虞山林场	2007年度苏州市无线电管理先进台站	苏州市无线电管理委员会
125	苏州级	2008.02	虞山林场	2007年度"社会治安平安镇(街道)"	苏州市综治委
126	苏州级	2008	虞山国家森林公园旅游服务公司	苏州市劳动关系和谐企业	苏州市人民政府

续表

序号	获奖(牌)等级	获奖(牌)时间	获奖(牌)单位	获奖(牌)名称	授奖(牌)单位
127	苏州级	2009	虞山宝岩生态园	苏州生态茶果旅游名胜	苏州市委宣传部、旅游局等
128	苏州级	2009.02	虞山尚湖总公司	2008年度推进旅游项目建设工作先进单位	苏州市人民政府
129	苏州级	2009.02	虞山尚湖总公司	2008年度苏州市先进旅游景区(点)	苏州市人民政府
130	苏州级	2009.03	虞山林场	2008年度苏州市"无毒社区"	苏州市禁毒委员会
131	苏州级	2009	常熟尚湖水上旅游有限责任公司	2009年度苏州水运企业文明诚信船公司	苏州市地方海事局、苏州市船舶检验局
132	苏州级	2010.01	虞山林场	2009年度苏州市"无毒社区"	苏州市禁毒委员会
133	苏州级	2010.02	虞山尚湖旅游度假区	2009年度旅游行业先进集体	苏州市人民政府
134	苏州级	2011.01	尚湖旅游服务公司	苏州市旅游标准化示范创建单位	苏州市创建旅游标准化示范城市工作领导小组
135	苏州级	2011.01	常熟市虞山风景区管理处	苏州市"平安企业(单位)"创建工作先进集体	苏州市"平安企业单位"创建活动领导小组
136	苏州级	2011.08	虞山尚湖江南文化博览园	苏州市首批文化产业示范基地	苏州市人民政府
137	苏州级	2011.10	虞山尚湖景区	2011新十景	中国苏州现代快报
138	苏州级	2011.10	虞山林场	2010—2011年度苏州市森林防火工作先进集体	苏州市人民政府
139	苏州级	2011.11	度假区关工委	苏州市"全市关心下一代工作先进集体"	苏州市关工委、文明办
140	苏州级	2011.12	尚湖风景区管理处	苏州第二批"苏州市生态文明教育基地"	苏州市农委、市教育局、团市委
141	苏州级	2011.12	虞山尚湖旅游度假区	2011年度苏州市应急救援工作先进集体	苏州市地震局
142	苏州级	2011.12	虞山景区(拂水山庄)	2011年度苏州市域风景名胜区资源保护优秀工程	苏州市园林和绿化管理局
143	苏州级	2011.12	常熟市尚湖旅游服务有限公司	苏州市消费者满意单位	苏州市消费者权益保护委员会
144	苏州级	2011.12	常熟市尚湖旅游服务有限公司	苏州市服务业名牌	苏州市名牌产品认定委员会
145	苏州级	2012.01	常熟市尚湖旅游服务有限公司	苏州市首批旅游标准化示范单位	苏州市创建旅游标准化领导小组
146	苏州级	2012.02	虞山尚湖总公司	2011年度苏州市旅游工作先进集体	苏州市人民政府

图书在版编目（CIP）数据

山水印象：走进虞山尚湖 / 常熟虞山尚湖旅游度假区，常熟日报社编. — 苏州：古吴轩出版社，2013.3
ISBN 978-7-80733-989-2

Ⅰ. ①山… Ⅱ. ①常… ②常… Ⅲ. ①新闻报道—作品集—中国—当代 Ⅳ. ①I253

中国版本图书馆CIP数据核字（2013）第052498号

责任编辑：洪　芳
装帧设计：唐　朝
责任校对：张　蕾
责任照排：韩雅萍

书　　名	山水印象——走进虞山尚湖
编　　者	常熟虞山尚湖旅游度假区 常熟日报社
出版发行	古吴轩出版社 地址：苏州市十梓街458号　邮编：215006 Http://www.guwuxuancbs.com　E-mail:gwxcbs@126.com 电话：0512-65233679　传真：0512-65220750
印　　刷	苏州日报印刷中心
开　　本	787×1092　1/16
印　　张	17
版　　次	2013年3月第1版　第1次印刷
书　　号	ISBN 978-7-80733-989-2
定　　价	58.00元

如有印装质量问题，请与印刷厂联系。0512-65640827